NOS

A nudez da cópia imperfeita

Wagner Schwartz

Parte I
Memórias póstumas de La Bête

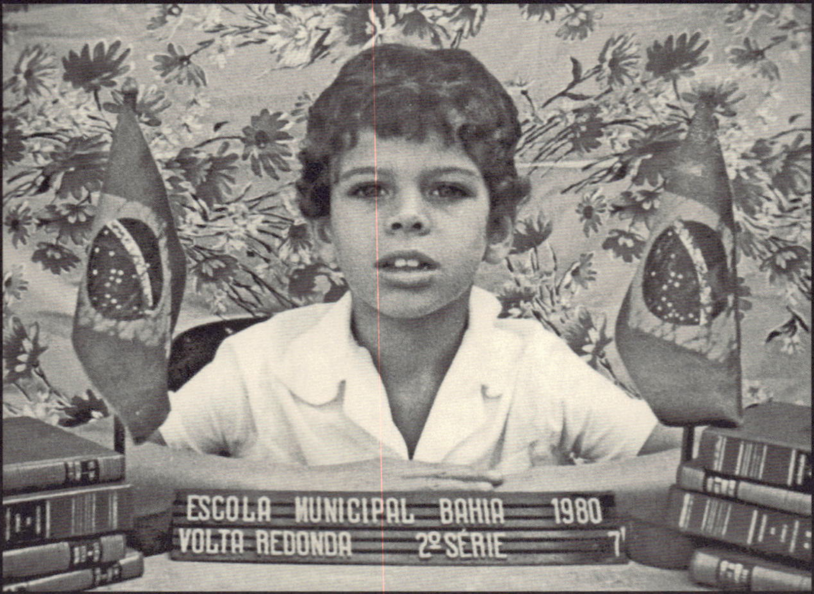

(★ 1972 † 2017)

"Estou com vontade de suprimir este capítulo. O declive é perigoso. Mas enfim eu escrevo as minhas memórias e não as tuas, leitor pacato. Ao pé da graciosa donzela, parecia-me tomado de uma sensação dupla e indefinível. Ela exprimia inteiramente a dualidade de Pascal, *l'ange et la bête*, com a diferença que o jansenista não admitia a simultaneidade das duas naturezas, ao passo que elas aí estavam bem juntinhas, — *l'ange*, que dizia algumas coisas do Céu, — e *la bête*, que... Não; decididamente suprimo este capítulo."
MACHADO DE ASSIS. *Memórias póstumas de Brás Cubas*, 1881.

"Não tem problema algum não saber o que é arte. O grave e mais perigoso nisso tudo é descobrir que as pessoas também não sabem o que é pedofilia."
ALEXANDRE NERO. *Twitter*, 2017.

"A ficção se tornou obsoleta no Brasil. Tudo é realidade."
ELIANE BRUM. *Brasil, construtor de ruínas: um olhar sobre o país, de Lula a Bolsonaro*, 2019.

Fui morto na internet. Sou testemunha. Se você esteve off-line em 2017, preciso lhe contar: me submeteram a um linchamento virtual, a centenas de ameaças de morte, a notícias falsas, a comparações com o anticristo. Motivo: uma mulher e a sua filha de quatro anos participaram de minha performance *La Bête*, no Museu de Arte Moderna, em São Paulo, no dia 26 de setembro de 2017. Detalhe inconveniente e suficiente para o público das telas: eu estava nu. "Alguns indígenas do povo Waurá, no estado do Mato Grosso, se inteiraram do escândalo nas redes sociais", comentou a antropóloga Fernanda Amaro, "mas não entenderam a causa do problema".

Escrevo, agora, como se navega. Curiosa a experiência de escrever sem o corpo. De lembrança, apenas o personagem Brás Cubas havia realizado essa proeza em *Memórias póstumas de Brás Cubas*, e ainda não sei bem como — não havia internet em 1881.

No século XIX, utilizavam o verbo navegar para uma travessia; hoje, o empregam de outra forma, não é mais preciso o rio ou o mar. Tal qual o verbo saltar, convertido em uma faculdade opcional deste livro. Saltar não significa desconsiderar o que existe, mas compactar os fatos, guardar os pormenores para mais tarde. Se precisar.

Caso faça uma leitura em voz alta ou coloque o timbre da minha voz na sua cabeça, você poderá participar dos acontecimentos que transformaram meu corpo numa espécie de peteca, atirada ao ar por saques opostos. "A narrativa não é o relato de um acontecimento, mas o próprio acontecimento", reforça o escritor Maurice Blanchot. O filósofo Cláudio Henrique Eurípedes de Oliveira pede correção: "Sua narrativa não é um acontecimento, mas as múltiplas formas de um acontecimento".

Assim que reuni os elementos de um drama, considerei procurar por interlocutores, porém todos estavam vivos. Brás Cubas e Machado de Assis, *La Bête* e eu estamos na *nuvem*, com uma diferença: o personagem sucumbiu à enfermidade, como na vida real; meu corpo, ao que disseram sobre ele, como na literatura. Acionei a inteligência artificial.

A nudez da cópia imperfeita investe, com dolorosa empáfia, na atualização do realismo brasileiro. É preciso recordar: o caso foi assuntado em várias mídias, caiu no vestibular, ganhou fama no Carnaval, virou palavra cruzada, artigo na Wikipédia. *La Bête* passou desta para melhor.

O performer

Que Lygia Clark tenha criado a série *Bichos* para quem frequenta um museu, nada surpreende. Surpreenderia se esta versão em papel, agora em suas mãos, capturasse a atenção das pessoas que Lygia comoveu. Antes de ocuparem o espaço expositivo, a artista confessou: "Os meus planos iniciais para os *Bichos* não incluíam museus nem 'marchands'. O que eu queria era fazer montes deles e pôr à venda até nas esquinas, por camelôs." Após sua morte, réplicas de plástico foram criadas a partir de suas esculturas, mas nem assim receberam os preços populares dos camelódromos. O óbito delega funções: inflaciona. Contrariado, comprei uma réplica em forma de caranguejo e dediquei a Lygia uma aventura. Ao fim de uma exposição em Stuttgart nos anos 1960, a artista desabafou numa carta ao seu amigo, o artista Hélio Oiticica: "Estava tonta, assentada numa base, pronta para funcionar como os *Bichos* tal a minha exaustão". "Pronto, mal sabia ela que isso ganharia vida cinquenta anos depois", observou o crítico de arte Luiz Camillo Osorio. Queria criar um texto sobre a experiência de colocar meu corpo à disposição do público no mesmo ambiente onde suas esculturas são expostas, mas ao dar voz ao *Bicho*, não sei se lhe meti algumas rabugices — quatro anos de convivência com Brás Cubas. Pode ser. Digitei este livro alterado pelo coro do deboche e pela voz interna da melancolia. Se lhe agradar, o seu valor estará pago; se não, você terá o que mereceu.

La Bête

A você que roubou as imagens de *La Bête* de uma conta pessoal no Instagram e as repostou em sua página oficial no Facebook, ofereço, como souvenir, estas *Memórias póstumas*.

Chamamos dois táxis. Elisabete e seu marido foram para casa. Eu, em direção ao bairro Bom Retiro. Liguei o celular: centenas de insultos pelo Messenger. Li os primeiros com atenção. Entendi no que havia sido transformado. Desliguei o celular. Fechei os olhos. Apoiei a cabeça contra o encosto do banco. Minha pressão caiu. O taxista me perguntou se eu estava bem. Respondi que ficaria bem. Abri a janela, segurei o telefone com as duas mãos. Pensei no show de Wellington Guitti, em Darlene Lepetit, ao qual acabava de assistir na mostra *Outros Curitibanos*, no teatro do Sesc Consolação. Fim do trajeto. O motorista recomendou: "Cuide-se". Mal sabia ele do que o seu passageiro era acusado no mundo on-line. Se tivesse conhecimento, talvez me jogasse para fora do carro. Ele tinha a aparência de um pai que se preocupa com os filhos. Afinal, até o meu pai um dia me disse: "Se alguém tocar em você, eu mato". Em 2017, ele não estava mais por ali. E eu, para os outros pais, fora transformado nesse alguém que mesmo meu pai mataria. Desci do carro. Subi a escadaria do centro cultural Casa do Povo. Em cada degrau, o pensamento me puxava para dentro do celular. O primeiro andar estava escuro, ouvia vozes no terceiro andar. Cheguei ofegante ao estúdio. Abri a porta principal. As pessoas vibravam com o fim da performance *Codex mundo algodão*, de Sheila Ribeiro. O bar estava aberto. Artistas conversavam. A sensação era de que algo muito importante acabava de acontecer. Comuniquei o ocorrido. Asseguraram que se mobilizariam. "Fique aqui conosco", disse Sheila. Não consegui, fui embora. Dessa vez, de metrô. O horário de pico havia terminado e os vagões estariam vazios. Quis evitar o contato com outro taxista. O trajeto entre as estações Tiradentes e Jabaquara era longo. Aproveitei para conversar com a minha família em Minas Gerais. Alice atendeu ao telefone, sentiu ser notícia ruim. Pedi que abrisse o seu perfil no Facebook e conferisse o *feed* de notícias. A coisa já tinha se alastrado e eu não poderia reter os milhares de compartilhamentos de um curto trecho da minha performance.

“Os dias seguintes serão exigentes”, desliguei o telefone. Saí do vagão, subi as escadas. Meu celular atualizava novas mensagens. Já não eram somente agressivas. Havia milhares de outras: de apoio, escritas por amigos, desconhecidos que estavam on-line no momento em que eu atravessava a catraca de saída do metrô para seguir em direção à casa onde estava hospedado. A rua estava escura. A sensação de estar sozinho, misturada com a textura da noite, me garantia oito minutos de alívio. Abri o portão. Pandora abanou o rabo. O seu corpo era grande, coberto por um pelo preto, fino e brilhante, quase não aguentava o próprio peso. Latia quando precisava. Se não houvesse necessidade, permanecia deitada no quintal ou na sala. Abracei o seu pescoço. Ela me lambeu. Parecia saber que eu não estava bem. Sabia que eu não estava bem. Fui direto para o meu quarto. Fechei a porta, sentei no chão frio. Abri o computador. Gustavo Bitencourt, performer e amigo de Curitiba, havia criado um grupo no Messenger com Elisabete e eu. “Amores, viram essa merda? Não informo para deprimir, mas para tomarem cuidado, se prevenirem.” Anexo à pergunta, havia um link direcionado ao artigo “Vídeo que mostra criança interagindo com homem nu no MAM quebra narrativa da extrema esquerda”, publicado pela revista eletrônica *Ceticismo Político*. “Acabo de modificar o meu perfil no Facebook para privado. Esta imagem está em todos os jornais, Gustavo. A milícia digital já cuidou disso. Não vou ler os comentários nem assistir aos vídeos”. “Que tristeza, e essa imagem é tão bonita...” “Nossos colegas estão se manifestando nas redes sociais. Artistas e afins começaram a reagir na imprensa. A cada dois segundos recebo uma solicitação de amizade”. “O que vamos fazer com esse mau-caratismo?” “Não sei. Estou com medo.” “Não fique. Estamos aqui. Vai precisar de cinco mil grupos de extrema direita pra calar a nossa boca. No mais, a memória da internet dura quatro dias.” “A imprensa acaba de entrar em contato.” Compartilhei o e-mail no grupo.

Prezado Wagner Schartz, [sic]

Já está circulando um vídeo na internet, inclusive compartilhado pelo Movimento Brasil Livre (MBL), que mostra uma menina diante de você, nu, durante a performance *La Bête*, que faz parte da 35º Panorama da Arte Brasileira — *Brasil por multiplicação*. A menina inclusive toca em você. No serviço disponível no site do MAM, há a informação de que crianças abaixo de dez anos não pagam entrada para ver a exposição. Gostaria de esclarecer algumas dúvidas: Você concorda com a exibição da sua performance a crianças? Você considera o conteúdo da performance adequado para o público infantil e dentro do que preconiza o Estatuto da Criança e do Adolescente? Você tentou fazer algo para impedir que a criança o tocasse ou a natureza da performance o impediu? Você pretende se pronunciar sobre o caso em questão?

Obrigado pela atenção,
J. R.

"Não diga nada", alertou Gustavo. "Pensei em responder: 'O que é MBL?'" Elisabete registrou no grupo. "Pelo menos você me fez rir com a sua resposta. Não consigo conversar. Estou sem força. Beijos pros dois." Continuei a conversa. "Não quero dar entrevistas. Há mais de vinte anos trabalho com dança contemporânea, prática que pouquíssimos jornalistas tiveram o interesse de comunicar. Esta categoria de arte é dispensável para o mundo do consumo. Aliás, para tornar-se manchete, só através de escândalos. Não querem conhecer o meu trabalho. Querem conhecer quem eu não sou, aquilo que eu não faço. Uma sociedade machista não consegue admitir o fato de um corpo masculino neutralizar publicamente um membro a que ela atribuiu tanto valor. Um homem de pau mole serve pra quê? Se houvesse espaço na mídia de massa para assuntos que fazem pensar como há para os regressivos, provavelmente não teríamos chegado até aqui. Quer saber de uma coisa, não fui eu quem criei essa confusão, o autor desse episódio que encontre o seu desfecho. Vou dormir." Troquei os lençóis. Desliguei o computador, o telefone, a luz do quarto. Agarrei o travesseiro como se este fosse o primeiro sono de muitos. Tinha a qualidade de ser único. Levava a imagem de uma pessoa desconhecida para um ciclo de dez horas. Pela primeira vez, dividiria a cama com um pedófilo. Dormimos abraçados: o fato e a mentira. Um casal antigo, como esses que conhecemos. Agora ele estava ali, tinha o mesmo nome que o meu, a mesma aparência. Conviveria comigo no tempo-espaço on-line e off-line. O sono foi profundo. Acordei com os latidos de Pandora e com as conversas de Olivia Rocha e de seus filhos, Laura e Jonas. Tomavam café. O silêncio foi quebrado por um bom-dia, aquele bom-dia à procura de significado. Passamos duas horas recordando o incidente. Assegurei que me trancaria no escritório para analisar o que acontecia com o *Bicho-vox-populi-vox-dei*. Liguei o telefone. Centenas de atualizações. Família, amigos, Museu de Arte Moderna de São Paulo. Às dez horas comecei pelos próximos e só às dezesseis consegui chegar ao e-mail do MAM/SP. Ignorei várias ligações, inclusive de desconhecidos que descobriram meu número. Recebi áudios suspeitos no meu WhatsApp francês. Apaguei todos, sem escutar. Recusei performar esse outro Wagner e receber as mensagens que foram enviadas para ele, não para mim. Ele precisava de cuidados médicos; eu, de sossego.

29 de setembro de 2017

NOTA DE POSICIONAMENTO

O Museu de Arte Moderna de São Paulo — MAM repudia as agressões que vem sofrendo nos últimos dias por parte de grupos radicais em sua sede no Parque Ibirapuera. Na sexta--feira, o museu foi invadido e seus colaboradores e visitantes foram alvo de ofensas e agressões verbais, em claro ato intimidatório. No sábado, o museu foi palco de novo protesto patrocinado pelo mesmo grupo de indivíduos, que, desta vez, além das agressões verbais, cometeram atos de violência física contra visitantes e colaboradores. Em resposta às agressões, o museu registrou dois boletins de ocorrência, nos quais constam também as denúncias de ameaças de danos ao patrimônio e à integridade física sofridas pelo museu, por meio de telefonemas anônimos e mensagens em plataformas de mídias sociais. O MAM esclarece mais uma vez que a performance *La Bête*, realizada na abertura da Mostra Panorama da Arte Brasileira, se deu com a sala sinalizada, incluindo a informação de nudez artística, seguindo o procedimento regularmente adotado pela instituição de informar os visitantes quanto a temas sensíveis. O trabalho apresentado na ocasião não tem conteúdo erótico e se limitou a uma leitura interpretativa da obra *Bicho*, de Lygia Clark, historicamente reconhecida pelas suas proposições artísticas interativas. O museu reitera ainda que a criança que aparece no vídeo veiculado por terceiros era visitante e estava acompanhada e supervisionada por sua mãe e que as referências à inadequação da situação são resultado de desinformação, deturpação do contexto e do significado da obra. O MAM considera pertinente o debate para o aprimoramento e difusão do marco legal de classificação indicativa no ambiente museológico, ao mesmo tempo em que defende a liberdade de expressão na produção cultural. O museu agradece às manifestações de apoio que tem recebido de instituições culturais, de artistas e do público em geral e segue empenhado em esclarecer e estimular um diálogo construtivo, tolerante e plural com todos os segmentos da sociedade para o fortalecimento da cultura e da nossa democracia.

Chamamos dois táxis. Elisabete e seu marido foram para casa. Eu, em direção ao metrô. Evitei caminhar até a estação. Liguei o celular: centenas de insultos pelo Messenger. Li os primeiros com atenção. Entendi no que havia sido transformado. Desliguei o celular. Olhei para o teto do carro, em seguida para o retrovisor. Puxei uma conversa com o motorista. "Não deve ser fácil o seu trabalho." "Qual trabalho é fácil, senhor?" Engoli em seco. "A partir de que horas o senhor começou o seu dia?" "Logo depois do almoço." "Já são 23h." "Essa é a minha vida." "O senhor tira folga?" "Tento dormir bem, pelo menos." O taxista tinha por volta de sessenta anos, o cansaço franzia seu rosto. "Dormir bem é um privilégio em São Paulo." "Ter trabalho, também." "Está difícil conseguir trabalho por aqui?" "Sim, senhor. Eu era engenheiro, perdi o emprego, me tornei taxista." "Há quanto tempo deixou de ser engenheiro?" "Há dois anos." "Já conversei com outros motoristas, nem todos têm o mesmo problema. Muitos gostam de trabalhar como taxista." A estação República estava à nossa frente. Agradeci pela corrida. Paguei. "Fique com o troco." Desci rapidamente as escadarias, receio de ser reconhecido. No vagão, liguei o celular. O trajeto até Vila Mariana era longo. Precisava conversar com a minha família. Minha irmã atendeu o telefone. "Tentei te ligar várias vezes. A coisa já se alastrou. Conversei com a mãe, com a família. Você não quer vir pra Belo Horizonte?" "Pode ser uma boa ideia, Alice, mas antes de viajar tenho que entender o que vai se passar com *La Bête*. Preciso entrar em contato com o MAM." "As tias estão angustiadas, pedi para não te ligarem. Nosso vizinho, um policial, recomendou evitar locais públicos." "Nem precisava dessa dica — o corpo sabe —, mas agradeça ao seu vizinho." Estação Vila Mariana. Saí do vagão, subi as escadas. Meu telefone atualizava novas mensagens. Já não eram somente agressivas. Havia milhares de outras: de apoio, escritas por amigos e desconhecidos que estavam on-line no momento em que eu atravessava a catraca para seguir em direção à casa onde estava hospedado. Avistei um carro de luxo estacionado na entrada da garagem de Olivia, minha anfitriã. Duvidei que fosse de um de seus amigos. Ao mesmo tempo, me senti acompanhado em um trajeto que poderia deixar qualquer pedestre hesitante — estar ao ar livre, no escuro da noite, desperta, invariavelmente, uma sensação de insegurança nas ruas do Brasil. Pandora estava alterada, latia muito. As luzes da casa, apagadas. Passei pelo carro. Havia quatro passageiros. "Boa noite." Ao pegar as chaves da garagem, escutei o abrir e fechar de portas. Um objeto se chocou contra o meu ombro direito. Caí no chão. Olhei para cima, era um taco de beisebol. Perdi a força e brevemente o sentido. Um deles me agarrou pelo cabelo. Vozes masculinas repetiram os mesmos insultos que rebentavam pela internet. Eu não consegui gritar, muito menos abrir o portão para que a cadela rasgasse aqueles homens pelo pescoço. Recebi um murro nas costas que agravou a minha hérnia de disco. Em seguida, eram oito pés chutando o meu peito, a minha barriga, o meu sexo. Reconstruíram outra versão do *Bicho*: "O *Trepante* era de borracha e foi feito em 1964. Foi o último *Bicho* que fiz. [Eu o] levei à casa do Mário [Pedrosa] e o joguei no chão. O Mário deu um chute no *Trepante* e falou: 'Até que enfim pode-se chutar uma obra de arte!' Eu adorei isso", Lygia declarou. O que antes era articulável, agora adquiria movimentos ondulantes. Segundo Pedrosa, o *Bicho* elástico vivia de entranhas e carapaças à mostra, à espera, desdenhoso que um qualquer viesse e o apanhasse de jeito, o arreganhasse ou encolhesse, puxasse e repuxasse. "No pé, no tornozelo", um deles ordenou, e uma tacada certeira causou uma fratura exposta na minha perna esquerda. "Na cabeça, na cabeça, foi dali que tudo saiu."

30 de setembro de 2017 / noticiasodia.com [sic]

COREÓGRAFO WAGNER SCHWARTZ DO (*LA BÊTE*) É MORTO A PAULADAS QUANDO CHEGAVA EM CASA NA ZONA SUL DE SÃO PAULO

Um homem foi assassinado quando chegava em casa na zona sul de São Paulo, na madrugada de sábado (30). Segundo informações da irmã da vítima, o homem foi morto a pauladas. A polícia divulgou a identidade da vítima, trata-se do artista Wagner Miranda Schwartz, o coreógrafo ficou famoso depois da polêmica performance "La Bête". A polícia investiga o caso, dentro das próximas horas teremos mais informações.

Entre a noite de quinta-feira 28 e a manhã desta sexta-feira 29, a "La Bête", do artista carioca Wagner Schwartz, se tornou alvo de protestos nas redes sociais. Em vídeos divulgados por setores conservadores, como o Movimento Brasil Livre (MBL) e o deputado federal Jair Bolsonaro (PSC-RJ), o museu foi acusado de pedofilia pela interação de uma criança com o artista nu.

As imagens mostram a menina tocando no homem que está de barriga para cima. Outras pessoas também interagiram com o artista. Uma mulher adulta está com a criança, segundo o Museu, aquela é a mãe da garota. A mesma performance foi apresentada em agosto em Salvador, onde outra criança também teria tocado o ator durante a performance.

"Exposição criminosa e que todos ali deviam estar na cadeia", disse um internauta. "Eu devo ser muito conservador. To passando meio mal de ver a criança tocando no homem nu. Pra mim é demais. Dá não. Mundo escroto", afirmou outro comentarista. "Essa escória da esquerda me critica por causa de filmes pornô, mas cagam na rua, cospem em mulheres, colocam criança para tocar em homem nu", disse o ator Alexandre Frota.

"O trabalho não tem conteúdo erótico ou erotizante e trata-se de uma leitura interpretativa da obra *Bicho*, de Lygia Clark, sobre a manipulação de objetos articuláveis", disse a nota do MAM, que afirma ainda que o evento foi fechado para convidados e que havia informações sobre nudez do artista na sala.

Conhecido nome da arte do Brasil no exterior, Lygia Clark tem entre suas obras mais famosas a série "Bichos", que foi exposta até no Moma, em Nova York. Objetos feitos de metais articulados são as esculturas, que podem ser manipuladas pelo público. A escultura pode ser apenas vista, mas a interação mostra maiores significados.

A ideia de personificar os bichos criados pela artista na década de 1960 é o objetivo de Wagner Schwartz, o fluminense participa da performance *La Bête*, a qual ele aparece nu sobre um tablado, tendo como grande momento a manipulação de seu corpo por outras pessoas, que se aproximam e interagem com ele.

Wagner Miranda Schwartz (nasceu em Volta Redonda, em 2 de dezembro de 1972) era um conhecido performer e coreógrafo no Brasil e no exterior.

Chamamos dois táxis. Elisabete e seu marido foram para casa. Eu, para o endereço de Olivia. A distância do centro até a zona sul pareceu longa. Liguei o celular: centenas de insultos pelo Messenger. Li os primeiros com atenção. Entendi no que havia sido transformado. Os remetentes eram desconhecidos, mas não anônimos. Mostravam o rosto e a vontade de matar. Abri o Facebook, retornei ao post que Elisabete me mostrou na saída do teatro. Entre milhares de comentários e compartilhamentos, "vergonha" era a palavra mais repetida. *La Bête* fomentava o rubor dos aborrecidos. Para esta assembleia virtual, somente a pena de morte, a prisão perpétua ou o assassinato dariam fim a tal desconforto. A performance tirou a roupa de muitas pessoas em público. Estava ali, diante delas, "um pau feio", como descreveu uma das agressoras. Queriam me humilhar, mas não foi a performance que causou confusão, foi o corpo. Qual corpo não pode estar nu? Um corpo trans pode estar nu? Um corpo gordo? Tísico? E se eu fosse um artista negro? Seria morto ou preso antes mesmo de ser investigado? Se eu fosse um indígena, ateariam fogo? Se eu fosse uma mulher, e um pai com seu filho me tocassem os pés, seria acusada de pedofilia? Teria a cena ao menos causado estupor? Provavelmente não estaria neste táxi, em direção à casa de Olivia, cheio de medo e aversão a um país simbolicamente presente em todas as minhas performances. Recebi ataques em outras línguas, é verdade, embora os dos brasileiros doessem mais. O taxista seguia calado, eu também, a observar o silêncio paulistano, as ruas largas, a noite que trava as janelas e as portas das casas, as pessoas em situação de rua e as mensagens que não paravam de chegar no meu celular. Recebi uma ligação. Era minha irmã. Recusei. O motorista perguntou se eu gostaria de escutar música. "Por favor." "Qual é a sua estação de rádio preferida?" "103,3." Faziam uma retrospectiva de Villa-Lobos, *Suíte popular brasileira*. Nada mais constrangedor. Queria estar na Islândia e não no Brasil.

Deixei a suíte transformar minha percepção. Fui até a minha infância. "Chegamos, senhor." "Muito obrigado, boa continuação", respondi como aprendi na França, *bonne continuation*. Ele entendeu. O guarda do bairro atravessou a rua em sua motocicleta. Apitou. Abri o portão. Pandora veio me receber. As luzes da casa estavam acesas. Cada qual em seu quarto. Fui até o meu. Tranquei a porta. Liguei para minha irmã. "Oi, Alice, cheguei em casa, preciso dormir. Não quero conversar agora. Falo com você amanhã. Estou muito assustado. A injustiça virou motivo para festa. Beijo, boa noite." Dormi como uma pedra. Sonhei que haviam me enterrado no lago Kerið, na Islândia, durante o inverno: nono círculo do inferno, em *A divina comédia*. O lago era formado pelo choro dos condenados. Lúcifer era o guardião. Fomos distribuídos em diferentes esferas. Me colocaram na quarta, *Antenora* — de Antenor, troiano que ajudou os Gregos a conquistarem Troia. Ali, congelavam os traidores da pátria. As almas ficavam submersas até o nível do pescoço, com as cabeças fora do gelo. Lúcifer mastigava minha cabeça enquanto ela voltava a crescer. Pela eternidade. Acordei tremendo. Tomei um banho quente. Conversei com Olívia e sua família no café da manhã. Dona Francisca serviu pão de queijo, suco de laranja, café. Prometeram assombrar a vida de quem espalhasse notícias falsas. Pandora latiu. Uma viatura policial estacionou em frente à casa. Três policiais com mandado de prisão. Recolhi meus documentos, meu telefone. Entrei no camburão. Seguimos para a delegacia. Os policiais me perguntaram o que havia acontecido no museu. Respondi com outra pergunta, precisava saber se, em algum momento, haviam tido contato com qualquer obra de arte, se tinham ido a algum museu, galeria, teatro. Um deles disse que sim e ainda afirmou ter uma Mona Lisa em seu quarto. Perguntei se o quadro era o original. Todos riram. "Claro que não." "O importante parece ser a ideia de ter a Mona Lisa no seu quarto, não?" O policial sorriu com os lábios cerrados. Questionou se eu estava nervoso. Deixei imaginar que não. Nossa conversa suspendeu o tempo da corrida e o meu medo de um dia viver preso tal qual os *Bichos* nos dias de hoje. Na delegacia, informaram que eu teria direito à cela especial graças ao ensino superior. Perguntei se poderia conversar com os outros detentos. Os policiais recomendaram distância: "Serão imperdoáveis com você. Quem está aqui não é um artista, mas um civil condenado por pedofilia. Na cadeia, 'uma mentira repetida mil vezes torna-se verdade'". Aprendi essa frase do lado de fora do presídio.

02 de outubro de 2017 / gshowplay.com [sic]

DEPUTADO E PASTOR MARCOS FELICIANO PEDE PRISÃO DO ATOR QUE FICOU NU E FOI TOCADO POR CRIANÇAS NO MAM E JUIZ DECRETA

O Deputado Marcos Feliciano apresentou um pedido de prisão contra o ator que ficou nu e foi tocado por crianças em uma exposição no MAM em SP. O pedido de prisão foi aceito e expedido pelo Juiz da 5ª Vara da Infância e da Juventude que decretou prisão nesta tarde.

Policiais do 6º BPM cumpriram mandado de prisão contra 'Wagner Shwartz da performance *La Bête*" cumpriram mandado de prisão contra o artista neste domingo, e o mesmo foi levado para o IML para fazer exames.

Wagner Schwartz, de 44 anos, é acusado de pedofilia após interação de criança com homem nu, dentro Museu de Arte Moderna (MAM), em São Paulo. A performance de Wagner Schwartz vem causando espanto e até revolta nas redes. Ele se apresentou nu durante mais de uma hora e os espectadores (crianças) o tocavam. O Artista é acusado de ter cometido abuso sexual e (Estupro de Vulnerável — Art. 217-A) dentro do MAM na cidade de São Paulo. Em audiência de custódia realizada hoje, o juiz Edgard Marzola Colombini entendeu que houve estupro na ação do acusado ao incentivar que crianças lhe tocasse pelado.

Alem do ator, a justiça indiciou também, A mãe da criança que invetivou a tocar o "coreógrafo" e mais 6 pessoas que organizaram o evento. Todos foram indiciada por violência sexual e (Estupro de Vulnerável — Art. 217-A) e pediu sua prisão dos envolvidos.

O Juiz disse ainda "Conforme o Artigo 240 do código penal Brasileiro "Art. 240. Produzir, reproduzir, dirigir, fotografar, filmar ou registrar, por qualquer meio, cena de sexo explícito ou pornográfica, envolvendo criança ou adolescente Pena — reclusão, de 4 (quatro) a 8 (oito) anos, e multa." Afirmou o juiz.

Vereadores e Deputados já entraram com uma ação judicial contra o MAM por pratica de pedofilia porém o próprio Museu já deixou claro qeu havia o aviso de que era proibida a entrada de crianças, mas mesmo assim a mãe da criança a quis leva, ou seja jogando a culpa toda em cima da Genitora (Mãe da criança).

O prefeito de São paulo divulgou um vídeo de repudio em relação a performance "artística" que aconteceu no museu de arte moderna de são paulo.

Chamamos dois táxis. Elisabete e seu marido foram para casa. Eu, para o apartamento de meu amigo, o psicanalista Zé Alberto. A distância do centro até a zona sul pareceu longa. Liguei o celular: centenas de insultos pelo Messenger. "Pedófilo" era a palavra mais repetida. Um disparo, como geralmente acontece no Brasil — não foi a reflexão que criou a nossa História. Apoiei a cabeça no encosto do banco. Abri a janela. Aos quarenta e quatro anos, meu corpo representava um perigo para milhares de pessoas. Não deveria viver em sociedade. Reconheci nesse medo aquele que se formou quando eu ainda era criança. Fechei a janela. Minha irmã me ligou. Não consegui moderar sua preocupação. Desliguei o celular. O motorista perguntou se eu gostaria de escutar música. "Não, obrigado." "Como quiser, senhor", respondeu, com os olhos no retrovisor. O seu jeito de me observar guardava um "por quê?". Pedi ao motorista para estacionar o carro. "Algum problema, senhor? A rua está escura, pode ser perigoso." "Perigoso é continuar essa viagem", pensei. "Muito obrigado pela corrida." Passei o cartão. Caminhei a passos largos com a lanterna do celular acesa. Tive medo de trombar com alguém. Não importava se fosse bandido ou não, bastava estar vivo. Cheguei. O porteiro logo me reconheceu. "Boa noite, senhor Wagner." Fiquei inseguro. Aquele senhor me cumprimentava como um trabalhador ou como um pai influenciado pelas redes sociais? Estava on-line ou off-line? Chamei o elevador. Mantive a cabeça baixa, procurei me proteger das câmeras. As portas se abriram. Encarei o reflexo de quem evitava até então. Era como se visse outra pessoa no espelho, cultivava a expressão de um bicho atacado. Muitas e muitos procuravam capturar aquele reflexo fabricado por mentiras. Sozinho no apartamento, abri o Facebook. Milhares de internautas noticiavam o meu nome e a minha performance, sem conhecer a mim ou ao meu trabalho, como ameaças às suas convicções políticas e religiosas e às suas referências culturais.

Provocavam mais um equívoco com clímax moral a ser polemizado no Brasil. Abri o Instagram: internautas reagiam consternados ao suicídio do reitor da Universidade Federal de Santa Catarina. Luiz Carlos Cancellier de Olivo havia sido preso e afastado de seu cargo, acusado pela Polícia Federal de obstruir a investigação que teria descoberto um suposto esquema milionário de desvio de verbas da universidade. "A humilhação e o vexame a que fomos submetidos — eu e outros colegas da UFSC —, há uma semana, não tem precedentes na história da instituição. No mesmo período em que fomos presos, levados ao complexo penitenciário, despidos de nossas vestes e encarcerados, paradoxalmente a universidade que comando desde maio de 2016 foi reconhecida como a sexta melhor instituição federal de ensino superior brasileira; avaliada com vários cursos de excelência em pós-graduação pela CAPES e homenageada pela Assembleia Legislativa de Santa Catarina. Nos últimos dias tivemos nossas vidas devassadas e nossa honra associada a uma 'quadrilha', acusada de desviar R$ 80 milhões. E impedidos, mesmo após libertados, de entrar na universidade", desabafou o reitor, no dia 28 de setembro, em um artigo publicado no jornal *O Globo*. Solto no dia seguinte, ele se trancou em casa, evitou o assédio da imprensa — segundo o portal de notícias NSC Total. No dia 2 de outubro, Cancellier se atirou do último andar de um shopping center de Florianópolis. No bolso, trazia um bilhete: "Minha morte foi decretada quando fui banido da universidade". Fui até a cozinha. Evitei olhar para o celular. O excesso de mensagens me deixava com sede. Tomei água, muita água. Se nem saímos de casa com uma camisa que não gostamos, imagine com um corpo. Perdi a conexão com meu trabalho, com amigos e família. "Antes cair na *nuvem* que do terceiro andar", Brás Cubas soprou no meu ouvido. O mundo off-line desapareceu.

04 de outubro de 2017 | saudevidaefamilia.com [sic]

ATOR WAGNER SCHWARTZ COMETE SUICÍDIO SE JOGANDO DE PRÉDIO EM SÃO PAULO

Ator Wagner Schwartz, de 44 anos, cometeu suicídio, na manhã de ontem, em São Paulo.

De acordo com informações da polícia, ele se jogou do apartamento de um amigo, localizado no Edifício Martinelli, no centro de São Paulo.

O artista Wagner Schwartz estava no centro de uma nova polêmica nas artes após se apresentar nu no Museu de Arte Moderna (MAM) de São Paulo. Ele vinha sendo hostilizado nas redes sociais.

Segundo informações de amigos do artista, ele vinha recebendo varias ameaças de morte e com medo se manteve isolado.

A performance de Wagner dialoga com uma série de esculturas da artista plástica Lygia Clark, na qual peças metálicas se dobram como origamis por conterem dobradiças.

Ele se deita nu sobre um tablado e o público é convidado a manipular seu corpo.

A polêmica se deu após um vídeo mostrar uma menina que, acompanhada da mãe, toca seus pés e canelas, enquanto ele está deitado de barriga para cima, com a genitália à mostra.

Descobri haver morrido duas vezes. Como não conseguiram me matar na vida off-line, o fariam na vida on-line, para que a minha vida off-line se tornasse um ambiente artificial. Meu corpo fabricava sensações sem significado verbal. Para produzir palavra, é preciso viver uma experiência e em seguida se afastar do espaço de onde ela surgiu. Pandora latia no quintal. Eu me sentia protegido ao saber que ela descansava debaixo da minha janela, mal passavam carros por ali. Dona Francisca, mãe e avó de quem vivia naquela casa, preparava canjica, para que eu pudesse me lembrar da cidade onde morei por dez anos. Não posso dizer que a notícia me surpreendeu; a morte chega em algum momento. Só não esperava que fosse como descreveram. Doeu só de me ver. Uma dor que também não é a mesma que sentimos quando sofremos um acidente. Pandora uivou. Botei a cabeça para fora da janela. Um cachorro uiva quando alguém próximo se vai.

"Vi as notícias", escrevi para minha amiga Gabi Gonçalves. "Meus sentimentos", respondeu já em seu trabalho, na produtora Corpo Rastreado. Agradeci. Fazer o quê? Estudei para entender que quando morrermos, não saberemos que morremos; contudo, essa lei não fazia mais sentido para mim. Conversei com minha mãe ao telefone: "Você vai ficar forte e vai processar todo esse povo". Ela acredita nas escrituras. Quem sabe eu não poderia me tornar um Lázaro contemporâneo caso o Messias me retirasse do quarto? Não queria sair dali. Estar morto quer dizer estar seguro.

Thierry fez uma chamada de vídeo. A imagem de *La Bête* desfilava no *feed* de notícias do seu Facebook francês. Num primeiro momento, ele acreditou que os ataques garantiriam a divulgação gratuita da performance. Quando se deu conta do título que a extrema direita havia impresso no meu rosto, entendeu que não estavam atrás do meu trabalho e que esse deixaria de ser programado por conta dos riscos que agora representava a muitas instituições. "Venha pra casa."

Alice pegou um voo de Minas Gerais a São Paulo. "Você precisa da família enquanto estiver no Brasil." "Mas você está sem dinheiro, Alice, e eu também." "Dividi a passagem em dez vezes sem juros."

Wellington veio me visitar logo após a sua temporada. Olivia o recebeu, mandou entrar. Diante deles, eu — não como fui, mas como era. Os ataques precisaram de pouco tempo para causar efeito. A vida on-line segregou a vida off-line. Sentaram-se ao meu lado. Éramos quatro corações murchos, considerando Pandora, que não parava de arfar como Brás Cubas: "Ninguém se fie da felicidade presente; há nela uma gota da baba de Caim". Conversamos por horas. Sentia-me perdido enquanto observava meus amigos. Olhava para os dois como se estivesse dentro de uma tela preta. Mesmo triste, Olivia conservava um ar sereno. Wellington deixava escapulir frases nervosas. Pandora também, como lemos acima. Ligamos a TV. O jornal da noite abordava o caso *La Bête*. Repórteres produziram uma matéria sobre a intolerância religiosa e sobre as exposições de arte fáceis de serem nomeadas como satânicas. Wellington lançou a condição: "Ou você se desliga de tudo e de todos ou agarra esta oportunidade. A sua hora chegou".

"Pela internet fizeram crer às famílias que sua foto com as crianças é imperdoável", Alice me trouxe a notícia. Não esperava outra coisa: a ética é construída de forma diferente para as pessoas. Fomos também educados para perceber a palavra "família" como um grupo que compartilha os mesmos hábitos: "Vocês se parecem". Sim, nos parecemos — às vezes — fisicamente; mas "família" não é, também, sinônimo de dor?

Olivia resolveu fazer um churrasco. Amigos vieram passar o domingo em casa. O dia estava azul como nunca. No alto do prédio vizinho, a placa "Jesus Salva", de tão grande, fazia sombra na árvore da calçada, que fazia sombra no asfalto. Os convidados tinham dificuldade em conversar, a música tocava no último volume. Não consegui comer carne. Olhei para o lado oposto da fumaça que saía da churrasqueira. Na varanda, dançavam os emancipados — nada de pensar em coisa ruim. Olivia me ofereceu uma porção de queijo coalho. Agradeci. Comi pouco, bebi pouco. Pedi a Fabrício Floro uma carona. Ele trabalhava como assistente de dança da Gerência de Ação Cultural do Sesc. Queria assistir à peça *Paris Is Burning* (*Paris em chamas*), dirigida por Leonardo Moreira, no Sesc Pompeia. Fabrício me acompanhou. Escutamos Gal no trajeto. Na porta do teatro, uma senhora gritava "Pedófilos!". Ela estava só. Dobrei a atenção. Tremi. A ideia de haver pedofilia no teatro *queer* havia se generalizado. Fabrício me pegou pelo braço e me levou direto à plateia, cheia de gente. Eu me sentia a salvo entre aquelas pessoas. A luz geral se apagou.

Na semana seguinte, fui novamente ao Sesc Pompeia com meu amigo Louis Logodin, adido cultural do consulado da França em São Paulo. Os ingressos, da mesma forma, estavam esgotados. Na frente do teatro estavam apenas as pessoas que vão ao teatro. Assistimos à peça *Nós*, do Grupo Galpão, dirigida por Marcio Abreu. Entendi a vitalidade desesperada desse pronome.

Recebi um telefonema de meu amigo José Luis. Ele me disse que seu ex-companheiro, o advogado Paulo Vieira, gostaria de me encontrar. Ambos colecionadores de arte. Marcamos um encontro para o dia seguinte em seu apartamento. Paulo me contou que uma campanha de conscientização acabava de surgir no país, a *342 Artes*. Ligou para a produtora Paula Lavigne e me passou o telefone. "Você não está sozinho", escutei. Se os próximos me davam casa e carona, os mais distantes se tornavam aliados. "Venha assistir ao show *Caetano, Moreno, Zeca e Tom Veloso.*"

Rita Stein, amiga escritora, temia que eu fosse ao Theatro NET. E eu, que não conseguia deixar o quarto naquele momento, tomei coragem para enfim conhecer Caetano Veloso. Fui também à abertura da exposição *Levante*, no Sesc Pinheiros, no lançamento do livro *Fabulações do corpo japonês*, de Christine Greiner, na Casa Líquida, e no lançamento do álbum *Momento íntimo*, da banda Porcas Borboletas, no Itaú Cultural. Estive em cada um desses eventos com a sensação de que minha espontaneidade havia sido violada.

São Paulo, 16 de outubro de 2017

Querida Rita,

Fui ao show. Louis me acompanhou. Preferi sair a ficar em casa, imaginando que um suposto assédio de jornalistas e de pessoas desconhecidas me atormentaria no teatro. Paula Lavigne me apresentou a seus convidados. Recebi a atenção de cada um e, claro, do próprio Caetano. Péricles Cavalcanti me deu um abraço, de pronto, ganhei um amigo. Assistimos emocionados às gerações Veloso. Tom Zé estava ao meu lado, tão próximo que eu poderia segurar a sua mão. Conheci cantores mais jovens como o Léo Cavalcanti, que namora um amigo baiano, o Ícaro Vilaça. Ícaro vai ser professor da UFBA e promete acompanhar os arquitetos que, daqui a pouco, irão projetar o Brasil no Brasil e o Brasil em outros cantos do mundo. Acredito que os dois se sentiram em casa no camarim. Eu também. Agi como aquele a quem dizem: "Sinta-se em casa". Obedeci. Abracei o Wisnik e disse a ele que seu show com Ná Ozzetti e Jussara Silveira salvou a minha vida em Berlim, em 2006, quando nada fazia sentido pra mim naquela cidade. Ele trouxe do Brasil uma sonoridade que me fazia falta — e nem pensava em Lacan nessa hora. Tal sensação de falta era a de quem sentia fome e não de quem fala sobre comida depois do jantar. Fiz algumas selfies. Era como se *La Bête* acontecesse, como se os artistas tirassem a roupa ao posarem ao meu lado. Eles se dobravam e desdobravam para cabermos na mesma fotografia. E, ao contrário do objeto *Bicho* de Lygia Clark, eu corava, porque o sangue subia para a cabeça. Você sabe, nos últimos dias, ele estava frio. Entre um sorriso e outro, conheci Lenora de Barros. Já tinha visto a sua língua em alguma galeria ou museu. Pegamos o elevador ao fim do show. Fomos para a rua. Ela acendeu um cigarro, perguntou se eu fumava e, como uma boa artista, fez um feitiço com a fumaça. Partimos ao espaço de arte auroras com seu companheiro, o escritor Marcos Augusto Gonçalves. Lá, esperamos por Paula e Caetano. Conversamos até de madrugada. Cheguei em casa ao amanhecer do dia e nem precisei de cobertor para dormir.

Bem acompanhado,
W.

“O antidepressivo é uma camisa de força química”, advertiu o etiopata. “Por que não um pijama?”, questionei. “Para a natureza, o que conta é a capacidade adaptativa. Não adianta ter sucesso, ser o melhor em algo. Quem sobrevive é quem se adapta melhor e não quem é o mais forte, o mais bonito, o mais inteligente, o mais esperto. Em nosso processo adaptativo, também não conta nada se algo é justo, se é para o bem ou se é para o mal. Nada disso conta. Por isso, não cabe perguntar à vida por que ela é injusta. A vida, caro senhor, não fala.”

Para qualquer leitor brasileiro ou alma curiosa, em pelo menos seis outras línguas, é notório: o narrador de *Memórias póstumas de Brás Cubas* está morto. No século XIX, este recurso garantia certa inovação. Não havíamos atingido o ponto mais alto do cinismo, em que o factoide se confunde com a escrita literária. A você, que se sente vivo, resta olhar para sua biblioteca como o adorno das videoconferências. A literatura de hoje acontece na rede. WhatsApp é o audiolivro do povo. "Não sou propriamente um autor defunto, mas um defunto autor" — máxima da prosa da qual me aproprio. No entanto, neste livro, o óbito do autor não estaria a mencionar a morte, mas o desaparecimento do autor no século XXI. Essa equação também não é original. Seria esse o ponto de convergência do nosso diálogo? Existem muitos que ainda se consideram autores, mesmo que repitam as mesmas frases — leia-se os mesmos trejeitos — de quem escreveu há mais de cem anos. Dirigem-se ao lançamento de seus livros, peças, concertos, vestidos como autores, para receberem o abraço dos fãs e fazerem novos inimigos.

Não houve enterro, nem vai haver: a internet inventou a eternidade. Você queria me mandar para o inferno? Erro crasso, me enviou para a *nuvem*. O monstro que acreditou ter tirado a vida analógica, surfa agora ao seu lado, onde quer que você esteja. Não se engane, o algoritmo não vai lhe deixar esquecer o meu rosto. Este é o truque do século XXI, fazer com que você acredite que um corpo possa desaparecer. Seja bem-vindo à minha tumba virtual. A casa é toda sua.

Será que agora vou ter a oportunidade de virar nome de rua, de prêmio, de viaduto, de sala de aula, auditório, de chapelaria de teatro? Vou contar o que aconteceu. Julgue por si mesmo.

Em 2005, fui convidado para apresentar a minha primeira performance: *Wagner Ribot Pina Miranda Xavier Le Schwartz Transobjeto*, em Paris, na programação do Ano do Brasil na França. Ao visitar as galerias da cidade, me deparei com uma das esculturas *Bichos*, de Lygia Clark, exibida dentro de um cubo de vidro. Ela era maior que minhas mãos, feita de metal, e tinha por volta de oito partes planas e pontiagudas como golas de camisas envelhecidas pelo tempo. Na França, os *Bichos* podem ser chamados de *Bêtes*. Quando foram criados, na década de 1960, permitiam a articulação das diferentes partes do seu corpo através de suas dobradiças. Nas exposições, eles somente realizariam a sua função como obra de arte quando houvesse a participação do público. Ao ver um *Bicho* preso, prometi a ele e a mim mesmo que iria soltar o seu corpo do cubo, para que a relação entre o objeto e as pessoas fosse retomada. Lygia Clark dizia que um *Bicho* era um organismo vivo, uma obra essencialmente atuante. Entre o público e ele se estabelecia uma integração total, existencial. Na relação entre ambos não havia passividade, nem do público, nem do objeto. Produzia-se uma espécie de corpo a corpo entre o que era nomeado por ela como "duas entidades vivas". Os *Bichos* não foram concebidos para serem observados, mas para serem manipulados. Lygia considerava a ação das pessoas que formam um público tão importante quanto as suas esculturas. No momento em que um *Bicho* é fechado, desconsidera-se uma das partes que o compõem. Eu me senti trancado. E, de fato, precisava encontrar uma forma de transformar tal sensação. Seria impossível, no entanto, soltar aquela escultura dali. Pensei: "Vou me tornar um *Bicho*". Comprei uma réplica de plástico e criei a performance *La Bête*. Segundo Lygia Clark, essas esculturas têm um caráter orgânico, as dobradiças que unem seus planos lembram uma espinha dorsal. Quando a perguntavam quantos movimentos um *Bicho* poderia fazer, ela respondia: "Eu não sei, você não sabe, mas ele sabe". Clark criou uma relação simbólica entre as articulações do objeto e as do corpo humano. Imaginei ser interessante dar vida a essa associação. Para que *La Bête* aconteça, é importante que o público de uma galeria ou museu esteja disposto a repensar o lugar do espectador. Lugar paradoxalmente impraticável nesta performance. O público cria histórias em silêncio ao observar as manipulações. *La Bête* evidencia a cultura do outro, o seu jeito de narrar. Uma pessoa pode também abandonar a experiência. Ninguém é obrigado a aguardar o seu término. Como a performance é feita com o público, as pessoas podem ainda propor um fim à ação. É necessário reiterar que quem dobra e desdobra o meu corpo se autoriza a entrar em cena ou a falar sobre ela. Participar é uma escolha, não uma condição.

Em janeiro de 2017, fui convidado pelo curador Luiz Camillo Osorio para performar *La Bête*, no Museu de Arte Moderna de São Paulo, durante a abertura do 35º Panorama da Arte Brasileira — *Brasil por multiplicação*. Combinamos de filmar a apresentação e exibir o vídeo em uma televisão de 32 polegadas de setembro a dezembro no espaço expositivo.

26 de setembro, terça-feira. Saí de casa logo após o almoço em direção ao Parque Ibirapuera. Me veio à memória a estreia *La Bête*.

14 de novembro de 2005

Bem-vindos ao laboratório de criação contemporânea "La ménagerie de verre" (O zoológico de vidro), *ao festival* Les inaccoutumés (Desacostumados).

Trouxe algo do Brasil para Paris: esse pequeno objeto de plástico em minhas mãos. Eu o encontrei numa livraria em São Paulo. Ele tem um monte de funções, mas é feito especialmente para colar recados ou fotografias. Poderíamos pensar que ele é um esqueleto que se transforma. É verdade, esse objeto é realmente um animal. Bicho, *é como se chama; embora não seja somente um esqueleto, deveria representar um caranguejo.*

O original, em metal, foi elaborado para fazer parte de uma série de esculturas criadas por Lygia Clark — uma artista visual nascida no Brasil muito conhecida desde os anos 1960. Este objeto é o reverso de um ready-made.

Os Bichos *estão por toda parte. Enquanto réplicas, encontram um endereço temporário como simples objetos de mesa. Não possuem significado nem referência, existem para serem tocados, para brincar. De alguma forma, é proibido não os tocar. Eles convidam seus interlocutores a uma interação onde a habitual oposição sujeito-objeto é eliminada, sublimada —*

como geralmente podemos esperar de uma experiência artística. Onde me coloco em relação a esses objetos? Sou ainda o sujeito? Podem os objetos deixarem de ser objetos? Ou nos encontramos todos enquanto criaturas? Antes que eu siga com minhas perguntas, veremos como o Bicho *pode dar respostas.*

Entrei no museu. Cada artista cuidava de seu trabalho. Segui para o camarim. Assinei permissões de imagem. Um dos cinegrafistas da Maria Farinha Filmes se aproximou. Pediu para me acompanhar do início ao fim da performance. Dei permissão. Os convidados entraram na sala principal. As luzes foram acesas em sua potência máxima. Câmeras registravam a reação do público. Quanto mais o tempo passava, mais vozes ouvia. Minha assistente sinalizou: anunciaram a performance. Nu, entrei no espaço expositivo com a réplica do *Bicho* nas mãos. Segui em direção ao tapete de papelão estendido entre as obras de arte. Posicionei a réplica no chão. Ajoelhei, deitei, sentei ao seu lado. Em silêncio, dobrei e desdobrei suas extremidades. Passaram-se dez minutos. Perguntei: "Alguém quer tentar?" Ofereci meu corpo ao público, como a réplica da réplica de um *Bicho* de Lygia Clark. Algumas pessoas entraram em cena para manipular as dobradiças do *Bicho* humanizado. Outras permaneceram ao redor do tapete e, do mesmo modo, atuaram sobre as intervenções quando, entre si, comentaram sobre elas. Espectadores tornaram-se participantes. Nos primeiros minutos, testaram a minha flexibilidade: dobraram, desdobraram, encolheram e esticaram o meu corpo. Em seguida, se viram em mim: fizeram massagem, me colocaram em posturas de relaxamento, me abraçaram. Outros posicionaram o *Bicho* em que havia me tornado em posturas complexas, desafiadoras, me deixaram cair. A performance caminhava para o desfecho quando duas pessoas entraram em cena. Meu corpo estava estendido no chão e meu olhar fixava o teto do museu. Entendi que se tratava de Elisabete Finger — coreógrafa e amiga que não visitava havia algum tempo — e de sua filha de quatro anos, somente quando atravessaram meu campo de visão. Ambas tocaram meus pés e canelas.

Logo após a apresentação, Elisabete, seu marido e eu combinamos de ir ao teatro.

28 de setembro, quinta-feira. Ao final do show *Acalentando corações*, de Wellington Guitti, em *Darlene Lepetit*, eu os perdi de vista. Quando os reencontrei, percebi o marido de Elisabete transtornado ao telefone. Perguntei se algo grave acontecia. Elisabete me disse que um vídeo contendo um breve recorte em que sua filha e ela participavam de *La Bête* havia viralizado, sem a proteção do rosto da criança. Fiquei angustiado, preocupado com a família, com a proteção da menina, com os problemas que surgem quando uma performance é retirada de seu contexto e espalhada massivamente. Me coloquei à disposição para o que precisassem.

Grupos como o Caneta Desesquerdizadora e o Movimento Brasil Livre (MBL) se apossaram do vídeo e o publicaram em suas plataformas. Um fragmento da performance (e não a performance) foi recontextualizado, articulando falsos conflitos. *La Bête* foi julgada como uma ação que deveria ser cancelada, banida, destruída no país e no mundo por conjurar contra os valores da família tradicional, por colocar em risco a vida de "nossas crianças". Reduziram um conceito aberto à crença de um grupo específico de pessoas.

No dia seguinte, uma fotografia com quatro meninas de mãos dadas comigo durante o agradecimento final da apresentação de *La Bête* no festival IC Encontro de Artes, no Instituto Goethe de Salvador, também viralizou. Novamente, outra imagem havia sido retirada de seu contexto e compartilhada, sem consentimento, com o rosto das crianças à mostra. As pessoas que não estiveram no festival se converteram em *haters* e passaram a acusar o que não conheciam. No museu, o que existia era uma performance de sessenta minutos. Nas fotografias e vídeos, um breve recorte que não poderia mais ser chamado de performance, uma vez que não era mais possível entender o seu contexto. Um fragmento, fruto de uma escolha pessoal, não deve tomar o lugar do que ele não mostra. No museu, várias pessoas assistiram ao que acontecia na cena, em tempo real, construíram juntas o conteúdo da performance. No vídeo, apenas quem apertou *play*, não mais no tempo da performance. Na foto, podia-se ver apenas um segundo retirado de sessenta minutos. Conclusão: associaram *La Bête* ao mais horrível dos transtornos. Retiraram a segurança das crianças, de suas famílias, a da minha família, a minha e a de quem se manifestou publicamente a favor da performance, do Museu de Arte Moderna de São Paulo e do Goethe-Institut Salvador-Bahia. A performance continuou a ser articulada, mas de uma forma diferente daquela que Lygia Clark e eu propusemos. *La Bête* foi retirada de todos os espaços artísticos e continuou, nessas articulações, a mostrar a cultura das pessoas que dobram, desdobram e redobram uma performance que, nesse caso, sequer foi assistida.

A página Caneta Desesquerdizadora caracterizou *La Bête* em muitos de seus *posts* como "arte pedófila". Segundo o jornal *Diário de Pernambuco*, o Movimento Brasil Livre (MBL) levantou a pergunta: "Será que a extrema esquerda vai ter coragem de dizer que ninguém pode criticar o fato de uma menina de cinco anos ter ido tocar um homem nu em uma encenação? Mais uma vez, o dinheiro que poderia ir para serviços públicos é renunciado para beneficiar eventos que contrariam os valores da sociedade brasileira. Talvez seja comum para eles uma criança envolvida em performances do tipo, só que a sociedade brasileira não é obrigada a assistir espetáculos de natureza criminosa e continuar calada". Recebi centenas de ameaças de morte por e-mail, WhatsApp e mídias sociais. Customizaram a violência com o intuito de tornar real a intenção fabulada nos seriados via *streaming*. Fui morto como se matavam os zumbis da série *The Walking Dead*. Fui suicidado após o lançamento da série *13 Reasons Why*. Criaram mortes tão reais para mim quanto as que podem virar filmes. Aproximaram a ficção da vida off-line — o sangue na tela parece feito de pixel. Aderiram ao movimento de quem se autodenomina "cidadão de bem" camuflando-se sob o véu do cristianismo. Em tempo, sei que cristãos não gostam de sangue; quem gosta de sangue são assassinos.

Que me conste, a História é feita de delírio e remorso; a Ciência anda farta desse assunto. No livro *Entre o passado e o futuro*, Hannah Arendt nos lembra que "a introdução do inferno platônico no corpo das crenças dogmáticas cristãs fortaleceu a tal ponto a autoridade religiosa que ela podia esperar permanecer vitoriosa em qualquer contenda com o poder secular — uma das alegrias no paraíso seria ter o privilégio de contemplar o espetáculo de indizíveis sofrimentos no inferno". Quando precisei realizar um Boletim de Ocorrência, como também preencher formulários de organizações internacionais que socorrem artistas e escritores em perigo em seus respectivos países, li a contragosto as milhares de injúrias e ameaças de morte. Separei as mais obscenas. Ao todo, quinze laudas. Fonte Times New Roman, tamanho 12, espaçamento 1,5 entre linhas. Pensei em publicar uma por uma nesse livro para mostrar o que se passa na cabeça de quem é estimulado — sobretudo por seus pastores, políticos e milicianos preferidos — a espicaçar o opositor de cima a baixo. Queria transformar o espetáculo da morte em prosa e cinema, assim como fizeram Marquês de Sade e, mais tarde, Pasolini, em *Salò ou os 120 dias de Sodoma*. Poucos amigos conseguiram ler o material por inteiro. Quem está preparado para a violência gráfica? Eu não consegui terminar de assistir ao filme de Pasolini. E, mesmo que o mundo esteja anestesiado pelas imagens de guerra e de violência, resta em muitos a impossibilidade de entrar em contato com uma escrita que "reduz o corpo físico a uma mercadoria e anula a personalidade do outro" — como disse Pasolini sobre *Salò* — sem adoecer. Queria compartilhar as agressões e não somente a graça que este mundo exige de seus habitantes vivos e mortos. Mas o *eu* — a quem eram endereçadas as mensagens — seria lido ou abandonado?

É importante considerar que o linchamento virtual é um texto em construção, não deveria ser encerrado em um livro; a estratégia dos que excluem permanece a mesma. Assim como essa, entregue com brio sinistro e ideológico no site Blanche Europe (Europa Branca), nos comentários do artigo "*Brésil: une mère encourage sa fille de 4 ans à toucher le corps nu d'un pervers au nom de 'l'art'*" ("Brasil: mãe incentiva filha de 4 anos a tocar no corpo nu de um pervertido em nome da 'arte'").

Todos em nosso movimento se levantarão e usarão seu intelecto para tirar nossa raça desta situação estrumeira. Vamos trabalhar como formigas, invisíveis, mas ativas. Vamos aproveitar este contexto bastante tenso para difundir nossas ideias e convencer as pessoas. Não vamos descansar até que tenhamos convencido todos para agir. A queda desta república é inevitável. Tudo está podre, só se mantém por milagre. Tudo aqui está fodido: mais desempregados, mais migrantes, mais terrorismo, um presidente caindo nas urnas. No entanto, esta bondade cristã, este politicamente correto nos trouxe para onde estamos, em ruína moral e financeira, numa degeneração quase irrecuperável. Chegou a hora de mudar as coisas. Se ao menos eu pudesse enfiar uma vara de ferro aquecida a 850°C no rabo dessa mãe e do artista, outros pervertidos pensariam cinco vezes antes de irem a público fazer asneiras. Há muitos anos me pergunto como sair moralmente limpo desta batalha contra judeus e muçulmanos, sem sujar minhas mãos com sangue — pois quero me mostrar sem pecado diante de Cristo, meu Salvador, quando o dia chegar. Não é possível combater estas duas sementes de Satanás e todas as outras perversões e permanecer limpo. É impossível. Tenho observado os ícones da igreja. Noto que alguns anjos têm espadas nas mãos — soldados de Cristo, que vão para a guerra. Portanto, um pouco menos de caridade e escrúpulos faria muito bem ao nosso povo, porque os tempos são muito difíceis. É agora ou nunca.

Caso a sua curiosidade tenha aumentado, ou queira fazer um estudo de campo, as outras mensagens, vindas dos quatro cantos da Terra, estão disponíveis na página wagnerschwartz.com/ataques. Quem foi o parvo que disse que a mentira tem perna curta?

No dia atribuído ao meu depoimento na delegacia, Natasha do Lago, advogada contratada pelo MAM/SP para me defender, imprimiu algumas ameaças para registrarmos um Boletim de Ocorrência. Ela trazia um bloco de papel nas mãos, em forma de roteiro, assinado por vários autores. Esse roteiro tinha como promessa o fim de minha vida e, para evitarmos o desfecho, transferimos seu conteúdo às autoridades. Sentado diante de uma grande janela aberta para o centro de São Paulo, o delegado analisava as folhas impressas enquanto fumava seu cigarro eletrônico sabor maracujá. Em um dado momento, ele me perguntou: "Como você se sente ao tomar conhecimento deste material acintoso?" "Em choque, como qualquer outro ser humano", respondi. Deu continuidade à leitura. Na penúltima página do dossiê, ele soltou uma risada, aquela que provoca tosse e pigarro. Não entendi sua reação, o documento continha uma descrição explícita de violência. A imagem de um taco de beisebol, enrolado a um metro de arame farpado, havia sido anexa a um texto criminoso, assinado pelo internauta K. T.: "Vagabundo... #gotrump #bolsonaro Se um dia você chegar perto de meus filhos". Para mim, aquela imagem era a síntese do horror; para ele, um atalho, CTRL+C, CTRL+V. O taco tinha história, matava zumbis. Em casa, procurei pelo objeto no Google e o encontrei à venda no site da Fnac francesa: *Este taco, sob licença oficial The walking dead™, pertence ao personagem Negan. De muito boa qualidade, é produzido em espuma rígida. O arame farpado parece estar manchado com sangue seco, perfeito para encarnar o personagem. Este taco será um complemento primoroso ao seu figurino. Cor: marrom.*

"Sua vida foi uma hipótese. Aqueles que morrem velhos são um bloco do passado. Pensamos neles e aparece o que eles foram. Pensamos em você e aparece o que você poderia ter sido", escreveu Edward Levé em seu último romance. O escritor, artista visual e fotógrafo francês entregou o original de *Suicide* (*Suicídio*) a seu editor, P. O. L., dias antes de se enforcar, aos 42 anos de idade.

13 Reasons Why: "Clay Jensen, um estudante de 17 anos, ao voltar da escola para sua casa, encontra uma caixa de sapatos em sua varanda com sete fitas cassete, gravadas por Hannah Baker, sua namorada e colega de escola. Nas fitas, Hannah desenvolve um diário, detalha as treze razões pelas quais decidiu se suicidar. Suas instruções são claras, cada pessoa que recebe a caixa corresponde a uma das razões. Hannah adverte os ouvintes: os que foram mencionados nas fitas devem escutar o conjunto completo, em seguida, repassar a caixa para a próxima pessoa mencionada nas gravações. Se não o fizerem, o segundo conjunto de fitas, mantido por um amigo, será liberado". A série era manchete em muitos jornais e assunto dos amigos com filhos adolescentes. Acreditei poder existir alguma analogia entre o artigo jornalístico sobre meu suicídio e o enredo da série. Não havia, e o autor da matéria sabia que eu continuaria vivo quando chegasse ao chão.

Deixei a casa de Olivia, poderiam descobrir o seu endereço e concretizar as ameaças que eu não parava de receber. Dormi, a cada dia, em um lugar diferente. É curioso que as pessoas podiam colocar minha integridade física e psicológica em risco, mas eu mesmo não tinha direito a nenhuma proteção. Além disso, Natasha me aconselhou a ficar no Brasil: sair imediatamente poderia ser mal interpretado e as investigações ainda não haviam sido concluídas.

Abrem-se as cortinas.

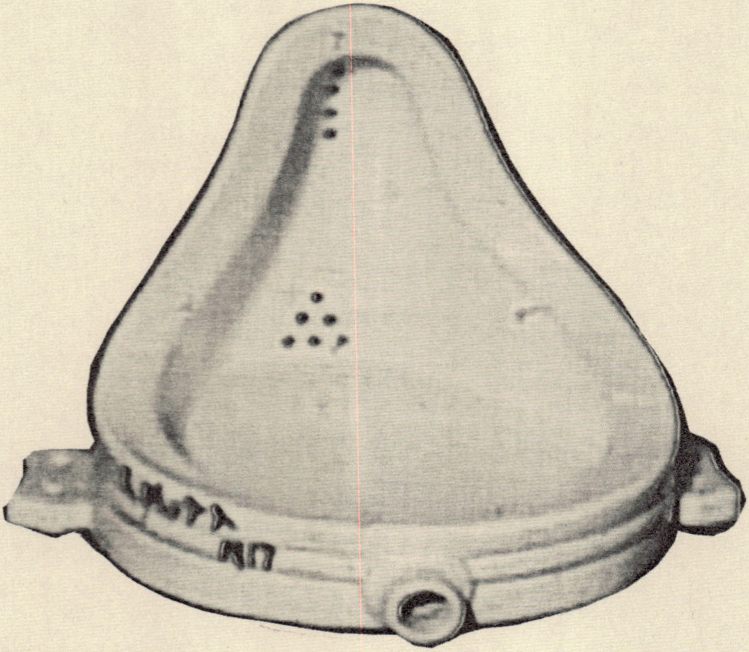

CATÁSTROFE [SIC]

PEÇA EM TREZE ATOS

Imagens: “Ready incinerated”, 2023, Júlio Villani.

A Stéphane Zagdanski,
O deus da Bíblia não está no céu.
Ele está impresso em diversas páginas de um mesmo livro.
No céu, há nuvem e meu olhar, desesperado.

INTRODUÇÃO

Catástrofe [sic] é uma peça de teatro sobre os ajustes finais de um espetáculo, uma ficção dentro de uma ficção. O texto é escrito por múltiplos autores, cada qual apresenta sua proposta para um único desfecho: conquistar eleitores em um país dominado pela superstição. No fundo do palco, vemos a foto de um protagonista, cuja individualidade foi reduzida a uma imagem e sua intenção, inventada. Essa imagem é utilizada pelos autores para a reprodução de sermões nacionalistas. Do lado de fora do teatro, estamos no século XXI, Brasil, 2017. Do lado de dentro, também. As paredes já não mais separam o interior e o exterior. As reivindicações dos autores definem o que deve ser realizado em cena de modo a satisfazer os interesses de seus eleitores — segundo eles, a maioria da população brasileira. Os sermões alimentam o apetite de um público ausente, que vigia e pune o que não reconhece como arte.

PERSONAGENS

Protagonista
La Bête

Autores

1. Kim Kataguiri, cofundador e coordenador do Movimento Brasil Livre
2. Fernando Holiday, vereador da cidade de São Paulo, coordenador nacional do MBL
3. Paulo Mathias, integrante do MBL
4. Filipe Barros, integrante do MBL
5. Jair Bolsonaro (Partido Social Cristão), Deputado Federal pelo Rio de Janeiro, candidato à Presidência da República
6. João Doria (Partido da Social Democracia Brasileira), Prefeito de São Paulo
7. Ronaldo Caiado (Democratas), Senador por Goiás
8. Alexandre Frota, ex-ator pornográfico, visa ao cargo de Deputado Federal por São Paulo
9. Magno Malta (Partido Liberal), Senador pelo Espírito Santo
10. João Rodrigues (Partido Social Democrata), Deputado Federal por Santa Catarina
11. Laerte Bessa (Partido Liberal), Deputado Federal pelo Distrito Federal, ex-diretor-geral da Polícia Civil de Brasília
12. Sérgio Sá Leitão, Ministro da Cultura, e Hidekazu Takayama, presidente da Frente Parlamentar Evangélica, Deputado pelo Paraná
13. Marco Feliciano (Partido Social Cristão), Deputado Federal por São Paulo

Participação especial no 7º ato
Mariana Godoy, entrevistadora titular do programa Rede TV News

CARACTERÍSTICAS FÍSICAS DOS PERSONAGENS

1. Kim Kataguiri, 21 anos, cabelos pretos, barba preta, neto de imigrantes japoneses, óculos de grau com aro fino.
2. Fernando Holiday, 21 anos, cabelos pretos, pele negra, olhos negros, homossexual assumido.
3. Paulo Mathias, 27 anos, cabelos pretos, barba cerrada, pele branca, olhos pretos, óculos de aro preto ou transparente.
4. Filipe Barros, 26 anos, cabelos castanho-escuros, barba castanho-escura, pele branca, olhos pretos, óculos com aro preto.
5. Jair Bolsonaro, 62 anos, pele branca (bochechas avermelhadas), cabelos pretos, olhos azuis.
6. João Doria, 59 anos, pele branca com sinais de intervenção estética, cabelos castanhos, olhos castanhos.
7. Ronaldo Caiado, 68 anos, pele branca, cabelos brancos, olhos pretos.
8. Alexandre Frota, 53 anos, pele morena, cabelos pretos, barba branca, olhos pretos.
9. Magno Malta, 60 anos, pele morena, cabelos pretos, olhos pretos.
10. João Rodrigues, 50 anos, cabelo grisalho, pele branca, olhos pretos.
11. Laerte Bessa, 63 anos, cabelos brancos, barba branca, pele branca, olhos pretos.
12. Sérgio Sá Leitão, 50 anos, cabelos pretos, cavanhaque preto, pele branca, olhos pretos, óculos de grau com aro preto, e Hidekazu Takayama, 69 anos, cabelos pretos, descendente de japoneses, olhos pretos puxados.
13. Marco Feliciano, 44 anos, cabelos pretos com sinais de intervenção estética, barba branca, olhos pretos.

CENOGRAFIA

Um púlpito é posicionado do lado direito do palco. Uma réplica da obra *Fonte*, de Marcel Duchamp, é fixada no seu centro. Dos buracos do urinol surge uma fumaça preta com a consistência de gelo seco. Igualmente, os buracos se transformam em caixas acústicas, amplificam as vozes dos autores. Cada autor utiliza o púlpito para fazer o seu sermão. No fundo do palco, vemos uma foto de *La Bête*.

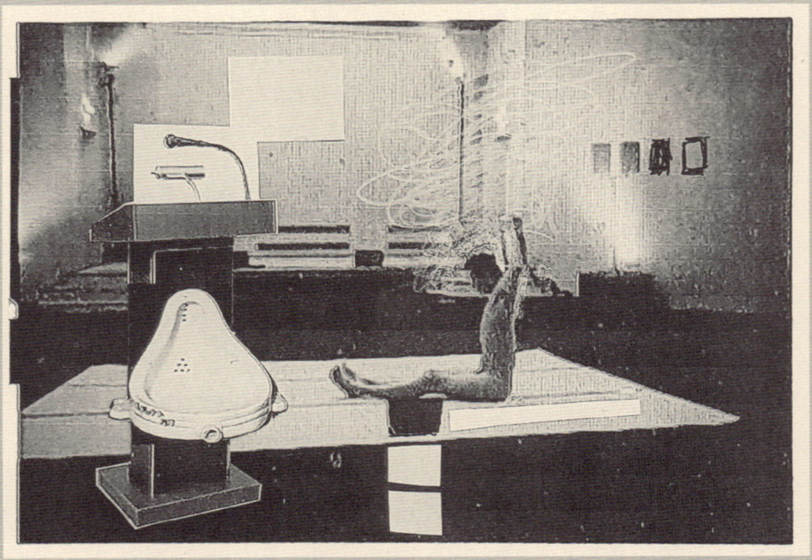

Fotografia: "La Bête", Palais de Tokyo, 2018, Ayka Lux.
Imagem: "Ready destroyed", 2023, Júlio Villani.

1º ATO

Kim Kataguiri (Veste camisa roxo-clara e gravata roxo-escura. Fala rápido em tom de revolta, sotaque paulista.)

— A essa altura do campeonato, já tá todo mundo sabendo daquela exposição ridícula do Museu de Arte Moderna, né? Que pode até ser um museu, pode até ser moderno, mas que de arte não tem absolutamente nada. Trata-se basicamente de uma criança tocando num homem pelado. E chamam isso de arte, mas antes de eu dar o meu juízo de valor, antes de dar a minha opinião, eu vou ler a lei, né, o Estatuto da Criança e do Adolescente. O artigo 3º diz o seguinte: "A criança e o adolescente gozam de todos os direitos fundamentais inerentes à pessoa humana, sem prejuízo da proteção integral de que trata esta Lei, assegurando-se lhes, por lei ou por outros meios, todas as oportunidades e facilidades, a fim de lhes facultar o desenvolvimento físico, mental, moral, espiritual e social, em condições de liberdade e de dignidade". Eu queria dar um destaque para essa palavra: dignidade, da pessoa humana; dignidade das crianças, isso significa que as crianças são um fim em si mesmo. As crianças não são meio. Não são um instrumento, não são um objeto pra ser usadas, seja com fins políticos, seja com fins, com o que quer que seja, como foi nessa exposição. As crianças não são um instrumento que você usa como bem entender. As crianças são um fim. Elas devem ser protegidas como diz a lei, para ter o seu desenvolvimento físico, moral, espiritual e mental garantido. E eu sei que os veículos de imprensa, os partidos de esquerda vão falar que o MBL é nazista, é fascista, que o MBL defende censura, defende ditadura, simplesmente porque a gente rejeita esse absurdo. Mas a gente vai continuar defendendo a nossa posição, porque não interessa o quanto batam na gente. O que interessa é defender o que é correto, o que é certo. E isso aqui não se trata de questão ideológica. Não se trata de ser liberal, de ser conservador, de ser socialista, se trata de ter bom senso. Bom senso de você não colocar uma criança exposta a um homem pelado, uma criança, uma menor de 12 anos de idade. Bom senso de você não utilizar dinheiro público, pra atentar contra a dignidade das crianças, pra atentar contra a dignidade das famílias, pra atentar contra a dignidade dos valores da sociedade brasileira. É bom senso. Não é ideologia. E eu não sei qual que é a tara que essa gente tem por criança. Já teve aquela história lá no *Queermuseu* em Porto Alegre em que as crianças foram expostas a um vídeo de um homem sendo, é, recebendo ejaculação na cara. Agora crianças tocando num homem. Por que fazer isso com criança? (*Pausa dramática*) Sabe, não tendo criança, não tendo bicho, vai lá, fazem o que vocês bem entenderem. Agora pra quê, por quê? Qual a agenda que tá por trás disso? E por que que nós somos os malucos, somos os fascistas, somos os nazistas, quando nós repudiamos isso que, evidentemente, é um atentado, é um crime contra as crianças, contra a sociedade, contra os nossos valores? Podem bater. Podem chamar de nazista, podem chamar de ditador, porque a gente vai continuar defendendo o que é correto. Independentemente de quanto batam na gente.

FIM DO 1º ATO

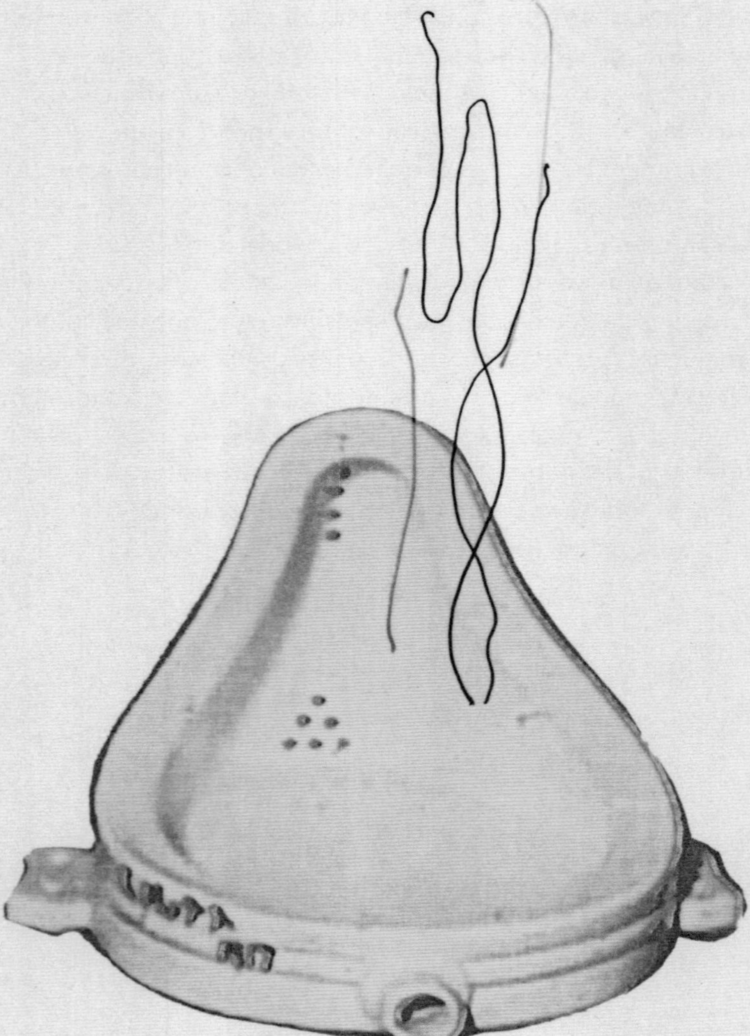

Uma fumaça sai dos buracos do urinol por 30 segundos.
Tempo de troca de personagem.

2º ATO

Fernando Holiday (Veste camiseta preta e jaqueta vermelha. Fala em tom de revolta, voz alta, enfezada, sotaque paulista.)

— Depois da exposição do Santander, a esquerda tentou nos taxar como inimigos da liberdade. Mesmo que estivessem usando dinheiro público pra ofender diversas religiões, mesmo que estivessem expondo crianças a uma obra que não tinha definitivamente nenhuma compatibilidade com a sua idade. Mas agora, depois de pouco tempo inclusive, eles passaram mais uma vez dos limites, aliás, passaram de todos os limites. Crianças foram colocadas diante de adultos nus para tocá-los. Pequenas meninas foram colocadas diante de um homem completamente pelado, para que pudessem tocá-lo e conhecer o seu corpo e ainda tiveram a cara de pau, a falta de vergonha de chamar isso de "arte" (*faz o sinal de aspas com os dedos indicadores*). Na verdade, isso não é arte. Aliás, isso tá muito longe de ser arte. Isso é um incentivo ao abuso infantil, à pedofilia. Aquelas crianças poderão agora achar que é perfeitamente normal um homem desconhecido aparecer pelado na sua frente pra que elas possam tocá-lo. Isto é uma coisa nojenta, uma das coisas mais grotescas que poderiam ser produzidas pela humanidade, produto de uma moralidade, aliás, que só pode vir do esgoto. É por isso que, como presidente da Comissão da Criança e do Adolescente aqui na Câmara Municipal de São Paulo, vou pedir, sim, informações ao museu pra que ele se pronuncie, pois também é responsável pelo público que vai nessas "peças de arte" (*faz o sinal de aspas com os dedos*). O museu, além de tudo, precisa ser investigado pelo Ministério Público, por isso também apresentarei uma denúncia pra que o MP (*diz: "eme pê"*) investigue o museu, mas isso não basta, não basta serem denunciados somente aqui no Brasil, pois a nossa nação assinou em 1992 a Convenção, o Pacto de São José da Costa Rica e a Comissão de Direitos Humanos. A Comissão Interamericana de Direitos Humanos precisa se pronunciar também, porque se as autoridades brasileiras nada fizerem em relação a isso, o Brasil deverá ser condenado internacionalmente. Além disso, o Brasil é signatário também da Convenção dos Direitos da Criança, que é ligado à Organização das Nações Unidas, e também o Brasil será denunciado internacionalmente na ONU, porque assinou um pacto no qual se comprometeu a combater a pornografia infantil e a exposição de crianças a atos libidinosos. E foi exatamente o que aconteceu no museu. Para além da imoralidade, para além do péssimo gosto, para além da falta de vergonha na cara, agora a esquerda deu pra chamar crime de "arte" (*faz o sinal de aspas com os dedos*).

FIM DO 2º ATO

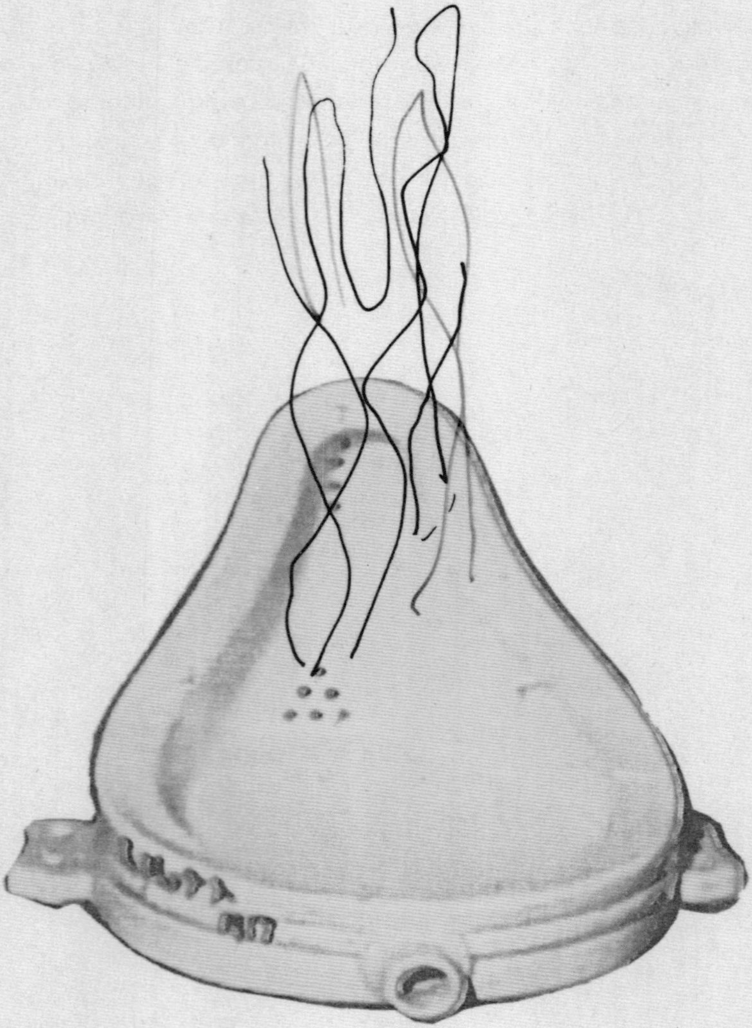

Uma fumaça sai dos buracos do urinol por 30 segundos.
Tempo de troca de personagem.

3º ATO

Paulo Mathias (Veste camiseta cinza. Fala em tom de revolta, sotaque paulista.)

— Eu gravo este vídeo pra emitir a minha opinião sobre essa exposição que colocou uma criança pra apalpar um homem nu no MAM, Museu de Arte Moderna aqui em São Paulo. Tosca. Absurda. Revoltante. Esse é o sentimento que tá nas pessoas que vivem aqui nessa cidade e em todo o Brasil que assistiram àquele vídeo. Como é que pode dizer que isso é arte, e ainda por cima, gastar dinheiro público pra essa porcaria, esse lixo. Arte não é isso. Arte é algo muito maior que isso. É algo que ensina as pessoas, é algo que instiga as pessoas. Forçar uma criança a apalpar um homem nu. Que raio de ensinamento essa criança tá têno pro futuro? Que pessoa que nós tamos formando? Que país que nós tamos vivendo que permite algo assim? Isso é um absurdo. É uma vergonha. Eu espero sinceramente que as autoridades brasileiras e o Ministério Público tenham posições rigorosas, punições firmes nesse caso. Que os valores da família brasileira, de toda a nossa sociedade sejam respeitados. E eu ainda descobri que a mãe dessa criança, que permitiu que ela apalpasse aquele homem num museu, é filiada ao PT. Eu não quero aqui trazer a disputa partidária pra esse vídeo e pra minha fala, mas só me faltava essa, a mãe dessa criança ser filiada ao PT. É tudo o que a gente não precisa mais no Brasil. É esse tipo de pensamento hipócrita. Hipocrisia no Brasil tá com os dias contados. Chega desse pensamento. A gente quer um Brasil sério. Um Brasil de valores. Um Brasil com rigidez, com punições, com limites. Isso que aconteceu no Museu de Arte Moderna aqui em São Paulo não representa o Brasil que eu e vocês queremos.

FIM DO 3º ATO

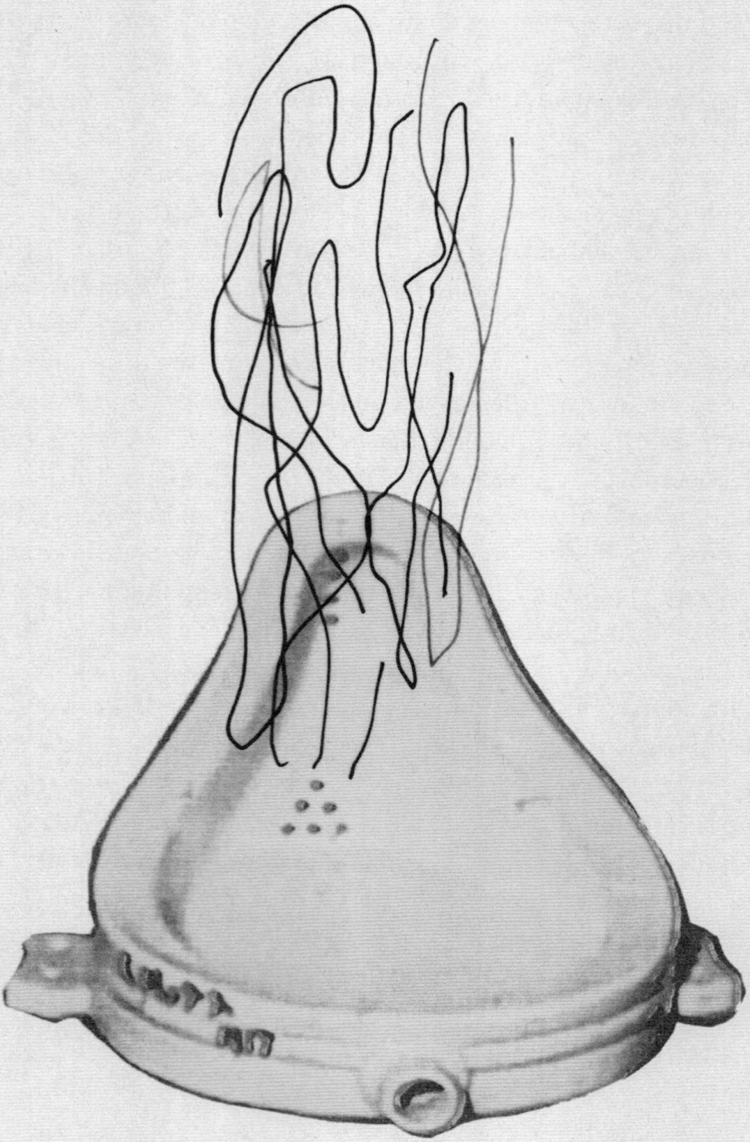

Uma fumaça sai dos buracos do urinol por 30 segundos.
Tempo de troca de personagem.

4º ATO

Filipe Barros (Veste camisa roxo-clara. Fala rápido, em tom de revolta, sotaque de Londrina, Paraná. Usa o erre retroflexo.)

— Pessoal, nós temos visto no Brasil inteiro supostos artistas que se utilizam da arte para cometer crimes. Foi o *Queermuseu*, no Rio Grande do Sul, o "peladão do MAM", lá em São Paulo e até aqui em Londrina, o "peladão do Lago Igapó". Pessoas que se utilizam da arte para cometer crimes e nós sabemos que a lei vale pra todos no nosso país e existem crimes tipificados que abrangem essas determinadas situações. Vocês sabem também que uma de minhas principais bandeiras é a defesa das nossas crianças e dos nossos adolescentes que, é, estão sofrendo por diversas tentativas de erotização, seja ideologia de gênero nas escolas e agora através, é, de supostos artistas e de supostas artes. Nesse sentido apresentei um projeto de lei hoje aqui na Câmara Municipal de Londrina que tem três (*faz o número três com os dedos da mão*) principais objetivos. O primeiro objetivo deles é que toda exposição artística deverá conter a faixa etária, ou seja, a idade que pode frequentar aquele tipo de espetáculo. O segundo objetivo desse projeto é que, naqueles espetáculos, cuja faixa etária seja maiores de dezoito anos, ou seja, aqueles menores, menores de idade não poderão frequentar aquele ambiente onde estará sendo, é, feito o teatro, o espetáculo artístico, nesses casos o conselho tutelar deve estar na porta do recinto, garantindo que menores de idade não adentrem, é, aquele tipo de espetáculo cuja faixa etária é maior de dezoito anos. O terceiro ponto é que aqueles artistas, aqueles curadores, aqueles responsáveis por supostos espetáculos artísticos que tenham sido condenados por órgão colegiado por afronta seja ao Código Penal, seja ao Estatuto da Criança e do Adolescente, ficarão proibidos de receber dinheiro público aqui em Londrina pra continuar cometendo, ali, os seus crimes através da arte. Com isso, apresentei esse projeto hoje, nós garantimos mais uma vez a nossa batalha em defesa das crianças e dos adolescentes de Londrina. Sugiro pra que todas as pessoas que verem esse vídeo cobrem do vereador de sua cidade, dos Deputados Estaduais, Federais, pra que apresentem projetos semelhantes a esse. A arte, ela é importante na nossa sociedade, mas a verdadeira arte. E pessoas estão se utilizando da arte pra cometer crimes. Os artistas não têm o salvo-conduto. A lei no nosso país vale pra todos. Inclusive pros artistas. Um abraço, fiquem com Deus. Vamos endireitar o Paraná.

FIM DO 4º ATO

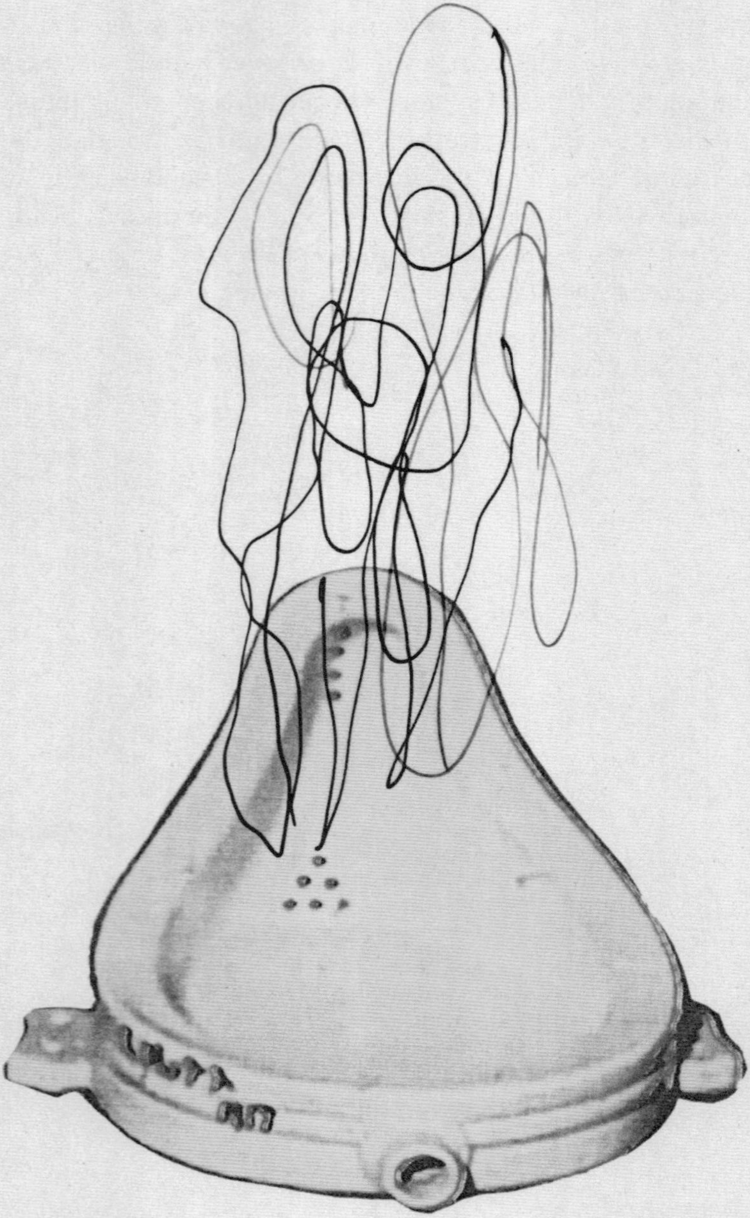

Uma fumaça sai dos buracos do urinol por 30 segundos. Tempo de troca de personagem.

5º ATO

Jair Bolsonaro (Veste camisa azul. Fala rouca, fanha, em tom de revolta.)

— Em respeito à família e à inocência de nossas crianças, eu, Jair Bolsonaro, só tenho uma coisa a dizer a esse tipo de gente: "Canalhas, mil vezes canalhas. A hora de vocês está chegando".

FIM DO 5º ATO

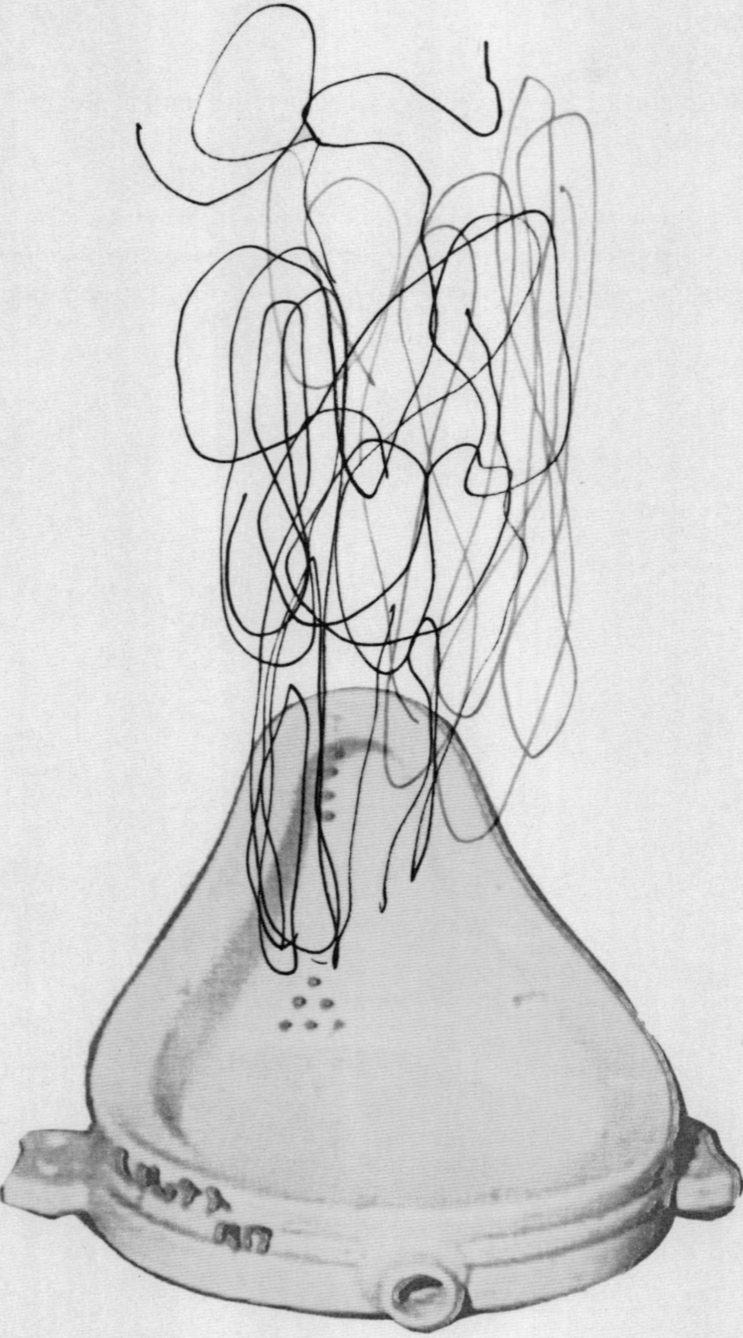

Uma fumaça sai dos buracos do urinol por 30 segundos.
Tempo de troca de personagem.

6º ATO

João Doria (Veste camisa branca com quadrados azuis e um blazer azul-marinho. Fala pausadamente, em tom repreensivo.)

— Pessoal, deixei pra me manifestar hoje sobre estas últimas, ah, exposições de arte realizadas no Rio Grande do Sul e em São Paulo que afrontam o direito, a liberdade e, obviamente, a responsabilidade. Eu compreendo que a arte é uma manifestação sempre muito aberta, muito ampla, mas tudo tem limite. O caso aqui de São Paulo, por exemplo, a exposição, ah, realizada no MAM, no Museu de Arte Moderna, que é uma instituição séria, eu quero deixar isso bem claro, no Parque do Ibirapuera, não pode, em nome dessa liberdade, permitir que uma cena libidinosa, que estimula uma relação artificial, condenada e absolutamente imprópria, seja colocada para o público. Fere, inclusive, o Estatuto da Criança e do Adolescente e, ao ferir, ele está cometendo uma impropriedade, uma ilegalidade e deve ser imediatamente retirado, além de condenado. Eu gosto da arte, admiro a arte, mas tudo, tudo, tudo deve obedecer a um limite. Não pode haver nada que dentro do contexto da sua própria liberdade afronte a liberdade de outra pessoa. Então, eu peço que aqueles que promovem a arte no Brasil tenham consciência de que é preciso respeitar aqueles que frequentam os espaços públicos: respeitar a família, respeitar os direitos, respeitar as religiões, respeitar a liberdade alheia.

FIM DO 6º ATO

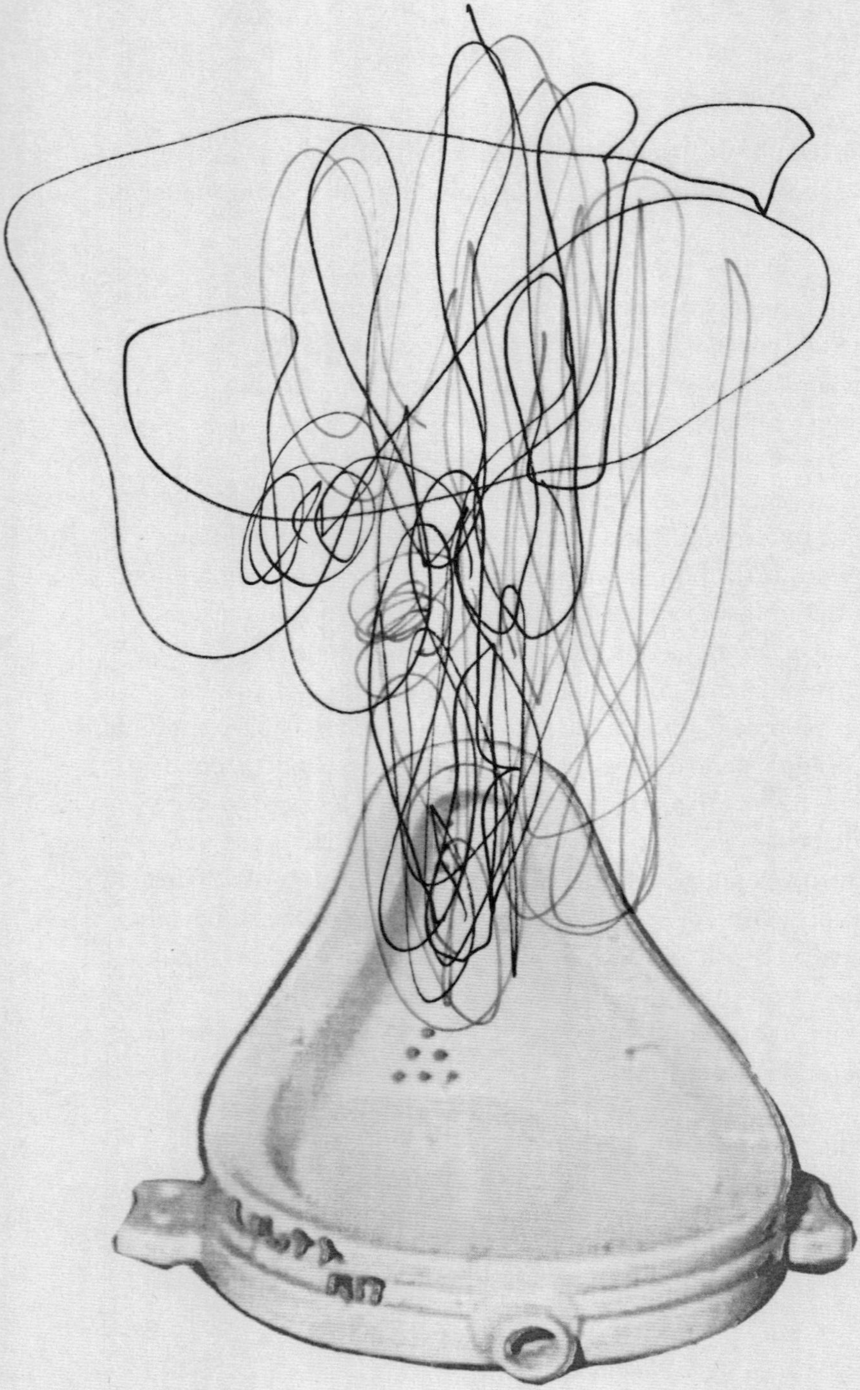

Uma fumaça sai dos buracos do urinol por 30 segundos.
Tempo de troca de personagem.

7º ATO

Ronaldo Caiado (Veste um terno azul-marinho, camisa branca, gravata azul. Fala pausadamente, em tom repreensivo.)
Mariana Godoy (Veste uma blusa branca, saia preta. Fala em tom de entrevista.)

Ronaldo Caiado Isso não pode ser chamado arte. Isso não tem nada a ver com arte. Isto é crime.

Mariana Godoy Mas é crime mesmo?

Ronaldo Caiado É crime. É crime.

Mariana Godoy (*atravessa a resposta do entrevistado*) Mas não é pedofilia. É pedofilia?

Ronaldo Caiado O Estatuto, o Estatuto da Criança e do Adolescente.

Mariana Godoy (*atravessa a resposta do entrevistado*) Ahn...

Ronaldo Caiado (*continua*) Prevê exatamente este tipo de (*pausa dramática)* cena que foi feita, tá certo?

Mariana Godoy Mas não é uma exposição à nudez com uma intenção sexual.

Ronaldo Caiado É crime.

Mariana Godoy (*repete automaticamente*) É crime.

Ronaldo Caiado Está muito bem detalhado no Instituto da Criança (*balança a cabeça como se tivesse cometido um erro*), no Estatuto da Criança e do Adolescente, no ECA.

Mariana Godoy Quem vai preso?

Ronaldo Caiado Vai preso ali o ator, os responsável pelas criança (*usa da falta de concordância*) e quem realmente responsabilizou pra que aquela peça fosse colocada. A pena é de um a quatro anos. Lógico que vai variar sobre a responsabilidade de cada um.

FIM DO 7º ATO

Uma fumaça sai dos buracos do urinol por 30 segundos.
Tempo de troca de personagem.

8º ATO

Alexandre Frota (Masca chiclete. Veste camisa e calça pretas. Tem a bandeira do Brasil nas mãos. Fala eufórica em tom ameaçador.)

— Foi aqui, ontem. Exatamente aqui, ontem, um homem ficou nu, as pessoas em volta rindo. Enquanto garotas de cinco, seis, sete, oito, nove, dez anos tocavam no cara aqui. No cara nu. Então tá aqui. Vim ao vivo porque eu falei pra vocês que se ele tivesse aqui hoje, eu ia levantar ele.

FIM DO 8º ATO

Uma fumaça sai dos buracos do urinol por 30 segundos.
Tempo de troca de personagem.

9º ATO

Magno Malta (Veste camiseta slim preta com a frase "todos contra a pedofilia" em caixa-alta. Porta uma corrente dourada e relógio preto no braço direito. Fala eufórica, em tom ameaçador.)

— Eu queria chamar atenção pra essa exposição que está acontecendo no MASP, em São Paulo. Esse vídeo que circulou, uma exposição de arte, uma criança sendo exposta pra tocar o órgão genital de um adulto com pessoas assistindo à erotização de uma criança. Isso é pedofilia. Pedofilia é crime hediondo. Isso é lei, ou nós só vamos usar o Estatuto da Criança e do Adolescente pra poder dizer que um homem de dezessete anos que estupra e mata, esse é criança? Mas uma criança pode ser erotizada? Quero chamar a atenção do governador Geraldo Alckmin de São Paulo: governador, o senhor é um homem de bem, um homem cristão, de família, o senhor precisa reagir. E dizer à população do Brasil que a direção do MASP será convocada pela CPI dos Maus-Tratos infantis com todos esses produtores dessa infame também exposição de arte erotizando uma criança. Chamo atenção pro Ministério Público de São Paulo, para um procurador do Ministério Público de São Paulo pra essa exposição. Isso é pedofilia. É preciso aplicar o Estatuto da Criança e do Adolescente porque é crime hediondo. Chamo a atenção. Nós tamo tomando providência. Governador Geraldo, o senhor precisa agir.

FIM DO 9º ATO

Uma fumaça sai dos buracos do urinol por 30 segundos.
Tempo de troca de personagem.

10º ATO

João Rodrigues (Veste um terno azul-escuro, uma camisa branca, uma gravata azul-marinho. Grita em tom ameaçador.)

— Semana passada o Brasil foi pego de surpresa. Aliás, tantas coisas têm ocorrido em ataque à família brasileira, à moral e aos bons costumes, que se chegou literalmente ao fundo do poço. Quando no Museu de Artes Modernas em São Paulo, 10 ou 20 pessoas, insanos, sentados ao solo apreciando a entrada de um marmanjo completamente nu, de mãos dadas com três ou quatro crianças, meninas, fazia uma apresentação cultural. Ora, senhoras e senhores, aquilo foi um ataque, foi um crime cometido de acordo com o ECA. E me parece que o Ministério Público de São Paulo já tá tomando as devidas providências. Alguém tem que parar essa gente. Não é só um ataque à moral do povo brasileiro, mas é pra mexer com o subconsciente dos tarados do Brasil. O psicopata, tarado por criança, quando vê aquela imagem, daquele patife, certamente dirá "tudo pode". E o pior, eu não consigo acreditar que tem algum pilantra, algum vagabundo dentro desta casa que aplauda isso. Eu não acredito que tenha, porque se tiver tem que levar porrada (*gritos e aplausos*). Se tiver tem que ir pro cacete, (*ouve-se: "Parabéns, deputado!"*) pra aprender. Bando de safado. Bando de vagabundo. Bando de traidores, da moral e da família brasileira. Tem que ir pra porrada com esses canalhas. Nós não podemos mais ficar quieto diante disso tudo que está acontecendo todos os dias na porta das nossas casas. (*Aponta o dedo para alguém do público.*) Se você for um, é em você que eu dou na cara. Se você é um apoiador de patife, se você apoia tarado, é na tua cara que eu dou. Dou em você e em qualquer pilantra que tá aqui dentro. Vocês têm que ter vergonha na cara de vocês. Bando de pilantra.

FIM DO 10º ATO

Uma fumaça sai dos buracos do urinol por 30 segundos.
Tempo de troca de personagem.

11º ATO

Laerte Bessa (Veste um terno cinza-claro, uma camisa azul-clara, uma gravata azul-marinho. Fala enfezada em tom ameaçador.)

— Eu queria perguntar a ele se ele conhece direitos humanos. Direitos humanos é um porrete de pau de guatambu, que a gente usou muitos anos em delegacia de polícia. Se ele conhece rabo de tatu, que também usamos em bons tempos em delegacia de polícia. Se aquele vagabundo fosse fazer aquela exposição lá no Goiás, ele ia levar uma taca que ele nunca mais queria ser artista e, outra, que ele nunca mais iria tomar banho pelado.

FIM DO 11º ATO

Uma fumaça sai dos buracos do urinol por 30 segundos.
Tempo de troca de personagem.

12º ATO

Sérgio Sá Leitão (Veste terno azul e gravata. Tom de fala acuado.)
Partido Social Cristão (Homem político desconhecido. Veste terno azul e gravata.)
Hidekazu Takayama (Veste terno cinza. Tom revoltado.)

Sérgio Sá Leitão Tenho dois filhos.
Partido Social Cristão Que idade?
Sérgio Sá Leitão Oito e doze anos.
Partido Social Cristão Deixaria seu filho ir lá?
Sérgio Sá Leitão Não. De jeito nenhum.
Partido Social Cristão Houve crime ou não?
Sérgio Sá Leitão No caso de São Paulo, na minha visão, sim.
Hidekazu Takayama Nós estamos machucados. Se é um direito do outro lado achar que isso é arte, pra nós isso não é arte, para nós isso é pornografia. Não contribui em nada. Não é avanço. Epicurismo puro. Essa teoria da licenciosidade não serve para nós cristãos. O Brasil tem uma vocação de ser um país cristão e, pode ter certeza, ministro, nós vamos lutar até o última consequência (*troca "a" por "o"*). Esse tipo de orientação que Vossa Excelência está recebendo de equipes técnicas está com vícios do governo anterior. Nós já caçamos exatamente o que estava traçando prejuízos à família cristã. Sabemos que o Estado é laico, mas a população é cristã. Estou envergonhado. Este é um país cristão. Nós estamos debaixo de uma base cristã. O que que isso nos torna fanáticos?

FIM DO 12º ATO

Uma fumaça sai dos buracos do urinol por 30 segundos.
Tempo de troca de personagem.

13º ATO

Marco Feliciano (Veste camiseta preta. Fala angustiada, em tom pastoral.)

— Estou indignado, estou enfurecido, estou enraivecido com o ocorrido no Museu da Arte Moderna em São Paulo. Somente nos últimos trinta dias já são três museus que expõem nudez, zoofilia, pedofilia, pornografia aos olhos de nossas crianças. Eu repito o que venho dizendo, deixem nossas crianças em paz. Nossas crianças são puras, a pureza infantil tem que ser protegida. Não erotizem nossas crianças. Não tirem nossas crianças do caminho, não transformem nossas crianças em adultos pervertidos como vocês são. Isto não pode mais continuar acontecendo. Até quando a sociedade vai se calar? Até quando a grande imprensa vai continuar dizendo que isso é apenas arte? A arte é pra despertar o lado crítico das pessoas. Pessoas que tenham idade o suficiente para saberem o que estão vendo. O que é que uma criança pode entender vendo um corpo nu senão despertar a sua curiosidade para a erotização? O Museu da Arte Moderna pecou. Pecou também este artista chamado Wagner, que através da sua performance, esse coreógrafo fica nu e induz as pessoas a tocarem seu corpo e levou crianças a fazerem isso. É claro que em uma nota o Museu da Arte Moderna tenta desfazer, dizendo que isso é só uma leitura interpretativa da obra *Bicho* de uma tal Lygia Clark.

FIM DA PEÇA

Marco Feliciano deixa o palco. Escutamos o Hino Nacional Brasileiro ao contrário.
Luz de serviço.

Chamar qualquer episódio mais insinuante de "pedofilia" virou uma histeria coletiva. Isso precisa ser afastado. Agora, a criança, de fato, não poderia estar presente. Não considero pedofilia, mas é uma ação absolutamente inconveniente para uma criança. Ou seja: esse artista e a própria mãe da criança que estava com ela podem ser advertidos, mas não vamos chegar ao exagero de achar que era um comando pedófilo. O Estatuto da Criança e do Adolescente tem medidas protetivas que não permitem que as crianças estejam em determinados locais onde determinadas cenas podem eventualmente chocá-las e a cena pode, sim, vir a chocar uma criança. Nesse aspecto, o ocorrido foi absolutamente inadequado.

Dr. Antônio Carlos Malheiros
Desembargador

Desinstalei o Facebook e o Messenger de meu telefone. Deletei minha conta no Instagram. Instalei o serviço de anonimização CyberGhost VPN em meu computador e em meu celular.

Duas semanas após o linchamento, fiz um percurso de metrô em São Paulo acompanhado por duas amigas. Danusa Carvalho e Vanesca Bueno, produtoras da Corpo Rastreado, prometeram reagir caso alguém se alterasse. Minha respiração ficou mais curta; as pernas, frouxas. Tive medo que um vagão inteiro se jogasse contra mim entre murros e pontapés. As portas do metrô se abriram. Assentos ocupados. Fiquei de pé no fundo do vagão. A sensação de perigo se foi quando, ao invés de olhar para baixo, reparei nas pessoas: a maioria conectada ao próprio telefone.

O Ministério Público de São Paulo abriu um inquérito policial. Fomos acusados por "suposta colaboração para produção e direção de cena pornográfica envolvendo menor de idade". Particularmente, fui investigado por "haver contracenado com uma criança". Segundo o Termo de Arquivamento, deliberado em maio de 2018, "a ilustrada advogada D.C.M.B., em causa própria", ofertou representação criminal. Uma "representação formulada pela Frente Parlamentar Evangélica da Assembleia Legislativa do Estado de São Paulo" também foi emitida, e um "Documento de mesmo teor foi encaminhado à Procuradoria Geral de Justiça por Sua Excelência, o Deputado Federal Major Olímpio e pela ANAJURE — Associação Nacional de Juristas Evangélicos. Irresignado, também, Sua Excelência, o Deputado Federal Marcelo Theodoro de Aguiar, representou para a apuração dos fatos. Vieram aos autos uma Moção de Repúdio da colenda Câmara de Vereadores do Município Paulista de Leme" e uma "representação encaminhada por Preclaros Promotores de Justiça e Magistrados no mesmo sentido". Luiz

Camillo Osorio, curador da exposição; Elisabete Finger, mãe da criança; Patrícia Rodrigues, responsável por registrar parte da performance durante a noite de abertura da exposição 35º Panorama da Arte Brasileira e de sua difusão através de suas contas do Instagram, junto ao seu companheiro, e eu fomos intimados a comparecer à 4ª Delegacia de Polícia de Repressão à Pedofilia para prestarmos esclarecimentos sobre a apresentação e divulgação de *La Bête* no Museu de Arte Moderna de São Paulo. Conversei, pela primeira vez, com um público diferente do qual estava acostumado. Policiais observaram o movimento das pessoas; as pessoas que vão a um museu, o discurso que o movimento provoca.

No corredor da delegacia, Alice aguardava o fim do inquérito ao lado de Rita Stein, que segurava um pedaço de bolo para quando eu terminasse o depoimento. Entrei na sala com Natasha. Senti um calafrio, parecido com o que sinto antes de entrar em cena. Do mesmo modo, ensaiei para depor, embora não entendesse o sentido daquele espetáculo. Muitas vezes chamei o público especialista de polícia. Dessa vez, estava diante desse público, mas sem a metáfora. Artistas, em geral, cultivam a ideia de que, se fizerem algo de errado em cena, vão terminar seus dias em uma solitária. Entrei na sala comedido, "boa tarde", e me coloquei à disposição das autoridades. Um dos policiais me chamou a atenção. Tinha os ombros largos e um olhar de quem conhece o seu trabalho. Fazia perguntas precisas e me ajudava a compor algumas respostas caso o lapso viesse me visitar por conta da ansiedade. Questionou quem seria Lygia Clark, se estaria viva. Respondi que ela está morta — como quem argumenta, não como quem adverte. Falei sobre arte moderna, movimento concreto, movimento neoconcreto, obras tridimensionais, sobre a dinâmica entre o quadro e a parede, em como sair da parede, trazer o objeto suspenso para as mãos, aproximar o objeto do público — adeus à contemplação elitista. Chegou então o momento de explicar o que uma criança estaria fazendo em cena. Disse, como muitos já sabem, que a performance não era feita com crianças nem com ninguém (alterei o tom). "Estava deitado em um tapete de papelão com um objeto de plástico nas mãos. Meu corpo estava disponível para ser manipulado pelas pessoas. Neste dia, havia uma família."

Entrei na galeria do Goethe-Institut Salvador-Bahia, olhei para o público. Entre cerca de cem pessoas, quatro crianças me observavam ao lado de seus responsáveis. Retribuí a atenção com um sorriso. Adultos deram início a *La Bête*. Assim que a manobra foi compreendida, as crianças entraram em cena, manipularam meu corpo: dobraram meus braços, minhas pernas e, com dificuldade, puxaram meu corpo de um canto a outro do palco. Uma das crianças colocou a réplica de plástico em meus pés, momento que eu estava de bruços. Um adulto me colocou de pé. Uma das crianças me derrubou no chão. "Quebrou o brinquedo." Sou alto, magro, parece que fiquei pesado com o passar da performance. As crianças tomaram o lugar do *Bicho*, brincaram entre si.

Sim, já abriram a minha boca; enfiaram o dedo no meu ouvido; criaram uma arma com meus dedos; me colocaram de quatro; me abraçaram; simularam conchinha; botaram um guarda-chuva em minhas mãos; deitaram em cima de mim; me deram um abraço; me vestiram; disseram um poema no meu ouvido; narraram uma história segurando minha mão; usaram o próprio telefone para tocar música ambiente; me maquiaram; dançaram comigo; recriaram no meu corpo as posições da Pietà, de Jesus Cristo, da Mona Lisa, do Super-Homem, da Estátua da Liberdade; me fizeram ajoelhar; me massagearam com óleo de arnica; fixaram a placa "Fora Temer" no meu pescoço; me estapearam; choraram na minha frente; fizeram o público chorar; modelaram o sinal de "foda-se" em meus dedos; anunciaram o fim da performance; me pediram para parar; conversaram comigo; tentaram me manipular com a voz; me deixaram cair; fecharam meus olhos; me fizeram cócegas; relutaram em participar; me pediram licença antes de tocar meu corpo; me puseram um turbante; moveram meu pênis do lado esquerdo para o direito; fizeram minha cabeça encostar nos meus pés; me deixaram em pé sustentado por uma perna; taparam meu pênis com minhas duas mãos; me cobriram com um manto vermelho; me beijaram no rosto; me pegaram no colo e me retiraram do teatro; roubaram a réplica de plástico; quebraram a réplica de plástico; trocaram a réplica por um origami de papel; me colocaram na posição fetal; cantaram para mim; me pediram desculpa; torceram meu joelho; me fizeram correr; se transformaram em um *Bicho*, dançaram comigo; tocaram meu pé.

Patrícia me ligou. "Precisamos conversar sobre coisas difíceis." Eu a escutei, já no meu esconderijo. Não sabia o que dizer. Ela estava preocupada. Havia em sua voz o timbre da culpa? Patrícia chorava do outro lado do telefone e eu não conseguia fazer outra coisa a não ser acolher e me proteger do seu choro. Eu acolhia e me protegia de tudo e de todos naquele momento, mesmo das amizades que apareciam aos montes para me salvar. Havia perdido o acesso à razão, é ela que sabe agradecer. Pensava em voz baixa: salvar a quem? Eu já estava morto. Não sabia como reagir ao gesto de Patrícia até agora. Esse livro permite a reflexão, ou mesmo a confissão.

"Você conhece o autor do vídeo?", perguntou o delegado após duas horas de interrogatório, sem especificar a qual vídeo exatamente se referia, se estava falando de Patrícia ou das várias pessoas que poderiam ter filmado a performance. Ele procurava um culpado? Como denunciar a pessoa que um dia me contou o quanto *La Bête* havia transformado o seu trabalho e sua vida pessoal? Eu conseguia dizer o nome de Elisabete Finger sem qualquer preocupação e para quem quer que fosse. Afirmar que eu conhecia a "mãe do MAM" soava como justificativa à sua intervenção e à de sua filha — mesmo que a intimidade não deva legitimar qualquer ação em uma performance. Ao dizer que éramos amigos, muitos relativizaram a sua participação, nos perdoaram. É preciso lembrar: a arte não busca perdão, mas fora da delegacia não era a arte quem corria risco de vida, era eu. Na minha cabeça passavam imagens hediondas, momentos em que muitos presos políticos eram intimados a entregar seus colegas durante a ditadura militar. Em 2017, não vivíamos aquela ditadura, embora tratássemos com muita dificuldade de seu resultado, e a abordagem que eu recebia naquele inquérito estava longe de exercer tal repressão.

A pergunta do delegado criou um conflito entre passado e presente — assim como o compartilhamento do vídeo modificou meu passado no presente. Sobre o futuro, só me interessava a previsão do tempo. O fato é que as diversas reações às imagens da performance mudaram o rumo da história que eu escrevia até então, criaram este livro. Seria tal mudança o elemento mais relevante desta narrativa? Minha amiga, a linguista Débora Oliveira, confessou que no dia em que tomou conhecimento dos ataques à *La Bête*, ligou para os seus próximos: "Acabou". Não acredito ter sido essa a intenção de Patrícia. Ela compartilhou um momento específico da performance com seus seguidores. Mas agora Patrícia pouco importa e eu também. Há um movimento maior do que nós dois e nossos próximos na *nuvem*. Há um vídeo on-line que, de registro pessoal, ganhou a conotação de câmera de segurança, que denuncia a culpa de quem foi expulso do paraíso, de corpos que não pertencem ao Estado. Homens de bem nos fizeram sentir culpados ao longo da História; para eles, a nudez do outro é um pecado. Precisam culpabilizar quem compartilha imagens do corpo sem afetações cínicas. A culpa tensiona o juízo. Nos ingenuizaram. Ingenuidade é não fazer o que a maioria quer.

Mandei um e-mail para Patrícia. "Precisamos conversar sobre coisas difíceis." Ela recebeu minha mensagem em outro continente. Havia no meu texto o timbre da culpa? Imagino Patrícia acolher e se proteger de um assunto que, para mim, dura mais de quatro anos, mesmo que a caça por novos desgastes na internet tenha nos retirado do foco. Nosso rosto perdeu o interesse. Pensava, ainda em voz baixa: salvar a quem? Uma arte tão inexpressiva para a mídia já nasce morta. Foi preciso que o inimigo a descobrisse para ganhar vida. "O que realmente sinto falta em seu texto e em sua memória é o entendimento de que éramos amigos antes do ocorrido. Sempre me percebi sua amiga, acredito que você também. E, no seu livro, pareço uma estranha, não?”

Campinas, São Paulo, 2015. Fui convidado pela Bienal Sesc de Dança para apresentar as performances *Transobjeto*, *Piranha*, *La Bête* e *Mal Secreto*. Ali nos conhecemos: Patrícia, seu companheiro e eu. Nos frequentamos em festivais e espaços de arte no Brasil e na Europa; fora deles também. “Não fomos formalmente intimados. Recebemos uma mensagem informal e comparecemos à delegacia por ‘livre e espontânea vontade’. Nem mesmo pude acompanhar o processo. Então, não sei se está correta a informação em seu texto, visto que ela é técnica.” Pedi à Patrícia que lesse o parágrafo que escrevi sobre a intimação. Artistas fazem isso, não? Pedem licença em privado e não comentam em público. Percebi que deveria ter sido mais preciso em 2017, 2018 e que só consigo ser agora, depois que morri — tem gente que gostaria de dizer tantas coisas para um defunto; não se engane, o contrário também é verdadeiro —, mas existem fatos que impedem o corpo de funcionar como estava certo de que poderia. Fatos que caem com o céu. “Mas havia alguém, a pessoa que fez o vídeo, que talvez não tenha suportado estar com seu corpo ali, tanto que precisou colocar uma câmera entre o seu corpo e os outros corpos”, escreveu Eliane Brum, no jornal *El País*. Agi como um desconhecido de mim mesmo. Segurei minha cabeça com as duas mãos.

Se tivesse me lembrado a tempo de Patrícia e inteirado Eliane Brum sobre a sua atuação como idealizadora e editora de uma plataforma dedicada às artes e ao pensamento contemporâneo, desde 2011 — pressupondo que ela estava no museu não só como visitante, mas também a trabalho — ao invés de dizer “um vídeo foi gravado no MAM” ou “uma pessoa do público registrou um vídeo”, o seu argumento e o de seus seguidores seria diferente? O fato de não mencionar quem era Patrícia, ou mesmo informar que se tratava de uma amiga (como fiz, em 2022, no documentário *Quem tem medo?*), permitiu ao outro interpretar o não dito como quisesse. E como isso acontece ultimamente... De tanto não dizer Patrícia, ela se tornou uma presença não dita entre meus amigos e eu.

Telefones circulavam no MAM. Quantas imagens daquela noite foram ao ar? É preciso lembrar: quem hoje vai ao museu, geralmente entra no espaço expositivo acompanhado por presenças virtuais. Há vinte anos, essa frase hospedaria uma pulsão mística, atualmente há provas: o invisível está entre nós. Se antes utilizávamos a linguagem oral para descrever uma experiência estética ao nosso círculo social, hoje, além da palavra, postamos tal experiência e, muitas vezes, realizamos uma *live*. O museu não é mais-e-apenas um lugar para ir; é, também, um lugar para assistir. Não deveria haver qualquer problema nisso, pois o que se expõe ali é fruto de uma reflexão sobre o lado de fora. Mas o lado inverso do espelho não reflete; não deve mesmo refletir, não é mesmo? "Wagner, o vídeo foi postado em nossas redes sociais como veículo de imprensa que também somos, fazemos isso com toda obra que assistimos desde sempre. O mesmo vídeo foi retirado do ar pelo próprio Instagram, no dia seguinte, por haver um corpo nu. Muitas pessoas amigas atacaram o autor do vídeo na época; quando souberam ser eu quem o havia gravado e postado, diziam que a história mudava completamente. Pena que não pude ter esse 'pé de ouvido' com todos." O certo, quando vem tarde, se descobre enterrado como indigente. Estou aqui — caro leitor — tentando identificar o seu corpo.

A performance retirou o *Bicho* do cubo de vidro. O vídeo retirou o *Bicho* do espaço expositivo. Na primeira versão, era o performer quem estava em cena; na segunda, quem decidiu se ver nas imagens. A performance e o vídeo questionaram a palavra liberdade e, no momento da soltura, ressaltaram também o sinistro: o *Bicho* ganhou vida-e-morte fora do cubo, os *Bicho*s ganharam vida-e-morte fora do museu. Se retirar o *Bicho* do cubo trouxe movimento ao que estava parado, fora do museu, a performance movimentou as vias públicas e privadas: o excesso de ar hiperventilou o evento.

A televisão preparada para exibir o vídeo-registro de *La Bête*, realizado durante a abertura da exposição por Osmar Zampieri, a partir do segundo dia de exposição, foi desligada. O MAM decidiu expor uma tela preta durante o 35º Panorama da Arte Brasileira. Aos visitantes, o luto.

A sala da 4ª Delegacia tinha um ambiente planejado como aquele que vemos nos filmes: móveis antigos, paredes envelhecidas, iluminação padronizada, pessoas vestidas em seus cargos, uma grande janela. O imóvel era antigo, seu interior tinha um estilo modernista. Ao final de três horas de depoimento, disseram que iriam ao museu. Ganhávamos um novo público.

Rita me passou o bolo. Eu o devorei no elevador. Natasha comeu um pedaço. Nos despedimos. Alice, Rita e eu chamamos um táxi. Seguimos para a padaria Pães & Cia., longe do centro da cidade. Precisávamos conversar sobre a minha saída do Brasil. Rita e um grupo de amigos planejavam a viagem.

Visto o sucesso da participação das crianças em *La Bête* antes de ser viralizado, cogitei realizar uma versão para a família. Seria uma experiência para quem quisesse estudar o movimento do corpo humano, como também aprofundar questões sobre ética na infância, bem-vindas no futuro. Durante o momento mais virulento dos ataques, a atriz Nicole Aun me enviou a mensagem: "Vamos fazer um *La Bêtasso*! Já existe um grupo de pais, mães e filhos dispostos a performar". Minha amiga queria me ajudar, confessou com a voz embargada, mas eu temia pôr em risco a vida dessas crianças, assim como ocorrera com a filha de Elisabete e com as meninas que estiveram em cena comigo, no Goethe-Institut Salvador-Bahia. A meu pedido, ela desistiu de seu projeto, eu também.

Em outubro de 2017, fui convocado pela Comissão Parlamentar de Inquérito (CPI) dos Maus-Tratos — presidida pelo então senador, pastor e cantor evangélico Magno Malta — para prestar esclarecimentos sobre minha apresentação no MAM/SP. Não compareci à primeira oitiva, uma vez que a carta convocatória foi endereçada ao museu e não ao meu endereço pessoal. Malta se aproveitou de minha ausência para emitir ao Senado um mandado de condução coercitiva. Conseguiu manchetes. A pedido dos advogados que me assessoravam, o ministro do Supremo Tribunal Federal, Alexandre de Moraes, acolheu liminar no Habeas Corpus 150180 para sustar os efeitos da ordem de condução coercitiva. Mais manchetes. A CPI, que deveria ser encerrada no fim do mesmo ano, foi adiada para 2018, ano eleitoral. Quando soube dessa Comissão, estava com viagem marcada para Paris. Trabalhava no filme *Le genre international* (*O gênero internacional*), de Judith Cahen e Masayasu Eguchi. Precisava deixar o Brasil também por questões profissionais. Nos últimos meses de 2017 e durante todo o ano de 2018, o advogado Felipe de Paula, à época sócio do escritório Levy Salomão que atuava *pro bono* para o MAM, me atualizava sobre a evolução da CPI. Danilo Morais, advogado em Brasília, indicado por Paula Lavigne (342 Artes), também me ligava com certa frequência: "É um dever moral fazer contato e tentar te tranquilizar". Eu me sentia aliviado ao conversar com os dois; mais do que vozes do Direito, eram vozes civis. Eu não tinha estrutura emocional para depor, para entrar nos holofotes da justiça brasileira, sinônimo de igreja neopentecostal. A possibilidade de ser convocado me adoecia. Esperava impaciente pelo encerramento da CPI em agosto de 2018 que, mais uma vez, foi adiada — naquela ocasião, para o mês de dezembro. Novas consultas com o psiquiatra. Ao mesmo tempo, esse parecia ser um tempo produtivo para Malta. Os novos agendamentos o ajudavam a realizar sua campanha eleitoral. Sem sucesso. No dia sete de outubro era anunciado que o pastor perdia as eleições a Senador pelo Estado do Espírito Santo para Fabiano Contarato (Rede), um candidato declaradamente gay. Publicamente descontente, Malta redobrou a atenção sobre a sua notoriedade — visava ser abrigado por Jair Bolsonaro no Palácio do Planalto. Foi seu único aliado a ter a palavra diante das câmeras: orou de mãos dadas com seu amigo logo após o Supremo Tribunal Eleitoral anunciar o novo presidente do Brasil.

Assisti on-line Magno Malta humilhar Elisabete Finger em uma audiência pública da CPI dos Maus-Tratos. O então senador interpretava o homem que pode julgar, a autoridade viril. Ele aproveitou a deixa da CPI — criada com o objetivo de "investigar as irregularidades e os crimes relacionados aos maus-tratos em crianças e adolescentes no país" — para intimar a "mãe do MAM" a explicar o porquê de ir ao museu com sua filha. "Tenho o direito de permanecer calada." A cada pergunta de tom moralista e ameaçador, Elisabete disparava uma resposta sem resposta. Evitou argumentar para não cometer um crime. Qualquer resposta a um pastor poderia ser considerada desacato à autoridade; a um político, não. Elisabete não se defendeu. No Brasil neopentecostal não há defesa para quem está fora da igreja.

Não, "o pai do MAM" não existiu. Apenas Elisabete foi convocada a depor, mesmo que o pai estivesse presente no museu. Ele acabou constando nos autos porque acompanhou sua esposa até a delegacia. Até hoje, os agressores e a imprensa não quiseram saber quem era o pai da criança. Para uma sociedade feminicida, uma questão como essa não merece mesmo qualquer atenção.

Em novembro do mesmo ano, assisti, pelo YouTube, à participação de Luiz Camillo Osorio na audiência da CPI em Brasília. Não consegui reconhecer Luiz naquele espaço, vestido de terno e gravata. Aquelas pessoas não eram o público de suas exposições. Para que estar ali? Por quem estar ali? A extrema direita brasileira pagou caro, e com dinheiro público, pela montagem e difusão dessa oitiva. Ela foi mais divulgada que aquela da qual Elisabete participou. Havia muitas câmeras, exatamente o que Malta esperava. A voz trêmula de Luiz segurava a inteligência, ausente naquela mesa. Era preciso responder às perguntas de quem não se interessa por arte — expressão inexistente junto aos condôminos da Terra Plana. Luiz fez o que pôde. Deu aula. Marta Suplicy pediu a palavra. Contra a fúria de quem procura briga sem motivo, a senadora devolveu ao pastor, vestido de político, treinado para converter mentira em argumento, uma observação: "Vossa Excelência diz: 'Se tiver uma placa dizendo que [numa exposição] tem nudez, todo mundo vai querer ir [até] lá.' Olha, o quadro mais visto no mundo é a Mona Lisa, e ela não podia estar mais vestida".

Em novembro de 2018, o jornal *Intercept* publicou o relato de Luiz Alves de Lima. O ex-cobrador de ônibus em Vitória/ES "passou nove meses preso, perdeu a visão e a guarda de sua filha após ser acusado injustamente de pedofilia pelo senador". Esse caso repercutiu por todo o Brasil. Um mês depois, a CPI foi enfim encerrada. Eu estava entre família e amigos. Comemorávamos o fim desse imbróglio enquanto Magno Malta, o ex-futuro "vice dos sonhos", voltava para a igreja.

Paralelamente, em novembro de 2017, o Ministério Público Federal abriu um inquérito para avaliar a classificação indicativa da exposição e a divulgação de imagens da criança segundo o Estatuto da Criança e do Adolescente. Por meio da Procuradoria Federal dos Direitos do Cidadão, o Ministério Público Federal emitiu uma Nota Técnica. O documento analisava detalhadamente, em perspectiva jurídico-constitucional, o problema do cerceamento de obras de arte que vinham sendo definidas por alguns setores da sociedade como "imorais" ou de natureza "pedófila" e, assim, elucidou ao Poder Público, bem como à sociedade civil, a disciplina jurídica relativa ao tema. A Nota Técnica inicialmente esclareceu que a liberdade artística era uma garantia constitucionalmente assegurada e que, nesse sentido, qualquer manifestação artística deveria "ser julgada no contexto em que foi produzida e/ou recepcionada". Além disso, com fundamento em precedente do Supremo Tribunal Federal, frisou que o eventual incômodo que determinadas manifestações pudessem causar em certas audiências "não seria justificativa para que a expressão não estivesse constitucionalmente protegida". Nessa ordem de ideias, a Procuradoria Federal dos Direitos do Cidadão esclareceu que a mera exposição de nudez de um adulto "ainda que perante audiência composta por menores de dezoito anos, não constitui crime quando ausente qualquer caráter sexual ou finalidade lasciva". Nos termos da Nota Técnica, enfim, segundo os parâmetros fixados pelo próprio Ministério da Justiça, "a nudez não torna o conteúdo impróprio para crianças, mesmo as menores de dez anos", desde que "exposta sem apelo sexual, tal como em contexto artístico, científico ou cultural". Em fevereiro de 2018, o Ministério Público Federal pediu o arquivamento da investigação.

Transformaram o linchamento virtual em causa. "Não é sobre você, é sobre a arte." Porém, essa causa não conseguiu me livrar do isolamento. Uma causa é vasta. Era dentro deste corpo alto e magro que tudo doía. Estou consciente de que a partir dessa frase recorro à dicotomia entre o dentro e o fora, mas preciso executar tal operação: fora é o que você acredita que viu; dentro é o que eu mostro para você.

A nudez se refletiu no espelho de quem estava do lado de fora da galeria, do lado de fora do paraíso. Se antes eu era ignorado pelos crentes por meu trabalho ser considerado apócrifo, agora me tornava a imagem e semelhança de quem me atacava, de quem se enxergava como a imagem e semelhança de seu deus.

"Não queria o sucesso? Ele chegou", escutei da atriz Giacinta Líbera e de seus seguidores. Passei a observar o evento de longe. Salvar a própria vida era mais importante num momento em que parte do que antes eu também considerava vital perdia o sentido. A urgência dispersava o desgosto. Explico: o meio em que trabalho não recebe o orçamento das megaindústrias, mas se apropria de sua linguagem; não tem público o suficiente para criar estrelas, mas distribui, entre si, poucos títulos de celebridade. Não bastasse o ataque das milícias, teria agora que me desviar de provocações internas. Cuidei da ferida. Retirei o LP *Maria Bethânia* da prateleira. Faixa 5, lado B. Samba rebote de Noel Rosa. "Eu sou diretora da escola do Estácio de Sá / Felicidade maior neste mundo não há / Já fui convidada para ser estrela do nosso cinema / Ser estrela é bem fácil / Sair do Estácio é que é o X do problema." A farpa era atribuída a um suposto mal congênito: esses artistas — que me acusavam de tirar vantagem da divulgação equivocada de meu trabalho — negavam, em público, renderem-se a qualquer tentação pela popularidade e, ao mesmo tempo, sentiam paixão pelo burburinho. Foram obrigados a consumir o roteiro da pobreza e do anticonsumo para usufruírem dos aplausos de poucos. Precisei abrir os olhos, mesmo que estivesse morto. Neste circuito, o mérito se manifesta através da voz dos humildes, assim como Cristo quis sugerir que também o era. Mas lembre-se: ele era o filho de Deus, desceu dos céus, nasceu de mulher virgem, foi concebido pelo Espírito Santo, mora em templos antigos — ostentados com ouro e prata —, e em novos — ostentados com mármore, cimento queimado ou qualquer outro material que os façam distinguir de uma casa qualquer. Vulgar, neste caso, é o parto normal. E eu, que nasci no Hospital Santa Margarida, em Volta Redonda, não tinha recursos para salvar as pessoas do inferno ou aliviar o estresse de artistas acuados pela melancólica inabilidade em lidar com a multidão. À minha revelia, converteram a mim e a performance em uma moeda: cara triste, filantropia estética; cara feliz, sede de reconhecimento. De um lado, a salvação dos artistas; do outro, a sua perdição. Decida você qual seria o lado disputado pelo proletário da arte e pela celebridade internacional. Eu sigo com *La Bête*.

Em junho de 2018, a partir da plataforma Google Trends, os pesquisadores Kennedy Anderson Cupertino de Souza, Felipe Maciel Tessarolo e Marilene Mattos Salles, do Centro Universitário Faesa, de Vitória-ES, apresentaram um painel no XXIII Congresso de Ciências da Comunicação na Região Sudeste, em Belo Horizonte. Intitulado *Características jornalísticas nos sites de fake news*: *uma análise das notícias falsas no caso La Bête — artista nu no MAM São Paulo*, o artigo tinha por objetivo analisar as semelhanças entre os sites que divulgavam *fake news* e os portais ou sites jornalísticos. "Neste século, as mentiras ganharam formato de notícia e estão cada vez mais próximas do cidadão." Foram apresentados a origem dos boatos com Kapferer (1993) e os conceitos de "cultura da mídia" desenvolvidos por Kellner (2001) para análise de notícias falsas que circularam sobre o caso *La Bête*. "Pesquisamos o termo Wagner Schwartz. O limite de tempo foi 30 dias — 10 de setembro a 10 de outubro de 2017. O espaço geográfico foi o Brasil, o resultado nos apresentou um pico na pesquisa entre os dias 28 de setembro e 5 de outubro, chegando no dia 2 de outubro ao máximo de volume de pesquisa. Durante este período, alguns grupos e políticos comentaram sobre a exposição nas redes sociais. Ainda no dia 2 de outubro, o Portal de Notícia G1 publicou uma matéria na qual o Ministério Público pediu para que o Google e o Facebook retirassem vídeos da performance da internet. Também consultamos os termos relacionados. O primeiro termo mais buscado, atingindo o máximo de busca no Google foi 'Wagner Schwartz preso'. Em segundo está 'Wagner Schwartz morto' com 73 no volume de busca. Estes dois termos nos levaram até as seguintes notícias: 'Coreógrafo Wagner Schwartz do (*La Bête*) é morto a pauladas quando chegava em casa na zona sul de São Paulo'; 'Ator Wagner Schwartz comete suicídio se jogando de prédio em São Paulo'; 'Deputado e pastor Marcos Feliciano pede prisão do ator que ficou nu e foi tocado por crianças no MAM e juiz decreta'."

La Bête, performance de Wagner Schwartz, foi violentamente agredida, no seguimento de sua apresentação na abertura, ao retirarem de contexto uma cena em que uma criança acompanhada da mãe, ambas conhecidas do artista, entraram no palco e, como várias outras pessoas, participaram da performance. Importante ressaltar que não há qualquer conotação sexual, erótica, muito menos pornográfica no trabalho. Apenas há nudez. Muitas famílias lidam naturalmente com a nudez e isso não pode deixar de ser natural. Esta performance foi apresentada neste Panorama por ser uma apropriação inteligente e poética de uma obra histórica da arte brasileira: os *Bichos,* de Lygia Clark. A relação do espectador com a obra ganhou outra dinâmica a partir daí — mais aberta. Algo tão banalizado hoje e que este trabalho recoloca de forma tão sutil. A questão é devolver o *Bicho* à sua animalidade, ao corpo que se movimenta sem intenção, à condição de ser meras articulações e músculos tensionados que acolhem o gesto alheio. Vejo a dança hoje como uma linguagem artística radical justamente por sua questão física, pela ação do corpo não necessariamente virtuoso, mas que sabe de si e que se desdobra na procura por movimento vital. Não se reduzir ao objeto é uma forma de resistir à mercadoria. Coisa rara e difícil. Neste aspecto, a apropriação do *Bicho* em *La Bête* me parece fundamental. Há um corpo passivo que se mantém no máximo de tonicidade para se sustentar diante dos movimentos que lhe são impostos pelo outro. Ao longo de 40 minutos, o artista / *Bicho* fica ali vulnerável e disponível ao manuseio. Tanto barulho e difamação, isso por conta de um corpo nu, no museu. O que pode um corpo? O que ele revela quando aparece? Que formas e movimentos ele é capaz de assumir? Todas estas questões podem e devem ser debatidas, e o trabalho, em sua poesia de movimentos tão sutis, nos faz pensar sobre isso, perguntar sobre nosso corpo e como lidamos com ele. Tudo isso ficou ofuscado diante do barulho da intolerância. *La Bête* e o *Panorama* não mereciam.

Luiz Camillo Osorio
Catálogo do 35º Panorama da Arte Brasileira —
Brasil por multiplicação

WhatsApp, 28 de outubro de 2017 Oi, Wagner, meu nome é Eliane Brum. Quem me passou seu contato foi Rita Stein. Sou jornalista e tenho uma coluna no El País. Vou escrever sobre os ataques à arte e a questão da pedofilia. Seria possível você responder umas perguntas até amanhã? Aguardo sua resposta. Obrigada.

Tomei tempo para responder a sua mensagem — não por questões estratégicas, mas subjetivas. Queria contar o que se passava comigo, mas naquele momento não conseguia — mesmo consciente de que nem tudo devesse terminar num silêncio que se manifestava grave: "Como podemos te matar?", perguntou o etiopata. "Com uma arma", respondi. "Como podemos te matar?", insistiu. "Com uma arma", repeti. "Como podemos te matar?" "Ora, doutor!", meu coração disparou, faltou ar, fiquei vermelho. "Assim é possível *se* matar."

[22:00, 28/10/2017] W. S. Olá, Eliane, há algum tempo dedico minha leitura diária ao jornal El País e principalmente à sua coluna. Me coloco à sua disposição para colaborar porque você representa um "nós" do qual faço parte. Sigo apenas as recomendações de minhas advogadas. Elas me pedem para evitar entrevistas até que o Ministério Público encerre o inquérito sobre pedofilia, principalmente nesse momento em que uma CPI, dirigida pelo senador Magno Malta, tenta me expor. No seu caso, essa relação com a imprensa muda. Como poderia fazer para te / nos ajudar?

[22:06, 28/10/2017] Eliane Brum Wagner, fico muito feliz com sua resposta. Obrigada. Temo, porém, que a entrevista possa te prejudicar de alguma maneira. Não compreendo exatamente o ponto das advogadas, mas elas devem ter suas razões. O que você acha, então, de fazermos uma entrevista mais longa e com mais calma tão logo elas te liberarem?

[22:18, 28/10/2017] W. S. Acredito que as advogadas queiram me proteger de outro possível linchamento, de novas ameaças que venham a criar ruídos e interfiram no encerramento do inquérito. A tensão diminuiu a partir de meu silêncio (decisão difícil, nesse momento). Adoraria pensar em uma entrevista mais longa e com mais calma.

[22:27, 28/10/2017] Eliane Brum Podemos combinar assim, se ficar bem pra você: a partir da semana que vem começo a te enviar perguntas e você envia as respostas no seu tempo. A partir das tuas respostas, eu faço novas perguntas. Aí não perdemos a reflexão deste momento enquanto ele está acontecendo, mas escolhemos juntos o momento de publicar. Que te parece? Você vai estar em São Paulo em algum momento?

[22:28, 28/10/2017] W. S. Gosto muito da ideia. Vou a São Paulo em março de 2018. Estarei em Paris até essa data. Caso você passe por aqui, será um prazer te encontrar.

[22:36, 28/10/2017] Eliane Brum Combinado, Wagner, te escrevo na semana que vem. Moro na Amazônia e às vezes vou a São Paulo. Paris acho difícil, mas quem sabe... Muito obrigada pela confiança. Espero que você encontre momentos de paz interna nesse turbilhão que te alcançou de forma tão violenta.

1. Como foi que surgiu a performance? E como é sua relação com essa obra de Lygia Clark?
2. Antes de começar a performance, qual era a sua expectativa?

3. Você lembra o momento exato em que foi tocado pela mãe e pela menina? Como foi aquele momento para você, antes de ele ter sido contaminado?
4. Como foi que você foi tomando contato com o que aconteceu depois? (Ou como foi que o horror foi se desvelando?)
5. O que sentiu? De que modo isso alterou a sua vida e o que você é? (Teve insônia, tem medo, tem pesadelos, etc.? Falo das grandes mudanças e também dos detalhes. Acho que as dores às vezes se mostram mais nos detalhes.)
6. Como você liga o que aconteceu com o momento do Brasil (e do mundo)?

As perguntas de Eliane Brum chegaram à minha caixa de e-mails e ali ficaram. Por várias vezes desliguei o computador, caminhei, assisti a filmes, escutei música, me encontrei com amigos para pensar em respostas simultaneamente às sessões de psiquiatria, terapia, acupuntura e não, não havia tempo suficiente para tudo isso.

Gabi me acompanhou até o aeroporto. Viajei com boné, bigode e óculos sem grau. Quem seria o vizinho ou a vizinha com o qual dividiria onze horas de viagem? Confundiriam o Wagner inventado comigo? Durante o voo, pensava em minha entrevista para a equipe da Maria Farinha Filmes ao fim de *La Bête*, no MAM/SP. O entrevistador me perguntou: “A sua atuação tem o poder de transformar os valores da sociedade de alguma forma?” Abri um sorriso nervoso, ciente do espaço que ocupava. “Eu acho que é muita coisa isso: transformar os valores da sociedade. Eu não sei nem se a sociedade está aí dentro. Quantas pessoas tem aí dentro? A gente tem que saber. A sociedade é grande demais. Faço o que faço para algumas pessoas e para os amigos dessas pessoas que vêm assistir [à performance]; e, no caso de *La Bête*, que vêm fazer a performance. Espero que esse trabalho gere, pelo menos, um assunto na mesa de um bar, em casa, com os amigos."

"Olá, Wagner, sou proprietário de uma galeria em São Paulo. Gostaria de falar com você sobre o seu trabalho." Recebi seu e-mail vinte dias após o início do linchamento virtual. Álvaro Marinho foi atencioso. Pedi que nos falássemos na semana seguinte. Ele informou que em um mês estaria na capital francesa. Formalizamos um encontro. Álvaro estava hospedado com sua família em um hotel ao lado da avenida Champs-Élysées. Fui recebido para o café da manhã com um abraço e um bom-dia em português brasileiro que, naquele momento, me fizeram muito bem. Conversamos sobre o país com o qual dividíamos interesses estéticos e políticos. Era preocupante o cenário à nossa frente: a retirada de um governo de esquerda, a ascensão da extrema direita. Temas antagônicos faziam parte do café da manhã, embora o objetivo fosse criar uma relação entre a galeria e o meu trabalho. Agradeci. Pedi um tempo para pensar. Prestes a me despedir, Álvaro afirmou ter um *Bicho* em sua coleção. Ao mesmo tempo que senti que poderia estar próximo de uma das esculturas que mais aprecio no mundo da arte, deixei escapar: "Quanto você pagou por ele?" "Um milhão e oitocentos mil dólares".

NOVA MENSAGEM

Para: Álvaro Marinho
Assunto: Condições para La Bête tornar-se parte de sua coleção

Bom dia, Álvaro

Foi um prazer me encontrar com você em Paris. Espero que tenha chegado bem ao Brasil. Como conversamos, *La Bête* revisita a concepção de uma escultura, criada por Lygia Clark, que hoje estancou a sua potência relacional. De acordo com Helena Katz, no artigo "*La Bête* e a barbárie desses tempos sombrios", publicado no jornal O Estado de S. Paulo, em novembro de 2015, a performance ainda problematiza a evolução das relações humanas. Considerando seu aspecto crítico e visual, apresento, assim, as condições para que *La Bête* seja incorporada à sua coleção e continue a criar vínculos com a escultura *Bicho*, fomentando uma reflexão crítica — atual — com a obra de Lygia Clark.

1. A performance deve ser exibida no formato vídeo, ao lado da obra *Bicho*, adquirida pela galeria, em uma sala reservada;
2. Os momentos históricos em que as duas obras se inscrevem devem ser exibidos na forma de um texto impresso na parede;
3. Uma seleção de matérias de jornais sobre os *Bichos*, de Lygia Clark, lançadas a partir da década de 1960, e sobre *La Bête*, publicadas em nossa época, deve estar à disposição do público na mesma sala;
4. O registro visual de *La Bête* — realizado no Festival Contemporâneo de São Paulo, em 2015 — é conhecido entre aqueles que o utilizam para fins educativos. A galeria poderá adquirir esse vídeo ou, ainda, poderemos criar uma situação para que um novo registro da performance seja feito;

5. Todas as fotos farão parte de sua coleção. Na página oficial de *La Bête* será creditado: "Propriedade da Galeria Álvaro Marinho". Caso a performance seja apresentada em algum espaço de arte, a galeria será citada na ficha técnica do evento, como também, desde que seja possível, na imprensa e nas mídias sociais;
6. Considerando nossa conversa em Paris, momento em que relatou que a sua galeria investiu um milhão e oitocentos mil dólares em uma escultura *Bicho*, proponho o mesmo valor para que *La Bête* faça parte de seu acervo enquanto performance, vídeo e fotografia.

Atenciosamente,
W.

Álvaro assegurou ter havido um mal-entendido. Sua galeria não possuía tal valor para adquirir os vários formatos de *La Bête*. Respondi estar ciente de que o preço estipulado era altíssimo e que a sua resposta tenderia para o não. "Minha proposta é mais retórica que contratual. O que poderia emergir nos corredores do mercado da arte se soubessem que *La Bête* teria o mesmo valor de um *Bicho* nos dias de hoje?" Evidente que, por dois segundos, me imaginei no lugar de um original. Quem não gostaria de se tornar um *Bicho*, nesse caso? Pagar as contas, comprar uma casa nova, ajudar os amigos, a família, parar de interromper a terapia? Só não gostaria de viver fechado como um prisioneiro, como a Mona Lisa ou como diversas celebridades. Enfim, sonhos-acordados duram menos que uma noite. Álvaro desapareceu. Uma réplica não pode deixar de ser réplica.

20 de outubro de 2017, 22h35. Em doze anos percorrendo dois continentes, deixei o Brasil pela primeira vez por necessidade. Triste, utópico. Seria essa a situação que tantos personagens da história brasileira chamavam de exílio? Já na França, assisti à entrevista de Elza Soares no programa *Conversa com Bial*, registrada em junho de 2017.

Elza Soares Substituí a Ella Fitzgerald. Ella fazia o show *Ella canta Jobim* na Itália. Mané Garrincha e eu estávamos morando lá, à força.
Pedro Bial Ditadura.
Elza Soares (responde com ironia) Linda, maravilhosa, né?
Pedro Bial Hoje a garotada também não tem ideia do escândalo que foi aquela história de amor. Mané era anteriormente casado, mas se apaixonou por Elza. Aliás, esse foi um dos motivos que vocês viajaram também, não foi político exatamente.
Elza Soares Não sei, Bial. Eu sei que recebi um bilhete por debaixo da porta [dizendo] que tínhamos vinte e quatro horas pra largar a casa.
Pedro Bial Sério?
Elza Soares Sério.

A experiência de Elza era diferente da minha. Eu precisava estar fora do país até que os políticos da extrema direita buscassem outros assuntos para entreterem seu público, mas a sensação de "ter que deixar o Brasil" dormia comigo. A entrevista chegou ao fim. Abri o Facebook. Visualizei um post de Álvaro em que ele defendia o desempenho de *La Bête* e, ainda, confrontava seus seguidores e espiões com a máxima: "Quem não vê *La Bête* como uma obra de arte não entende nada de arte". Longe geograficamente do país que retém a minha atenção, ler uma frase como essa despertava o sentimento de estar perto. Muitos internautas concordavam com a sua observação, mas um comentário, apenas um, inflamou todos os outros: "A senhora Pimentel Lins (sobrenome oficial de Lygia) não gostaria nada de ver o que foi feito com o seu trabalho". Fui até a adolescência: "Não basta tudo o que faço por você; o que eu não fiz é o que conta", gritou minha mãe. De fato, fui atrás de Caroliny Pereira. No passado, ex-aluna; hoje, amiga e proprietária da galeria Brazil Modernist, em Paris, frequentou o Grupo Espírita Paulo de Tarso, em Uberlândia. Pedi a ela que me confiasse o contato do centro ou de algum outro. "Por que você quer se reconectar à religião? Você conseguiu se separar do que mais te fez mal do que bem." "Por um motivo específico, Carol, quero conversar com Lygia Clark. Preciso saber o que ela pensa do meu trabalho." "Mas você já leu tanto sobre ela, já estudou tanto o seu percurso. Não é o suficiente?" "Não, não é."

2 de dezembro de 2017

Meu querido Wagner,

É uma alegria ter você do meu lado. Uma infinidade de acontecimentos anuncia que, em breve, outras pessoas ocuparão esse espaço que agora compartilhamos e os *Bichos* estarão salvos do toque e do olhar humano. Uma pena. Era para que chegassem até aqui. Seria importante, para mim, assimilar a matéria dessas esculturas. Metal, carne e osso estariam conformes — o um e o outro — em um espaço onde definir quem é um e quem é o outro pouco importa.

Todos vão morrer, ora se esquecem disso.

Imagine aquele objeto largado em um mundo sem gente. Só de pensar, me parte o coração que tive e que um dia bateu. Um *Bicho*, tal qual o corpo, é finito: não deveria estar fechado em um cubo de vidro transparente, assim como nós, em vida, não estamos.

Sei que muitos disseram para você o que eu pensaria do seu *Bicho*: serviço dos falsos profetas. A religião está solta. O mercado da arte pode construir um segundo templo. Cuidado. Examine todas as evidências, retenha o que é bom. Veja só, através de *La Bête*, o povo inseriu uma nova palavra em seu vocabulário. Gosto particularmente quando se preparam para dar ênfase a uma língua estrangeira. Para falar "La Bête", uns alongam a coluna, outros estufam o peito, levantam a sobrancelha. Pena que muitos ainda se desculpem ao pronunciar "La Bêtê", "La Bét", "Lá Bétchi" — a desculpa enfraquece o acontecimento.

Não se esqueça, estive presente em cada uma de suas apresentações. Morri para ver isso acontecer. *La Bête* é a ação que imaginava para o corpo e para o objeto, não poderia ser de outro modo. Não se trata apenas da criação de um objeto. Um objeto não tem valor. Dão a ele um valor porque não podem afiançar uma ação. Ação não tem custo, meu querido, é de graça. O corpo pelo corpo, ou seja lá o que queira dizer esta frase.

No mais, continuo a trabalhar com os objetos relacionais. Sou cada um deles agora. E essa internet, que em vida não conheci, me deu a oportunidade de também ser nuvem. Os materiais se modificaram. Se antes eu espalhava objetos pelo corpo das pessoas, hoje atuo diretamente nos sentidos, onde sempre quis estar. A morte me deu esse presente, você entende agora?

Por fim, quero ainda lhe dizer: talvez tenha se entregado demais a essa contingência chamada arte contemporânea. Há graves riscos a experimentar quando uma obra sai de um museu. Se o *Bicho* foi retirado das mãos das pessoas para não ser destruído, imagina uma performance? Essa palavra parece ter a minha idade, mas isso fica entre nós. Dobrar e desdobrar *La Bête* mantém a escultura ativa; caso suas articulações sejam destruídas, não haverá mais um *Bicho* em cena, apenas um corpo ferido.

Mas para além das imposturas, temos que festejar também o ocorrido. Eu comemoraria a era das réplicas, o que ainda resta de meu trabalho inaugural.

Dois mil e dezessete beijos para você,
Lygia

Abri a janela. Fim de tarde. Crianças brincam no pátio do colégio.

Preciso tomar um comprimido que me acompanha desde 2017. Um antidepressivo existe para fazer com que uma pessoa seja capaz de se sentir triste. Explico. De cima para baixo: (A) alegria (B) tristeza (C) depressão. A regra de três que nunca aprendi se resolveria dessa forma: tome um comprimido por dia, todas as manhãs, para que (C) dê lugar à (B) e, quando (C) não mais se confundir com (B), você poderá experimentar a letra (A). Lembrando que (A) não é condição, acontece. (C) ≠ (B). (C) impede o corpo de pensar, agir, transar. Faz você confundir uma nuvem com uma janela. (B) pode te ajudar a escrever, a ler, a ligar para os amigos, a pensar. (B) ≠ (A), embora durmam juntos. Esta conjunção faz girar o mundo para quem ainda acredita que o mundo é redondo. Explico: insistir que o mundo é redondo para todos é perda de tempo, vai te levar a um encontro instantâneo com a letra (C). O mundo de hoje é redondo e plano porque é habitado por pessoas. Pouco importa a sua forma, importam os discursos.

Facebook, 30 de setembro de 2017.

Só queria saber uma coisa, você acha isso arte mesmo ou foi corrompido pelo dinheiro? Meu amigo, não quero te julgar. Queria ouvir, entender um pouco sobre a intenção desta exposição, as pessoas parecem loucas, obcecadas em te criticar, quero entender ao invés de acreditar naquilo que a mídia me passa. Amigo Wagner, não entendo de arte e prefiro não dar opinião ou sequer um julgamento. Se tiver o privilégio de ouvir de você a real intenção da exposição, ficaria feliz.

Um forte abraço,
Pastor Leonardo

Facebook, 7 de julho de 2020.

Caro Leonardo, para escrever um livro, consigo ler, apenas hoje, as mensagens que me foram enviadas há quase três anos. Estive doente. Por isso, a demora. Pertencemos a ambientes distintos, embora veja em sua mensagem uma vontade de blindar o excesso de violência que deixa o mundo mais vulgar. Meu trabalho se relaciona com uma certa pulsão de vida — assim como o seu, que pode também ser definido como vocação. Por pouco não falaríamos do mesmo assunto.

Acredito que aquilo que o perturba em minha performance seja apenas a nudez. O senhor não sabe, mas nasci em uma família protestante. Vou discorrer sobre o sim e o não que nos une e separa, mas também sobre a temperatura, o calor. Pelo que entendi, o senhor mora no Rio de Janeiro. Provavelmente, já sentiu na pele os quarenta graus com sensação térmica de cinquenta.

Eu morava com meus pais e irmãos no alto de um morro. Todos os domingos, ao invés de ficar em casa descansando, assistindo à TV, minha mãe nos levava para a igreja. Posso afirmar — mesmo correndo o risco de que minha mãe leia esta carta e discorde de mim —, que ela também levava meu pai para a igreja. Calado, ele se sentava na última fileira de bancos do templo para sair mais rápido da escola dominical, do culto ou para cochilar.

Em Volta Redonda não tem praia; tinha casas, prédios, chão esburacado, ônibus lotado e nosso Fiat 147. Acordávamos às sete e meia da manhã num domingo canicular, descíamos o morro — quarenta minutos — para irmos à igreja. Minha mãe entendia o porquê. Eu, não.

Quando criança, ir à igreja era uma obrigação. Crianças não entendem o que é uma obrigação, elas se obrigam a entender. A doutrina não conjuga o sim e o não, ela condiciona. A arte conjuga o sim e o não: uma criança em um museu, acompanhada de seus pais, pode participar de uma performance e se abster quando quiser. Na igreja, ela tem que estar presente mesmo que queira estar em um outro lugar. Por que a CPI dos Maus-tratos não incluiu no corpo de suas investigações as obrigações de uma criança na igreja?

Contudo, não perca de vista a atividade do sol em nossa conversa. Aquilo que nos difere, que impede a compreensão mútua de nossa vocação, se deve ao excesso de calor. Nunca compreendi por que um pastor, exposto a uma sensação térmica de 50º, precisa vestir terno e gravata para liderar uma congregação.

Sobre ser "corrompido pelo dinheiro", poderia fazer a mesma pergunta para o senhor: acha a sua missão sagrada mesmo ou foi corrompido pelo dízimo? Mas, vamos evitar mais confrontos inúteis e nos ater ao que importa. Segundo o MAM/SP, a verba destinada à Mostra naquele ano estava muito reduzida. Como havia feito várias apresentações em 2017, minha produtora e eu concordamos com o valor destinado à apresentação de *La Bête*. Estar no evento era mais importante. Iria dividir o espaço com artistas que admiro, acompanho, estudo e entrar em um museu que frequentaria, não mais como público, mas como obra. Receber pelo trabalho é necessário, qualquer um sabe disso, mas às vezes precisamos refletir sobre os valores de uma produção quando consideramos o contexto em que alguns projetos são criados. E, ainda, por quem somos governados. (O Brasil havia sofrido um golpe.) Pois, então, vamos ao orçamento: Cachê performer — R$ 2.500,00 | Cachê do assistente [Diego Gonçalves] — R$ 1.800,00 | Cachê produção [Corpo Rastreado] — R$ 500,00 | Papelão — R$ 232,88 | Registro da apresentação [Osmar Zampieri] — 2.500,00. O senhor também detalharia o orçamento da sua igreja?

Veja, Leonardo, a ironia de tudo isso: eu não sei nada sobre o custo dos processos que surgiram após o MBL e seus fãs deturparem o sentido de minha performance on-line; mas, tenho certeza de que, no mundo off-line, pagou-se muito mais caro pelo que não existiu.

E sobre sua dúvida, a que me chamou mais atenção — e, talvez, aquela que nos aproxima —, a real intenção da exposição era pensar com o público presente se um corpo poderia substituir um objeto. As reações comprovam que não.

Outro abraço,
W.

SECRETARIA DA SEGURANÇA PÚBLICA
Polícia Civil do Estado de São Paulo
Departamento Estadual de Homicídios
e de Proteção à Pessoa — DHPP
Divisão de Proteção à Pessoa — 1ª DPP
Rua Brigadeiro Tobias, 527 — 3º andar

Chegando ao meu conhecimento, através do Boletim de Ocorrência nº 69 / 2017 desta, que desde o dia 29 do mês de outubro de dois mil e dezessete, em hora incerta, a vítima Wagner Miranda Schwartz vem sofrendo diversas ameaças de morte, dentre outras, via rede social, mais precisamente no "Facebook". Isto posto, determino a instauração de Inquérito Policial, para apuração dos fatos e responsabilidades descritos no Art. 147 do Código Penal Brasileiro, sem prejuízo de alteração ou inserção de infrações penais em virtude de novos fatos de que tomar conhecimento no decorrer das investigações, devendo o Sr. B. M. P., Escrivão da Polícia do meu cargo após Autuação e o registro pelo cartório central, tomar as seguintes providências:

I — Juntem-se aos Autos:
Boletim de Ocorrência no 69 / 2017, assim como Ofício no 261 / 2017, ambos da 4ª DPP–DHPP;
Termo de Declarações e Representação da vítima;
Documentação apresentada pela vítima.

II — Após, conclusos, para nova análise e deliberações.

São Paulo, 06 de outubro de 2017

C. C.
Delegado de Polícia

Correu-se um ano para que os "Termos de declarações" abaixo chegassem até mim. O ano mais bélico de todos — marcado pela eleição de Jair Messias Bolsonaro. Nara Aguiar Chavedar, advogada que trabalha para a Ráo & Lago Advogados, me enviou uma mensagem informando que cartas precatórias haviam sido enviadas para todo o Brasil, com intuito de intimar os que me ameaçaram de morte a comparecer aos autos em suas respectivas cidades. Os depoimentos dessas pessoas haviam chegado em seu escritório. Nara perguntou se eu queria ter acesso a eles. A resposta foi automática, "sim", embora não estivesse pronto para lidar com seu conteúdo. Os depoimentos permaneceram em meus arquivos até junho de 2020. Depois de morto, consegui ler. Não vou explicar como, um dia você vai entender.

H. G., sabendo ler e escrever, inquirido pela Autoridade Policial, declarou que nesta data toma ciência do inteiro teor da presente Carta Precatória e quanto aos fatos esclarece o que segue: Que atua de forma bastante ativa nas redes sociais; lançando olhar aos *prints* apresentados, afirma ter sido o autor dos dizeres "A batata está assando para o seu lado, seu pedófilo FDP"; no entanto, com "sua batata está assando" teve intenção de mencionar que Jair Bolsonaro, atual presidente, estava ganhando popularidade à época e, quando se elegesse, as "coisas mudariam"; acredita ter escrito essas palavras em resposta à vítima e que tenha causado comoção, mas por não ter acesso a essa informação, acredita que sua defesa, em tese, resta prejudicada; quanto às palavras de baixo calão, reconhece que deveria ter agido e escrito de forma diferente, mas como disse, diante da provável comoção, agiu "no momento"; afirma não conhecer a vítima Wagner Miranda Schwartz e em momento algum teve intenção de causar mal físico a ele; apenas quis dizer que com Jair Bolsonaro na presidência, as verbas seriam tolhidas e demonstrações impróprias para crianças deixariam de existir; por fim, ressalta não se recordar dos fatos com muitos detalhes, pois isso ocorreu há quase 2 (dois) anos, mas reconhece ter escrito a mensagem; não tinha, e não tem, qualquer intenção de machucar Wagner.

J. O., sabendo ler e escrever, declarou que, indagado acerca do *print* a ele apresentado neste ato onde consta postagem na rede social Facebook com os dizeres "Retardado. Merece morrer pedófilo. Voado. Viado", afirma ter sido de sua autoria. Esclarece que sua intenção com essas frases dirigidas a Wagner Miranda Schwartz era sobre a imagem que foi mostrada à época e que lhe causou indignação e no calor do momento, o declarante fez o comentário apenas como desabafo. Não teve intenção, em momento algum, de agredir física e moralmente a pessoa de Wagner Miranda Schwartz.

R. L., indagado acerca do *print* a ele apresentado neste ato onde consta a postagem na rede social Facebook com os dizeres "Filho da puta. Lixo. Vc tem q morrer pedófilo", afirma ter sido de sua autoria. Esclarece que sua intenção com essas frases dirigidas a Wagner Miranda Schwartz foi apenas um desabafo, em virtude da cena exibida na época dos fatos que lhe causou indignação, do qual se arrepende, pois acredita que extrapolou em suas palavras. Quanto às palavras de baixo calão, esclarece que se deixou levar pela emoção e exagerou. O declarante informa que não conhece pessoalmente Wagner Miranda Schwartz e a postagem acima foi a única que fez. Nunca teve intenção de agredir moral e / ou fisicamente a pessoa de Wagner Miranda Schwartz e nunca foi atrás do mesmo para ameaçá-lo, uma vez que ignora onde ele reside e também desconhece qualquer meio de contatá-lo.

D. R. foi certificado dos seus direitos previstos no inciso LXIII do art. 5º da Constituição Federal, inclusive o de não responder as perguntas que lhe serão formuladas, não se fazendo acompanhar de advogado, interrogado disse que o interrogado afirma ter acessado o Facebook e postado a mensagem "Aê safado tá ferrado viado a polícia vai t pegar te por no meio dos presos eles vão te tocar c vai v"; que esta postagem tem mais de um ano e assim o fez por ter ficado indignado com a postura do artista plástico ao se expor nu perante as crianças; que teve este comportamento por imaturidade, pois poderia ter expressado seu ponto de vista de outra maneira, sem ofensa ao artista; que afirma não concordar com o evento, ou seja, a exposição, e não diretamente a pessoa do artista, que nem conhece pessoalmente; que quando as pessoas acessam as redes sociais, nem sempre lembram que não podem colocar o que querem; que pede desculpas pelas ofensas, salientando que hoje não faria mais a mesma coisa; que expressaria seu pensamento com outras palavras não ofensivas; que afirma não concordar com a exposição, mas não precisaria ofender o artista e nem os organizadores do evento, pois tem uma filha e não gostaria que ela passasse por uma situação daquelas; que devido às coisas da vida, entende que as palavras podem ser ditas sem ofender ninguém; que não faz parte de sua índole querer ofender as pessoas; que não faz uso de drogas, nem bebidas alcóolicas, que nunca foi preso ou processado.

W. G., sabendo ler e escrever, compareceu à delegacia o declarante acima qualificado informando com relação à Carta Precatória, oriunda da cidade de São Paulo/SP, relata que não sabe de nada; que não se recorda de ter feito este comentário na rede social Facebook, ante o lapso temporal transcorrido; que acha que o perfil seja o seu, mas não se recorda do motivo que o levou a comentar tais coisas e se é que foi o autor do comentário; é o relato. Nada mais.

L. S., sabendo ler e escrever, sendo inquirido, disse que quanto aos fatos noticiados, diz não ter conhecimento nenhum do ocorrido. Diz não ter realizado a ameaça através do Facebook. Relata que foi até verificar em seu perfil se havia mencionado comentário, entretanto não o fez. Nem mesmo se recorda da data em que ocorreu. Que quanto à imagem anexa, nem mesmo o nome é correspondente. Nada mais disse nem lhe foi perguntado.

O. S., devido à repercussão que tomou a apresentação da vítima naquele momento e por não concordar com tais atos por motivos pessoais, acabou por ofender a imagem da vítima em um momento de forte emoção, sem controlar as palavras ditas; todavia nega que tenha a ameaçado diretamente, apenas disse que essa seria linchada pela população quando saísse na rua; se arrepende de ter ofendido a vítima e procura, atualmente, sempre tomar mais cuidado com as palavras ao fazer críticas a alguém, principalmente nas redes sociais.

São Paulo, 28 de agosto de 2020

MPSP MINISTÉRIO PÚBLICO DO
ESTADO DE SÃO PAULO
Promotoria de Justiça Criminal do Jabaquara
1ª Vara Criminal do Foro Regional do Jabaquara

RAZÕES DE ARQUIVAMENTO

Meritíssima Juíza;

O presente inquérito policial foi instaurado para apurar o delito de ameaça ocorrido no dia 28 de setembro de 2017, oportunidade em que Wagner Miranda Schwartz passou a sofrer ameaças de morte, por meio de palavras, de mal injusto e grave. Segundo restou apurado, Wagner fez uma apresentação de nu artístico no dia supra, no Museu de Arte Moderna do Estado de São Paulo, que não foi bem recebido por diversas pessoas que passaram a se manifestar com frases ameaçadoras, como: "A batata está assando para o seu lado, seu pedófilo FDP", "retardado, merece morrer pedófilo, veado", "a polícia vai te pegar e te colocar no meio de presos que vão te pegar", dentre outras do mesmo sentido. O ofendido ofertou representação. Wagner informou que fora as ameaças sofridas no dia da apresentação, passou a receber diversas ameaças nas mídias sociais, mais precisamente pelo "Facebook", e juntou *print* de todas elas. Após informação do Facebook de todos os IP, levantou-se por meio de pesquisas de operadoras de telefonia móvel os endereços dos supostos autores, que foram ouvidos. H. G. reconheceu que ofertou sua exclamação com os fatos, via Facebook, mas sem nenhuma intenção de causar mal à vítima. No mesmo sentido foram as declarações de: J.O., R. L., D. R., W. G., L. S., O. S., que foram ouvidos por meio de carta precatória e negaram qualquer prenúncio de mal injusto e grave contra a vítima. Todos os averiguados identificados declararam que não coadunam com a expressão de arte praticada pela vítima, mas jamais teriam intenção de praticar qualquer prenúncio de mal injusto e grave. Os supostos autores A. D., D. S., J. O., R. C. não foram localizados apesar de todos os esforços da atividade policial. Verifico que os fatos aqui apurados não passam de desentendimento entre as partes por questões de somenos importância, que não é suficiente para dar início a uma ação penal. De toda forma, com efeito, analisando as expressões utilizadas pelas averiguadas, não se vislumbra o anúncio de mal injusto e grave direcionado à vítima. A explicitação do mal ser causado, que deve ser possível e verossímil, também integra o tipo penal. Neste contexto, meras intimidações imprecisas não contêm todos os elementos exigidos pelo tipo em questão. Por outro lado, para a configuração do delito de ameaça, exige-se do agente a vontade livre e consciente de ameaçar acompanhada do elemento subjetivo, qual seja, a intenção injusta de intimidar. Por esse motivo não resta configurado o crime quando a ameaça traduz mera "bravata" ou é feita em momento de cólera, revolta ou ira. Por óbvio, não é qualquer afronta ou desabafo que se reveste de relevância penal. É necessário o anúncio da prática de mal injusto e grave direcionado à vítima, não bastando meras ameaças vagas e incertas do tipo das ameaças acima mencionadas. Nos termos da jurisprudência pátria, a explicitação do mal a ser acusado, que deve ser possível e verossímil, integra o tipo penal. Assim, meras afirmações como "vocês não vão continuar nessa casa", não contêm todos os elementos exigidos pelo tipo, consistindo em intimidações imprecisas. Além do mais, o que se verifica no presente caso e que os averiguados não comungam da cena de expressão artística produzida pelo autor e se manifestaram negativamente, mas sem intuito de perfazerem algum mal injusto e grave contra o ofendido. Em face do exposto, sem a necessária convicção para o oferecimento de denúncia, promovo a Vossa Excelência o arquivamento do feito, ressalvado o disposto no artigo 18 do Código de Processo Penal.

C. R. C. V.
Promotor de Justiça

Se não consta nos autos, preciso que fique registrado neste livro. Faltam informações nesse documento, sobram também. Vou tentar explicar, parte por parte. Repetindo frases com alguns excertos. 1ª observação: "Wagner fez uma apresentação de nu artístico". Difícil fazer compreender: *La Bête* não é sobre a nudez, mas sobre a cultura de quem está vestido. Talvez aqui, eu queira demais. 2ª observação: "Uma apresentação de nu artístico que não foi bem recebido", o erro de concordância retira a performance do primeiro plano; foco no pênis do performer. 3ª observação: "Que não foi bem recebido por diversas pessoas que passaram a se manifestar com frases ameaçadoras". É importante ressaltar: o público presente no museu não reagiu contra a performance. Seria preciso acrescentar mais informações a esta frase. *La Bête* "não foi bem recebida por diversas pessoas" *fora do museu* "que passaram a se manifestar com frases ameaçadoras". 4ª observação: "Wagner informou que, fora as ameaças sofridas no dia da apresentação, passou a receber diversas ameaças nas mídias sociais". Este trecho é o mais problemático. Por isso, peço a sua atenção. Não informei. Não recebi ameaças no dia da apresentação. Seguem duas provas. A primeira, registrada em uma petição: "Após realizar a performance participativa denominada *'La Bête'*, na abertura do 35º Panorama da Arte Brasileira no Museu de Arte Moderna de São Paulo, o peticionário recebeu diversas ameaças de morte em sua rede social 'Facebook' e, diante disso, registrou boletim de ocorrência". A segunda, no próprio Boletim de Ocorrência: "Comparece a vítima nesta delegacia a fim de relatar que, após a exposição no MAM, vem sofrendo diversas ameaças de morte, dentre outras, via rede social, mais precisamente no Facebook". "Dentre outras" quer dizer: WhatsApp, e-mail, YouTube, Instagram, chamada telefônica.

A experiência que inaugurou a vida jurídica de *La Bête* em 28 de setembro de 2017 encerrou suas atividades em 28 de agosto de 2020. Passei tanto pelo crivo de bolsonaristas, como pelo dos que ignoram serem bolsonaristas e dos que escondem serem bolsonaristas. Facebook e Messenger continuaram fora do meu telefone. Abri outra conta no Instagram. Continuei a utilizar o serviço de anonimização na Internet.

magnualmaidames
@wagner.schwartz Você chama isso de arte... Deixa uma criança de aparentemente 7 anos de idade te tocar? eu não sou especialista na área mas qualquer pessoa com senso comum vê que isso é uma vergonha para artistas de verdade. Boa sorte na sua carreira. 👏💩

wagner.schwartz
@magnualmaidames Não sou eu quem chama isso de arte, mas galerias, museus, teatros nacionais e internacionais. Aquela criança não tinha 7 anos, ela tinha 4. É verdade, você não é especialista. O que o senso comum pensa não me interessa, porque o senso comum mata. A vergonha é também uma forma de controle, os artistas pintam o 7 com ela. Os melhores artistas são de mentira. Nunca precisei de sorte, faça bom proveito.

Deitado no chão, de barriga para cima, olhando para o céu através de uma claraboia, escutei "A paz", canção de Gilberto Gil. O azul não me dizia nada, nem as nuvens, nem mesmo os aviões. Eu estava ali, com os olhos abertos pra dentro.

Em 2012, escrevia um texto, como geralmente faço para iniciar um novo projeto. Convidei Béatrice Houplain, dramaturga e atriz, para pensar, lado a lado, a sua tradução para o francês com a intenção de que ela me ajudasse a entrar na língua do país onde decidi ser residente. Precisava perceber um idioma flexionando o outro. Os anos passaram. O texto ganhou corpo. Virou um romance. Marie Bationo, editora da *Revue Bancal*, preparou a sua estrutura; a psicóloga e professora de filosofia Valérie Geandrot rastreou a psique da personagem central. Ao fim de cinco anos de trabalho, Béatrice e eu considerávamos qual nome dar a esta ação de traduzir simultaneamente. Após várias tentativas, sem qualquer sucesso — "traduzido por B.H.", "transcriação de B.H.", "texto em francês de B.H." — confiei o original a Judith Cahen. "Tenho uma sugestão: a tradução não é 'de' Béatrice Houplain, mas realizada 'com' Béatrice Houplain."

Assim, sem vírgula: *Nunca juntos mas ao mesmo tempo*. O título do romance não guarda a estrutura de uma frase, mas de uma operação. As vírgulas na fala são geralmente percebidas quando o corpo reclama um pouco de ar.

"QUE CONTINUEM A FALAR DE VOCÊ MAS QUE MUDEM DE ASSUNTO", gritou Nicole, irritada com as manifestações públicas contra *La Bête*. Na projeção grave de sua voz não houve interferência de qualquer sinal gráfico. Na mão esquerda, Nicole segurava o original de meu livro; na direita, o telefone. "O principal, neste momento, é mostrar à população que Crivella e Doria mentem ao associar o conteúdo da *Queermuseu* e da performance no MAM-SP à zoofilia e à pedofilia. Eles estão difamando profissionais sérios e enganando a população", argumentou Paula Lavigne no jornal *O Globo*, em outubro de 2017. De um lado, artistas como Fernanda Montenegro, Caetano Veloso e Paulo Gustavo gravavam vídeos para estancar a banalidade do mal. De outro, amigos mais próximos criavam formas de fazer meu trabalho continuar a existir. Luciana Araujo Marques, crítica literária brasileira, a quem confiei o texto de *Nunca juntos...*, pediu minha autorização para apresentar seu conteúdo a Leonardo Tonus, *maître de conférences* na Sorbonne. No início de 2018, eu estava em Paris. Leonardo me convidou para participar da *Primavera Literária* em Berlim. "Várias editoras, nacionais e internacionais, rejeitaram meu livro, mas gostaria muito de fazer parte de seu festival." Leonardo me pediu o original. Eu o enviei, sem muita esperança. Logo após a minha fala sobre o trânsito migratório na evolução das artes brasileiras, o professor e escritor anunciou: "Simone Paulino, criadora da Editora Nós, se interessou pelo seu livro. Ela vai te escrever".

Simone pensou em publicar meu livro apenas em português. Entendi: o livro seria lançado no Brasil. Mas "este não é um livro", repeti a frase de Virginia Woolf, em seu ensaio "Memórias de uma união das trabalhadoras". Há uma forma de dizer nesse texto que carece da matéria visual.

Nunca juntos mas ao mesmo tempo existe em um idioma que falamos e em um outro, conhecido ou desconhecido. O estrangeiro está ao lado do leitor, quer ele queira, quer não. Sem a presença do outro idioma, o estrangeiro deixa de existir.

No original, ambos os textos estavam projetados no topo da página. Francês e português, um ao lado do outro — um problema para decidir qual seria a língua de chegada. Mas este livro que não é um livro, não é também um livro bilíngue. É um livro em dois idiomas com um narrador em dois idiomas, com personagens em dois idiomas, em lugares compostos por dois idiomas. Assim esta sociedade foi concebida. Será que desta forma seria compreendida? Arte e sociedade andam de mãos dadas há séculos; mas com as mãos separadas do corpo.

A Editora Nós e o estúdio de design Bloco Gráfico decidiram imprimir o texto em francês na parte inferior da página esquerda e o texto em português na parte superior da página direita. O espaço horizontal entre os dois idiomas deu lugar à diagonal — raio a percorrer de um continente a outro.

Campos dos Goytacazes, 14 de novembro de 2018

NOTA DE REPÚDIO

Como vereador e presidente da Comissão de Defesa da Juventude, estou sendo cobrado nas redes sociais a me posicionar sobre a participação do artista Wagner Schwartz na 10ª Bienal do livro em nossa cidade. Aproveito o espaço para afirmar que sou CONTRA a presença do artista na nossa Bienal. Wagner Schwartz ficou conhecido no Brasil inteiro após uma apresentação em que estava nu e interagia com crianças no Museu de Arte Moderna (MAM) de São Paulo. Não estou fazendo nenhum julgamento dele, mas questiono a sua vinda à nossa cidade em um dos mais importantes eventos culturais e literários voltados para diversos públicos, incluindo crianças, jovens e adolescentes de Campos e região. Consta na programação que ele debaterá sobre *Fake News* (Notícia Falsa). Se o mesmo se sentiu injustamente envolvido em acusações de pedofilia, que faça sua defesa nas esferas cabíveis, só não concordo darmos voz a esse indivíduo nesse evento tão importante do nosso calendário cultural. Com todo respeito à comissão organizadora, mas acredito que há em nosso país outras personalidades com muito mais conteúdo, que poderiam compartilhar suas experiências a respeito desse tema. Porém, ainda há tempo de reverter essa infeliz escolha.

Marcelo Perfil

Após a nota de repúdio, grupos extremistas se mobilizaram para coagir as pessoas que apoiavam minha passagem pela região norte fluminense. Artistas locais se mobilizaram, assim como muitos participantes.

24 de novembro de 2018. Mesa *Fake news: mentiras verdadeiras*, com Artur Xexéo, Cláudia Eleonora, Aluysio Abreu Barbosa e Wagner Schwartz. Mediador: Ocinei Trindade.

O Auditório Cristina Bastos lotou. Para chegar à cidade, ao hotel e ao debate, fui acompanhado por um segurança e pela polícia militar. Antes de entrar no palco, senti calafrios, minha garganta secou, meus olhos ficaram mais abertos que o habitual. Meu nome foi anunciado. Encarei o público. Tentei encontrar em meio às duzentas pessoas um olhar de empatia. Não foi difícil. A conversa teve início. O público reagia positivamente às falas dos palestrantes. Estávamos protegidos, as pessoas foram revistadas. Havia seguranças dentro e fora do auditório. Eu me perguntava se esta seria a forma possível de articular os encontros nos próximos anos. À parte o cenário preocupante, mães, pais, filhas e filhos assistiram à conferência. Um professor pediu a palavra: "Sou de direita e o senhor é bem-vindo na minha cidade". Ganhei abraços ao fim da apresentação. As *selfies* cumpriam outro papel: postar as imagens significava dizer que essas pessoas estavam acompanhadas da própria experiência (artística?), em detrimento do medo de sentir medo. "O senhor viu os rapazes com a camiseta do presidente eleito na plateia?", a imprensa me perguntou. "Não só vi estes rapazes como também outras pessoas com a camiseta do Nirvana, da Madonna, da resistência negra, da Bienal." Conversar fora do WhatsApp faz bem, eu juro.

20 de outubro de 2017. Antes de ir para o aeroporto de Guarulhos, estive no Bar Balcão para conversar com Marcio Abreu. O ator Guilherme Weber e o dramaturgo assinavam a curadoria do Festival de Curitiba. "Precisamos pensar em uma ação para 2018", Marcio lançou o desafio. Citei Perec, "Mais uma vez, eu era como uma criança a brincar de esconde-esconde sem saber o que mais teme ou deseja: permanecer escondido, ser descoberto".

Nayse Lopez, diretora do Festival Panorama, me convidou para apresentar *La Bête* no Circo Voador, em novembro do mesmo ano. "Resistir" era o verbo mais empregado nas redes de apoio após o *impeachment* de Dilma Rousseff. Minhas advogadas desaconselharam, mesmo com o plano de segurança criado pelo festival. "E, do lado de fora, quem te protege?" Enviei a réplica do *Bicho* para o Rio de Janeiro. Nayse posicionou o caranguejo de plástico no centro do espaço cultural. Um minuto de silêncio. Pedi a ela que recitasse "Poeminho do contra", de Mario Quintana, trocando a primeira pessoa do singular pela primeira do plural: "*Todos esses que aí estão / Atravancando nosso caminho / Eles passarão / Nós passarinhos*". Recebi as fotos desse momento já em outro continente. Chorei porque apenas uma parte de mim estava no Rio.

Thierry e eu fomos a um novo bar português em frente ao nosso apartamento. Batemos na porta. O proprietário nos disse que a inauguração estava marcada para a semana seguinte. Mesmo assim, nos convidou para entrar. Ofereceu uma garrafa de vinho. O senhor Mário nos contou sobre a sua difícil vida na França: "Não entendo o porquê de brasileiros quererem viver por aqui. Lá vocês têm sol.". "Não é o suficiente", pensei. Deixamos o balcão, passamos à mesa. Tivemos a conversa mais sincera dos últimos anos. Foi bom estar diante de alguém em quem podia confiar. Não foi a primeira vez que Thierry observou a urgência do Brasil na minha fala. Ele não rompe com as informações — a dúvida não cria motivos para que se afaste —, Thierry entra na experiência, vive no presente, ama os peixes.

Passei cinco meses fora do território brasileiro. Assisti a filmes, entrei nas livrarias e não consegui me conectar com nada daquilo que desejava ter por perto. Estimei que Caetano Veloso houvesse intitulado o álbum de 1971 com seu nome e utilizado a foto de seu rosto como ilustração da capa para que lembrássemos que aquele Caetano, com cara de quem passava frio mesmo vestindo um casaco de inverno, era o exilado — oposto ao de hoje. Conheço esse álbum de cor, mas entendi suas canções somente em 2017. Se o propósito de estar em um lugar não é seu, mas de outrem, não existe paisagem que te faça bem. O que desce forçado seca ou faz inchar.

A canção "Asa branca" trinou com nó na garganta.

Durante dois meses, escrevi e reescrevi respostas para as perguntas de Eliane Brum. O álbum *Music with Changing Parts* (*Música com partes que mudam*), de Philip Glass, me acompanhou. Sei que você sabe, mas preciso reforçar: a velocidade com a qual seus olhos percorrem as linhas de um livro não se relaciona com o tempo da experiência do escritor. Um livro se apoia no tempo da ficção. A leitura garantiria a transferência?

E se eu criasse uma performance sobre o tempo da experiência? E se a chamasse de *A Boba*?

Os primeiros segundos de *Música com partes que mudam* anunciam o que virá pelos próximos sessenta minutos. Glass lança uma frase e a ela juntam-se outras, sucessivamente, até o seu fim. A experiência é grave, gravíssima, assim como o rompimento de uma barragem. A água arrasta o que há pela frente. Não há desvio, não há o que se pode e o que não se pode arrastar. Não é possível interromper uma correnteza — ela arrebenta quem tenta.

A música de Philip Glass dispersava a confusão de palavras na minha cabeça. Por vezes, conseguia escrever um parágrafo; outras vezes, a vista embaçava, o peito se comprimia, a coluna se encurvava e, em seguida, eu já estava estirado no chão.

As primeiras respostas seguiam condicionadas à experiência atualizada de isolamento — essa, que te obriga a ficar conectado. Sair de si era imperativo, para não tornar pessoal um evento que se tornou de muitos. "Atacaram a arte", disseram, mas era eu quem precisava responder às perguntas de Eliane. Que arte é essa que está acima de tudo e que não sabe escrever? Que arte é essa que não corre risco de vida?

A pedido meu, Eliane Brum e eu nos comunicávamos por e-mail. Queria ser preciso nas respostas e não estava convencido de que poderia dar uma entrevista em tempo real. Quando precisava falar sobre os ataques, meu corpo produzia jatos de ansiedade, a voz sumia, a memória falhava.

Ao reler a entrevista finalizada, Eliane apontou a seguinte preocupação: "Falta corpo. Você não fala do medo, não fala da dor. É como se você não se singularizasse. Me parece que você está com medo de tirar o *Bicho* da caixa e que aconteça de novo o que aconteceu. Será que não vale um último esforço, junto comigo? Você me fala. Eu transcrevo. E depois te mando. Acho que pelo menos uma pergunta e resposta a mais sobre você, seu medo e sua dor. É o fato de ser uma pessoa que gera empatia e movimento. Me diz?".

Não era a arte que precisava de proteção, era eu. Mas além de ter que falar com uma voz coletiva, não poderia deixar a arte descer de seu estatuto de Arte. Tinha que responder as perguntas como um artista e não como quem sofreu um ataque — assim aprendi.

"Eliane, o que poderia interessar ao mundo sobre a minha dor? Por qual parte dessa dor o mundo que não me conhece quer se responsabilizar?" "Wagner, acredito que todos nós precisamos nos responsabilizar pela dor causada a você. Assim como acredito que o que aconteceu com você não diz respeito apenas a você, o que também me obriga eticamente a me responsabilizar. É por isso que escolhi fazer essa entrevista no espaço de escrita que mais valorizo, algo que é a minha própria vida. Como alguém que escreve e conhece razoavelmente bem esse mundo, acho que é meu dever te dizer o que sinto falta. Não se trata de espetáculo da dor, o que não existe no meu trabalho. Mas sim do reconhecimento de que um corpo é afetado, o que é parte essencial do meu trabalho. E acho que talvez o que mais falte nesse mundo é as pessoas compreenderem que seus atos têm consequências sobre o corpo de pessoas reais, vivas, que sangram, que doem, que têm afetos. Alguns intuem isso sem precisar nem saber o seu nome. Outros, a maioria, só vão entender se conseguirem enxergá-lo, 'tocar' simbolicamente em você. Te ajudar a que estas pessoas enxerguem você é parte do meu trabalho nesta coluna." "Me ligue, se puder", digitei, "vamos conversar". Foi a primeira vez que ouvi a sua voz, como também a minha. Após cem dias de reflexão, Eliane Brum publicou a entrevista e, por que não dizer, o meu corpo.

> Wagner, não tem como ler sua reportagem e não se emocionar. O que posso dizer é que me entristeço e me alegro junto contigo. Me doeu saber das ameaças de morte, realmente me emocionei. Muito bom ler que você sabe que cristãos não são essa galera que se apresentou a você. Esse debate está em aberto nos contextos de espiritualidade cristã. As pessoas sempre me perguntam sobre o seu caso e temos conseguido boas conversas por causa disso. Eu, como artista do corpo e cristã, digo que tô contigo e peço perdão por aqueles que fizeram essa barbárie em nome de Deus. R. L. S.

"O que a Mona Lisa tem a ver com isso?! Explica!" No dia 10 de abril de 2018, em minha primeira entrevista para a TV, Pedro Bial me fazia essa pergunta. Queríamos criar uma peça sobre o *efeito* dos ataques e não sobre os ataques, assim como muitos esperavam. Chegamos a escutar: "Vocês quatro em cena não precisam fazer nada, a presença de vocês é a própria experiência." Sei. "*É tudo mentira | É tudo figura*", Péricles Cavalcanti soprou no meu ouvido. Para criarmos esta peça, Elisabete Finger, Maikon K, Renata Carvalho e eu tivemos que nos recriar. Nenhum de nós estava relativamente bem para transformar a agressão em objeto de arte. Ao mesmo tempo, precisávamos escrever *Domínio público*. A peça marcaria nosso retorno ao teatro. Elaboramos um jogo cênico distante de nossas experiências pessoais, conectado com experiências coletivas. Falava-se tanto sobre retrocesso no Brasil que recolhemos no passado um evento que atualizava a violência de então. Fomos até a Renascença. Optamos por trazer Mona Lisa para a cena. Retiramos o foco de nós mesmos. Cada qual escreveu seu texto e, em seguida, propusemos alterações uns nos textos dos outros. Cenicamente, oferecemos quatro monólogos ao público. Quatro formas de sobreviver a um ataque.

> Boa noite Wagner, não quero incomodá-lo, mas gostaria de tentar mostrar a visão que muitas pessoas tiveram a respeito de seu trabalho tão comentado e que veio a gerar tanta manifestação. Talvez vc entendendo, consiga até superar a dificuldade que isso possa ter ocasionado com tantas opiniões. Sou a favor e amo a arte, mas a arte com nu em telas pintadas ou esculturas etc. eu gosto até e estas são admiradas se não forem de formas ofensivas e agressivas aos olhos de quem as vê. São arte, porém ao vivo o nu apresentado como arte é estranho sim aos olhos de muitos. Sei que sua intenção é oferecer arte, porém a maioria das

pessoas não querem o nu ao vivo como arte. Querendo ou não, vivemos momentos violentos e perigosos e as pessoas ficam sempre desconfiadas ou amedrontadas com esta atual situação de nosso país. A pessoa nua numa sala de museu sendo modelada pode parecer arte para você e para alguns, mas não para a gigante maioria e isto não significa que elas não entendam de arte. Não estou falando de pessoas que respondem com agressividade às opiniões, mas sim de pessoas que simplesmente não concordam com o nu AO VIVO como arte. Assim como milhares de pessoas, não gosto de ver peças de teatro com pessoas nuas colocando seus dedos em ânus dos outros como uma peça que foi apresentada com dinheiro público. E isso é importante mencionar, quando usam verbas vindas de dinheiro público destinado à cultura e arte, o público espera que este dinheiro seja então usado para arte que agrade uma grande maioria e não apenas algumas pessoas de gostos peculiares. Em respeito ao dinheiro do povo destinado a isto, deveriam pensar em algo que agradasse sem riscos de polêmicas ou de fazer pessoas se sentirem mal. Desculpe, mas o corpo é uma obra linda e divina de Deus e não sua. Se quiser pintar o nu sem agredir, é uma coisa, mas ficar no chão se modelando ao vivo nu, não tem como você achar que as pessoas todas venham gostar ou aceitar como arte. Uma criança ver o corpo de alguém conhecido e confiável nu e por algum motivo que se precisou a isto é uma coisa. Mas de um estranho é outra. Você não sabe o que passa na cabeça da criança mesmo que ela o tenha tocado por pouquíssimo tempo. Nem a mãe desta criança sabe. A mãe tem direitos sim pela criança, mas não conhecimento total dos sentimentos dela e nem das consequências. Tanto que expôs a criança a isso tudo. Espero que você me entenda e não se ofenda. Desejo sucesso na sua carreira, mas pense de que forma suas obras podem ajudar a construir bons sentimentos na maioria das pessoas. O mundo precisa de mensagens de paz e de amor, pense de que forma você pode transmitir e despertar isso nas pessoas, os melhores sentimentos por intermédio do seu trabalho. Boa noite e fique com Deus. M. M.

Assisti *Domínio público* em Curitiba e, ontem, o programa Conversa com Bial. Meus parabéns por enfrentar e, mais ainda, por transformar sua dor em arte, coisa que tento fazer e não consigo. Ver pessoas tão dispostas e inteligentes dá um ânimo para levantar da cama. A. O.

Gostei muito da entrevista, sua calma, delicadeza para falar deste assunto que aqui no Brasil foi tão polêmico. Acredito que terei que me desconstruir para entrada de novos conceitos para os meus sentidos. Viajei muito e já vi muitas obras de nudez, minha geração foi de "hippies" — Hair, Aquarius — mas quando via a criança tocando você, fiquei contrariada, tenho uma neta de nove anos e não levaria ela numa performance assim, porque no que está projetado em mim, criança tem tempo para as coisas irem se mostrando em seu mundo. Um instinto protetor sempre surge quando se trata de criança, mas estou refletindo sobre minha ignorância em ver e sentir a arte e no porquê das minhas limitações. Espero que tenha sucesso. Gostei de você. T. R.

Bom dia, você me emocionou muito ontem com sua entrevista. Me fez refletir mais ainda sobre ser artista nestes dias tão difíceis. Uma aula de integridade. M. A.

Tenho o hábito teimoso de acreditar no olhar das pessoas e, embora haja um enorme risco, quase sempre estou certo. Nos seus olhos vi sinceridade e amor. Já fui vítima de mentiras e sei exatamente como é ser injustiçado e não poder se explicar. Não deixe que esse sentimento se apodere de você. M. M.

Não o conheço, Wagner Schwartz, mas você não tem ideia do quanto defendi seu trabalho depois daquela manifestação artística, sei que vivemos um período de ódio e intolerância nas redes sociais (principalmente), mas gostaria de usar desse meio para externar todo o meu respeito, carinho e admiração por seu trabalho e pela sua postura diante do ocorrido. Quero usar deste instrumento de intolerância para difundir algo de bom, quero que saiba que este anônimo te admira. Espero que isso seja revigorante para você continuar fazendo o que faz e sendo o que é. R. A.

Querido Wagner, acabei de te conhecer agora no programa do Bial. Acompanhei toda a polêmica que vc passou o ano passado. Sou uma senhora de meia-idade, dona de casa, morando em uma pequena cidade de Minas Gerais há 3 anos, tendo morado 30 anos em SP, tendo filhos e educado em SP. Uma filha fez Artes e a outra Dança, então tenho uma certa afinidade e familiaridade com essa área. Além de tudo isso sou cristã, sigo a Cristo como referência. Por que estou dizendo tudo isso? Pq acompanhei o que aconteceu com vc, e fiquei indignada, inconformada com tudo. E hj vendo vc, me deu muita vontade de te abraçar, te confortar e dizer torço por vc e pela arte que vc faz. Sinto muito, pelo que aconteceu, sinto mais pelas pessoas das igrejas, das famílias cheias de falso moralismo, sinto tb pelos políticos tão hipócritas, mas estes tinham e têm um foco que é angariar votos, mas os outros.... Bem, é isso. Não costumo escrever pra quem não conheço, mas eu também estava com um nó no estômago, foi muito bom ver e ouvir vc hoje. Sucesso e que Deus te guarde. Um grande abraço! S. T.

Olá Wagner!! Td bem??? Desde que vc fez a performance (que infelizmente não vi ao vivo) pensei em te escrever... pensei em mostrar minha admiração.. solidariedade... respeito... Mas diante de tantas manifestações... achei que, talvez, vc nem tivesse acesso ao que gostaria de dizer. Hoje, porém, minha mãe — que mora no interior de Minas Gerais — me contou que te escreveu... achei incrível! No ano passado... quando sua performance virou polêmica... eu escrevi algumas coisas aqui pelo facebook... e "comprei" a ideia... Sou filha de pastor... cresci na igreja... e nunca entendi por que o CORPO causa tanto desconforto... pq nudez causa tanto espanto... Enfim, estou em um momento de muita reflexão... estudando cada vez mais arte... filosofia... e me pergunto se é possível "alcançar" as pessoas que — assim como eu era / estava — estão presas nessa moral cristã... que nem mesmo a bíblia diz... enfim! Vi sua entrevista no Bial agora pelo youtube... Minha admiração pelo seu trabalho... coragem em se expor... Desejo do fundo do meu coração muito sucesso! Paz!! Que vc se sinta livre para ir e vir, que ganhe novos amigos e admiradores do seu trabalho tão profundo!!! Um beijooo. M. T.

A expectativa que criei ao saber que os quatro artistas que sofreram ataques iriam apresentar um trabalho juntos no Festival de Curitiba era a de que eu assistiria a uma performance que trabalharia com o corpo em seus limites, fisicalidades, risco. Mas quando você entra em cena com um figurino primoroso e com um modo de falar sutil, de voz gostosa, com pausas estrategicamente colocadas, depois de algumas frases, a expectativa é quebrada. Há uma desestabilização surpreendente que coercivamente movimentou meu pensamento durante os discursos. É sublime, porque ao mesmo tempo que é sofisticado, também afronta. Escolher e relacionar uma obra renascentista com os ataques da moral que vocês sofreram oferece um panorama histórico-artístico em que se pode perceber em quais estruturas a arte e / ou a apreciação artística está sustentada. Por exemplo, compreender que os fatos históricos que acompanham uma obra podem dar muito mais valor a ela é tão interessante quanto a própria pintura no sentido demiúrgico. Seu discurso faz relação com o que aconteceu com você em *La Bête*; Renata fala sobre a perspectiva de que Mona Lisa era uma mulher trans; Maikon fala sobre as performances que aconteceram no Louvre; Elisabete sobre a Mona Lisa ser casada e como a sociedade quer que se "preserve" um filho — se bem me lembro, claro. Discursos e dados que se confundem e se misturam com o que aconteceu com vocês. Uma escolha bastante profunda. Meu peito apertado se contraiu. Meu raciocínio e meus sentidos se misturaram novamente. É divertido e doloroso. Foi como sorrir em francês e chorar em qualquer língua latina. É sobre a dor e a luta de um corpo coletivo que resiste à tanta censura. Sobre cura. Ouvi alguns comentários bastante negativos referentes a uma "peça-palestra"; mas, de verdade, o que sinto é que outro formato talvez não contemplasse e não desse conta do que precisa ser dito. No entanto, também me pergunto: para quem *Domínio público* é dito? Será que as pessoas que atacaram e ameaçaram a Elisabete, o Maikon, a Renata, o Wagner vão escutar o que vocês têm a dizer? Será que interessa a elas escutar o que vocês têm a dizer? Será que a vocês interessa que essas pessoas escutem o que vocês têm a dizer? Entendo, como acabei de citar, que é também um processo de cura. Tão intenso é olhar para a grande Mona Lisa durante a performance, é como se ela conversasse comigo, como se a própria me contasse tudo aquilo. Os detalhes, a profundidade vão se revelando pouco a pouco, é prodigioso e pasmoso. Vou com vocês, vou com ela. Em um país de pessoas tão pouco briosas, mas tão opinantes, vocês são fundamentais. Talvez você não goste disso, mas para mim, foi também um aulão de arte. Gosto desse trabalho colaborativo, tem muita potência. Gosto dos seus trabalhos (os que tive a oportunidade de assistir). Me identifico e me deixo afetar. As diferenças entre os seres humanos devem ser identificadas e, sobretudo, respeitadas. Às vezes, parece tão difícil encontrar aquilo que é comum e há uma negação de encontrar o comum naquilo ou naquele que é diferente. Talvez, seja mesmo a falta de um café, uma cerveja, do corpo aberto e disponível, da permissão que o outro nos dá para que falemos dele e sobre ele, de quanto estamos ou não receptivos às novas experiências e novas pessoas. Acredito que a arte carrega essas coisas consigo. Carrega e se propõe a transmitir essas coisas também. *Domínio público* é catarse ironizada, verbalizada, refinada e afrontosa entre outras coisas que posso escrever, pois, passaram alguns dias e eu ainda estou processando. Que delícia ver gente grande fazendo coisa de gente grande. Quero crescer também. Gabriel Vernek

1. "Para quem *Domínio público* é dito?"
   Para nós e para as pessoas que se dispõem a assistir à peça.
2. "Será que as pessoas que atacaram e ameaçaram a Elisabete, o Maikon, a Renata, o Wagner vão escutar o que vocês têm a dizer?"
   Algumas pessoas que nos atacaram estiveram presentes, como também uma parte da classe artística que começou a nos atacar após assistir à peça. "Da adversidade vivemos", disse Hélio Oiticica, mas não só.
3. "Será que interessa a elas escutar o que vocês têm a dizer?"
   Quem ataca pode escutar?
4. "Será que a vocês interessa que essas pessoas escutem o que vocês têm a dizer?"
   Nos interessa fazer a peça.

14 de março de 2018, nove e meia da noite, três tiros na cabeça, um tiro no pescoço. Maikon e eu chegávamos à casa de Olivia. Mona Lisa veio nos receber. Sobre a mesa, um jantar especial de Dona Francisca. Se, no início da criação, fazíamos encontros por Skype, para a montagem de *Domínio público* frequentávamos a Casa Líquida. Julia Feldens, nossa anfitriã, abria sua residência em São Paulo para artistas brasileiros e estrangeiros criarem seus trabalhos. Tarde da noite, não sabíamos o que acontecia no Brasil. Milhares de pessoas perdiam o sono. Maikon e eu nos despedimos, um em cada quarto a ouvir o próprio ronco. Pela manhã, abri o jornal. O rosto de Marielle Franco. Não mais o de hoje; esse, estava desfigurado. Era como rever a foto dos cartunistas do jornal francês Charlie Hebdo em que alguns ainda guardavam um sorriso. A desconexão entre fato e imagem retirava a coerência da notícia. Ao mesmo tempo era possível ler: mataram o sorriso. Maikon deixou o quarto e me pediu sugestões sobre seu texto. Mostrei a ele a matéria. Passamos a manhã no sofá, navegando pelos jornais e reações ao assassinato. Almoçamos. Chamamos um táxi. Seguimos para o ensaio. Encontramos Elisabete estirada sobre um tapete de ioga com os olhos inchados. Quatorze horas. Renata ausente. Aguardamos trinta minutos. Ligamos. Renata não atendeu. Entramos em contato com Gabi. "Ela está a caminho." Sentamos sob uma árvore no jardim da Casa Líquida. Renata abriu o portão. Seu rosto estava alterado. Acendeu um cigarro. "Não quero mais participar de *Domínio público*."

Olivia batizou seu novo cão de guarda com o título da pintura mais famosa de Da Vinci. Essa pintura foi também assinada pela massa ao longo do último século. Perdeu o dono, mesmo que seja imprescindível manter o timbre que sela o pacto entre o museu e seus clientes. Mona Lisa pertence a Leonardo, assim como Mona Lisa pertence a Olivia. Mona Lisa tornava-se irrelevante para Renata. O sentimento fúnebre que invadia seu corpo era expelido aos gritos. "EU NÃO POSSO FALAR DE MONA LISA ENQUANTO CORPOS DISSIDENTES MORREM. SOU A PRÓXIMA." O cigarro queimava sozinho. Seus dedos tremiam. As cinzas caíam sobre seu vestido. Nosso trabalho nos pareceu vulgar. Maikon e Elisabete conversavam com Renata, eu permanecia calado, observava a queda do céu. Recuperei a voz. Pedi a Renata que pensasse sobre sua ação nas ruas e no teatro. Durante anos, ela distribuiu camisinhas em casas de prostituição nas noites de Santos. Era esse o lado de fora de seu teatro. Pedi a ela que pensasse na relação com esse novo público que se apresentava diante de nós, que nos exigia o espetáculo, a ressurreição, a catarse, a vingança, texto e corpo bélicos, já não bastasse termos sobrevivido ao ano de 2017, já não fosse um acontecimento Renata ter resistido às censuras, Elisabete ter respondido pela guarda de sua filha publicamente, Maikon ter passado uma noite voltado para a parede em uma delegacia de polícia, e terem associado meu nome à pedofilia. Uma grande parte do público nos exigia a sua peça, não a nossa. Queriam, mais uma vez, se ver em cena, no corpo do outro, na memória do outro, na dor do outro. Sentados, ingressos pagos, seguros. E, se possível, nos dar um abraço após os aplausos finais, seguido da *hashtag* tamojunto.

Cortinas fechadas. Setecentas pessoas. Antes de chegar ao Brasil, exigi seguro viagem. Levei para um de nossos ensaios a possibilidade de cobrirmos a boca de cena do Teatro da Reitoria com vidro blindado. Por conta dos custos, desistimos. Pensei em coletes à prova de bala, mas poderiam atirar em nossas cabeças. Contratamos quatro seguranças: dois para a boca de cena, dois para a bilheteria. Detector de metais, do mesmo modo, não foi possível. Na estrutura da peça, sou o primeiro a narrar a história de Mona Lisa enquanto *La Bête*.

Escrevi o menor texto. Queria ser rápido e tomar distância de quem desconhecia. Tínhamos consciência de que estávamos no teatro e a cena não iria resolver nossos problemas. Ao passar à frente das cortinas, recebi aplausos. Baixei a cabeça, constrangido. Quem vai atirar? Quem vai me chamar de pedófilo? Quem vai jogar um objeto contra mim? Não consegui olhar para a frente, ser ator. O medo foi mais forte. As pessoas aguardavam. Eu precisava falar. Imprimi meu texto em fichas de leitura porque não consegui memorizar nenhuma palavra. Para uma questão cognitiva, criei um acessório que funcionou como consulta, apoio que me impediu de retornar para a coxia sem dar início a *Domínio público*.

"Algum comentário?", Elisabete lançou a pergunta. Encarou as pessoas como eu não tive coragem. A raiva contra quem questionou seu jeito de ser mulher, mãe, artista encerrou a nossa estreia. Tive a impressão de que o teatro inteiro aplaudia. Foi apenas impressão. Havia, entre os que estavam em pé, pessoas sentadas com olhar desconfiado, outras prontas para deixar a sala, amigos sem saber o que fazer pois, em cena, vestimos a roupa do inimigo. Alta-costura. Nossa voz precisava ser amplificada, assim como a de João Gilberto. Não gritamos, tiramos a roupa ou levantamos cartazes. Nada disso. No teatro, falamos para as pessoas que vão ao teatro e, que, por vezes, se veem mais cultas que a cena — a tristeza gerada pelo conhecimento, quando ressentida, descamba em cinismo; corremos esse risco. Recebemos abraços, também. Um monte deles.

Conheci Elisabete antes do nascimento de sua filha, em 2003, no Rio de Janeiro, durante o Festival Panorama. Em 2008, apresentei *La Bête*, em Curitiba, no espaço de arte Cafofo Couve-Flor. Elisabete entrou em cena, dobrou e desdobrou meu corpo com atenção. Disse que essa performance era como um espelho. Em São Paulo, conheceu seu marido, fizeram uma filha. Assim como eu, viveram em Berlim. Passamos domingos no parque ao lado de pessoas sem roupa, seus filhos sem roupa, com seus cães. Alguns cachorros usavam roupa porque seus donos acreditavam precisar usar roupa. Esses donos vestiam seus cachorros.

FACEBOOK

P. R. Assisti *Domínio público* e gostei muito da contenção crítica com um impacto muito mais duro do que uma violenta e raivosa vendeta. Entretanto, pergunto-me se não teria sido possível imaginar um caso sul-americano semelhante ao da história de Mona Lisa? (Não esqueça, Wagner, sou europeu e imaginava um registro decolonial eventualmente). Mas muitos parabéns para vocês.

W. S. Olá, P. R., muito obrigado por seu retorno e por assistir à peça. Sobre sua pergunta, não teria sido possível imaginar um caso sul-americano semelhante ao da história de Mona Lisa porque a história da Mona Lisa para nós quatro e, talvez, para outros artistas no Brasil, não é europeia. Geralmente os Europeus — que chegam ao Brasil à procura de uma cultura local, identidade local ou atividade artística local — acreditam que haja uma cultura local, identidade local, atividade artística local separada do resto do mundo. Não há. Nem mesmo a história da arte europeia é fixa. Não há, para nós, a nossa história nem mesmo a história do Outro — tema divulgado pelo modernismo, que fez muito sentido em um século analógico. Estamos no século XXI, o registro colonial para a arte que fazemos é inverossímil. Agora, pergunto: a "Europa" (entre aspas, porque duvido da abrangência espacial dessa imagem) insiste, ainda, em entrar em território sul-

-americano e encontrar aqui uma situação que caiba dentro de um discurso colonial / não colonial? Esse barco ainda não afundou?

30 de agosto de 2018. Jair Bolsonaro postou um vídeo em sua página oficial ensinando uma criança a mimetizar uma arma com os dedos da mão. Nesse mesmo vídeo, uma edição de *La Bête*. No espaço para o post, lemos: "A inversão de valores e o politicamente correto, implementados propositalmente, provocam o caos social justificando ações exclusivas do 'estado-mãe'. O socialismo nos sufoca por todos os lados, com o único intuito de moldar pessoas como cordeirinhos, física e psicologicamente, para que sejamos dominados sem resistência". Continuei a passar mais tempo em locais fechados, que nos dão a impressão de estarmos protegidos.

Estive na Universidade Federal do Estado do Rio de Janeiro a convite da artista e professora Tania Alice. Conversei com os estudantes de licenciatura em Teatro sobre censura. No fim da conversa, Peterson Oliveira me disse que seu companheiro, Roberto Bezerra, havia composto uma música sobre os ataques à *La Bête* e gostaria de nos mostrar. Ele se apropriou da canção "Pau-Brasil", de Francis Hime.

PAU-BRASIL NO MUSEU

Querendo qu'ela
*Entend*esse o mundo
E tivesse
Uma boa educação
Saiu com a filha
Cedo de casa
E foi ao museu
Ver a exposição
E na entrada
Toda animada
Viu a menina
Se deslumbrar
Um prédio lindo
Grandes escadas
E um jardim
Feito pra brincar
De cada sala
Que visitava
A menininha
Gostava mais
Em cada obra
Inusitada
Ela enxergava
Coisas legais
E de repente
Viu tanta gente
Aglomerada
Ali no salão
Que diferente
Que intrigante

Um homem nu
Deitado no chão
E a menina
Sem pensar muito
Se aproximou
E botou a mão
A gente grande
Meio chocada
Se perguntava
Se era bom
Mas a menina
Ignorava
E só pensava:
"Que pé grandão
Que dedo frio
Que pele grossa
Que pelo grosso
E que unhão"
Um corpo nu
É um corpo nu
É um corpo nu
É um corpo nu
E depois foram
Tomar sorvete
De chocolate
E cupuaçu

Em Florianópolis, Jair Bolsonaro venceu no segundo turno com 64,86% dos votos. Chegávamos à cidade para apresentar *Domínio público*. Elisabete e Renata estavam no hotel. A insônia das duas marcava a nova cara da turnê. Maikon estava a caminho. Em Uberlândia, na noite anterior, decidi não ir ao teatro por medo de ser agredido. A atriz Denise Fraga apresentava *A visita da velha senhora*, de Friedrich Dürrenmatt. O texto da peça contextualizava o presente que tinha início no Brasil. Ao longo da Avenida Rondon Pacheco, a carreata da extrema direita refletia um ar de fealdade à vitória do autoritarismo. Alugaram dois tratores. Em um terreno baldio, levantavam entre os seus dentes a bandeira do Brasil. Fogos de artifício iluminavam a noite de Uberlândia. Comemoravam o ano-novo fora de época. Escutei gritos, vi o choro de mulheres e homens que conseguiram eleger o seu mito. O barulho dos fogos se confundia com o de tiros. Precisaríamos de mais covas para os corpos dissidentes. Um dos planos deste novo governo era também combater a arte nomeada por seu núcleo de degenerada, assim como seus ídolos do passado o fizeram. A lei, mais uma vez, havia se relativizado: extinguir os divergentes estava no gesto e na fala do novo presidente da República, sob as ordens do Deus branco. Continuei a vestir boné e a usar óculos com lentes sem grau no trajeto de casa até o trabalho. Nova era militar.

Auditório Garapuvu, Universidade Federal de Santa Catarina, Festival Experimenta. "*Domínio público* teve início do lado de fora do teatro. Nunca vou me esquecer da vistoria. Apalparam todas as partes do meu corpo. Abriram minha mochila. Revistaram cada objeto que trazia comigo. Esta peça durou mais de duas horas", relatou a coreógrafa Karin Serafin após a apresentação. Ela aproveitou para me perguntar se eu estaria pensando em um novo projeto. "Pretendo revisitar o quadro

A Boba, de Anita Malfatti. Fazer minha primeira performance solo depois dos ataques, do tempo forçado na França. Tenho dificuldades em chamar esse período de exílio, assim como o fez Caetano Veloso, uma vez que moro por lá.” “Você pensa em criar o seu próprio *Araçá azul*, Wagner?”

"Um disco para entendidos. Bola de Neve. Hermínia Silva. Clementina de Jesus. Dinailton. D. Morena." Inscrição de *Araçá azul*, gravado em 1972, lançado em 1973. Primeiro disco de Caetano Veloso depois do exílio. "Um fracasso em vendas?", publicou o jornalista Julio Hungria no Jornal do Brasil no mesmo ano. "*Araçá* não é apenas um disco de música, é um disco de situação, experiência, um termômetro", afirmou Roberto Menescal, diretor artístico da gravadora Philips. "Mas até que ponto se poderia esperar que um disco como *Araçá azul* vendesse tanto quanto 'um disco convencional, com canções?'", Julio Hungria relança a pergunta. "Porque o disco seria 'o trabalho mais hermético feito até hoje por um artista brasileiro'? Ou porque terá sido um disco muito pessoal, 'de confissão e autoanálise' — como quer Caetano?" Segundo o próprio Caetano: "Quando me contaram que *Araçá azul* estava batendo recordes de devolução (as pessoas que compraram o disco durante a primeira quinzena de seu lançamento voltaram indignadas — uma percentagem delas — ao balcão do vendedor) eu disse: claro — aquele disco não é pra ser comprado, nem mesmo pra ser vendido. (...) Afinal, como é que, exatamente numa época em que se estão gravando discos tecnicamente audíveis neste país, *seu* Caetano Veloso me sai com um disco tão malcuidado? Ou: que falta de clareza, que falta de rigor, onde foi parar o incrível senso de oportunidade que a gente cria adivinhar por detrás da zona que Caetano aprontou com Gil e Gal e Guilherme antes de sumir pra Londres, Paris e Bahia? Ou ainda: se esse disco dá a impressão de que Caetano resolveu realizar uma grande obra, se ele ostenta uma pretensão intelectual tão grande, por que não denunciamos logo o ridículo de sua falência?".

Retirar um quadro modernista da parede, colocar o quadro no chão, sem luvas, sem a intercepção de seguranças, sem *flashes* da imprensa. O quadro e eu. Tentar equilibrar o quadro no chão. Levantar o quadro, sacudir o quadro, colocar o quadro entre as pernas, transar com o quadro. Seria *A Boba* capaz de suportar as projeções de um purista desavisado? Vou contar como tudo aconteceu. Mas antes que *A Boba* se torne uma performance para quem procura conhecer um pouco mais de Anita Malfatti, parafraseando a tese de meu amigo Danislau, preciso avisar: esta é uma performance *sobre* o trabalho de Anita, tal qual uma pintura *sobre* o cavalete.

Durante um passeio na orla da praia, o artista Lucas Länder me apresentou a precursora do Modernismo no Brasil. Ele decidiu dar um mergulho. Ela e eu fomos caminhar.

"Qual é o seu signo?" "Sagitário." "O meu também. Nasci em 2 de dezembro de 1889." "Eu, em 2 de dezembro de 1972." "Morei em Berlim." "Eu também." "Em seguida, fui para São Paulo praticar meu novo português. Trouxe comigo um monte de telas, registro de minha passagem por dois idiomas. Uma vez estrangeira, sempre estrangeira." "Há pouco tempo entendi essa máxima." "Apresentei ao público paulistano a conjunção entre o português, o alemão e o inglês. Acochei as três línguas ao chassi sem intenção de adornar o território nacional em um discurso pictórico. Para mim, a figura do estrangeiro nos une socialmente, economicamente, filosoficamente." "Você criou o Modernismo, Anita, e trouxe a língua dos outros para um país criado pela língua dos outros à procura da sua. Sua pintura nasceu de uma revolução ética, artística, cultural, pessoal, em detrimento de uma transição estética. Mas quando *A Boba* e as outras telas chegaram a São Paulo, pareceram estar em descompasso com a cidade. 'Paranoia ou mistificação? Seduzida pelas teorias do que ela chama de arte moderna, penetra nos domínios de um impressionismo discutibilíssimo e põe todo o seu talento a serviço duma nova espécie de caricatura', escreveu Monteiro Lobato na edição da noite do jornal *O Estado de S. Paulo*." "Sim, eu li."

Anita tomou a liberdade de pintar ao seu modo.

Em 2018, eu queria estar no território brasileiro para não sucumbir ao medo. Passei a frequentar o Museu de Arte Contemporânea da Universidade de São Paulo, de cujo acervo *A Boba* faz parte. A fotógrafa Iris Oliveira registrou minha primeira visita. Nas imagens, parecia que a figura central da pintura e eu nos conhecíamos. Tiramos *selfies*. Fiz confissões.

Percebi que *A Boba* forma um palíndromo, pode ser lida tanto da direita para a esquerda quanto da esquerda para a direita. Tem as cores da bandeira brasileira, como também as manchas vermelhas que compõem o espaço onde é hasteada.

Realizei, durante a Mostra Internacional de Teatro de São Paulo, o funeral de um dogma, de uma depressão cívica, de uma ideia constrangedora de nação. Aprendi, coercitivamente, que o sentimento de liberdade não deve ultrapassar o peso do próprio corpo para não perturbar o sono da maioria.

Tomei a liberdade de agir ao meu modo.

O programador internacional dormiu. E, não só. *A Boba* foi um trabalho pouco compreendido pelos pares; segundo os ímpares, o que deveria ter acontecido. Não posso negar os retornos que prolongaram a vida dessa performance, assinados por artistas e intelectuais que admiro, mas também percebi a ausência de outros, assim como troquei abraços com pessoas que pareciam ter assistido parte de um funeral. Claro, há sempre espaço para cochilar em um velório quando não nos reconhecemos no defunto.

Acabou assim a fase dessa performance em tempo real. Decidi. Há um vídeo-registro feito pela Bruta Flor Filmes que delegou à trama a sua nova versão. Talvez seja melhor mesmo assistir a *A Boba* em HD. Para sempre.

Esse evento me fez lembrar da primeira vez em que apresentei *La Bête* em São Paulo, em 2006, no Sesc Ipiranga. A raiva foi tamanha que joguei fora o espetáculo *Transobjeto 2: placebo*, que incluía a performance. #tbt. Em janeiro de 2005, fui convidado pela coreógrafa e programadora Adriana Banana para fazer parte da residência artística Território Minas, no Fórum Internacional de Dança, em Belo Horizonte. Nessa época, morava com o coreógrafo Vanilton Lakka — que mantinha sua carreira solo e dançava para a Cia Mário Nascimento — e com Cyntia Reyder — bailarina do Grupo Camaleão. Passávamos dias um no quarto um do outro. Cultivávamos a fama de irmãos. Cyntia me ajudava a encontrar objetos, Lakka escutava minhas preocupações. No Espaço Cultural Ambiente, Adriana lia Foucault e Milton Santos comigo, editava em meu discurso o que geralmente estava parado. Em 1997, em Uberlândia, acompanhei a passagem de seu espetáculo *Creme* pelo Festival de Dança do Triângulo, criado para o Clube Ur=HOr com outras duas coreógrafas associadas, Luciana Gontijo e Thembi Rosa, e com o coreógrafo Joaquim Elias. A ciência flertava com a coreografia. Óbvio, o resultado não seria o casamento, mas a aproximação de ambas as linguagens liberava a dança de seu discurso etéreo, abotoado à uma regência que ressaltava aquela que conheci na igreja. Assisti às cenas de *Creme* com a trilha sonora da banda Tetine. Fui testemunha de uma dança e de uma realidade. O espetáculo tematizava a violência infantil, mas não tinha a pretensão de ser figurativo. Suas imagens e gestos nos ajudavam a falar sobre o mal e a não nos asfixiar com ele. Tive certeza de como um dia gostaria de trabalhar. Me lembro bem da estreia de *Transobjeto 2: placebo*, em 2005, e das presenças dos críticos de arte Marcello Castilho Avellar e H.T. — que, em visita ao Brasil com seu companheiro, atravessou um estado inteiro de ônibus para entrar na experiência. Em Belo Horizonte, a performance aconteceu entre o riso nervoso e o sossego, sentia a presença das pessoas no espaço; ao contrário do que ocorrera em São Paulo, onde se assistiu a *Transobjeto 2* de um heliporto imaginário. Cheguei a escutar de um desconhecido que a cena em que eu fazia uma relação entre o *Bicho* e meu corpo era muito pessoal: “Não há distância entre a ação e a vontade de ser tocado por um homem”. (Trouxe essa afronta pra eternidade.) Fui para o cerrado. Transformei as cinco cenas de *Transobjeto 2: placebo* em vídeos. *Transobjeto 2* foi para o lixo, sobrou *Placebo*. Ninguém tocaria em ninguém. Dava agora ao público a oportunidade de não mais se desconectar da TV.

Amigo Wagner,

Uma alegria imensa ter estado contigo no último dia da Mostra Internacional de Teatro, ocasião em que você botou *A Boba* em cena. Como sempre, diante de seu trabalho, sinto-me inclinado a dividir contigo minhas impressões. Sancho Pança está aí para me encorajar, quando afirma, com suas palavras: que o que a gente quer dizer, quando não diz, apodrece por dentro. Dos seus trabalhos, *A Boba* foi o que se comunicou mais claramente comigo. Não que valorize mais este trabalho por isso. Você sabe, adoro não entender as coisas. Assisti a *Christiane F.* duas vezes sem legenda, estupefato, mesmo sem compreender uma frase daquele sonoro e expressivo alemão da Berlim do começo dos anos 80. A chave do meu entendimento girou quando me dei conta desse procedimento que, desconfio, você empregou nesse e em outros trabalhos: a saturação. Em *A Boba*, há saturação, em primeiro lugar, pela ausência: elementos cênicos, movimentos de luz, palavras, sonoplastia, trilha sonora. Depois, pela exaustiva tentativa de deixar *A Boba* em pé (o que acabou por me trazer à mente a lembrança do boneco João Bobo, aquele que, ao contrário da sua *Boba*, e por isso mesmo semelhante a ela, insiste em manter a verticalidade). Na corrida em círculos que você realiza, também ocorre saturação. Você vai correndo, vai suando, se transformando, se abobando. E quando bota o quadro pra produzir vento (que coisa boa, ver você dançando): saturação. Minha mente, cartesiana, coitada, quer saber de causas, mas também de efeitos: o que tal saturação produzirá? Senta que lá vem impressionismo. Em mim, a saturação gerou uma sensação de iminência do milagre. Em um dado momento de seu esforço, aquele em que você sustenta o quadro com a ponta dos dedos, senti que a tela ia parar em pé. Enzo Banzo e Nath Calan me disseram que tiveram essa mesma impressão. Não sei bem por que, mas pelo jeito meu corpo julgou possível a autossustentação do quadro, mesmo que fisicamente, pelas dimensões de sua base, isso se afigurasse impossível. Tamanho esforço, tantas tentativas acabaram por convencer minha mente que sim, isso seria possível. Vai saber. Cheguei às raias da loucura. Considerei que o quadro fosse se equilibrar na verticalidade da parede quando você insistiu e insistiu e insistiu nessa tentativa de fixação. Um pequeno milagre espera por nós, ao fim de cada processo de saturação. E o milagre dos milagres seria, em se tratando de uma experiência artística: a máxima expressividade. Veja o caso da saturação pela ausência. Só o vazio radical poderia produzir aquela qualidade de metalinguagem, os refletores presentes mais pelo seu corpo físico que pelas luzes que projetam. O linóleo, os fundos do teatro, tudo, aliás, tão afinado visualmente com a não menos metalinguística exposição da parte traseira do quadro da Anita. Solo de estrutura. Chassis e ferragens. Mas o milagre da expressividade total, para mim, deu-se com a revelação da imagem da tela. Seu esforço, algo débil, insistente, saturado, fez com que o quadro se desse a perceber como um grande acontecimento plástico. Fiquei imaginando a diferença entre esse modo de revelação e aquele que experimentaria se visse a tela no museu. *A Boba* nunca foi mais *A Boba* que nesse dia, por graça de seu gesto. A abobização de seus movimentos, aliás, me fez perceber as pinceladas de Anita como gestos igualmente possuídos por essa espécie de abobização. Uma coerência perturbadora. Penso que você dançou as pinceladas de Anita Malfatti. A propósito: com *Domínio público*, o mesmo se processou. A saturação do discurso em torno da Gioconda do Da Vinci fez com que essa tela — de todas, a mais familiar — se afigurasse como a mais estranha, a mais singular. *Upgrade* de expressividade mediante saturação do gesto ou do discurso. Chamaria assim esse método maravilhoso (emprego essa palavra em seu sentido mais denotativo) que você magistralmente vem adotando. Pois, é isso. Saí maravilhado da sala Cacilda Becker.

Danislau

Você não veio ao teatro. Sua escolha foi importante para a performance, para mim, para quem notou sua ausência. Ao contrário de hastear a bandeira do ressentimento, registro, como o escritor francês Roland Barthes, que, a partir daquilo que escrevemos, perdemos e fazemos novas amizades. Oscila. Quantos amigos decidiram não assistir a uma peça antes de você? Quantos passaram a se olhar de longe? João Cabral de Melo Neto e Carlos Drummond de Andrade; Picasso e Matisse; Rimbaud e Verlaine; Anita Malfatti e Mário de Andrade; Virginia Woolf e Katherine Mansfield; Emilinha Borba e Marlene; Charles Mingus e Miles Davis, Joaquim Nabuco e José de Alencar. Satélites.

[18:49, 26/3/2019] H. P. Busquei algumas imagens.

[18:49, 26/3/2019] W. S. Ah, de quem são?

[18:50, 26/3/2019] H. P. A primeira, de Eduardo Zamacois y Zabala, a segunda, William Merritt Chase, e a terceira, Cesare-Auguste Detti.

[18:51, 26/3/2019] W. S. Como você chegou até elas?

[18:57, 26/3/2019] H. P. Eu amei seu sapato e um amigo achou burguês (suponho que tem a ver com o lugar da Anita). Aí lembrei que esse babuche (não sei que nome você dá) lembra os sapatos dos bobos da corte e que este signo pode se referir, de alguma forma, a seu lugar de "artista contemporâneo vivendo em Paris", mas também àquele cujo trabalho entretém uma classe ignorante que se acha superior. Que, assim como o Bobo, sua crítica não é compreendida. Este sapato, de alguma forma, totaliza a burguesia de Anita e do Bobo.

[19:05, 26/3/2019] W. S. Anita não era burguesa, mas vivia entre eles, assim como o Bobo. Já o sapato, que também não sei o nome, ganhei do artista Renato Hofer. Acabava de escrever *Mal secreto*, lembra?

[19:15, 26/3/2019] H. P. Claro.

[19:20, 26/3/2019] W. S. Criei *Mal secreto* para a abertura do festival Semanas de Dança, no Centro Cultural São Paulo, em 2014. Como eu não tinha figurino para fazer a leitura da peça, pedi ajuda à artista Karlla Girotto. Ela foi até a casa do Renato pela manhã e o viu em pijamas. Pegou a blusa, as calças, o sapato e trouxe até o teatro para eu vestir. Acontece que tenho 1,86 de altura e Renato 1,69!

[19:24, 26/3/2019] H. P. Você pensou em que ao usar o sapato?

[19:25, 26/3/2019] W. S. Pensei no Brasil: "Ele não cabe no meu pé" (pensamento de um Bobo) e "meu pé é maior que o sapato" (pensamento burguês).

[19:25, 26/3/2019] H. P. HAHAHAHA

[19:26, 26/3/2019] W. S. Fiz você rir! Tem um pouco de Cinderela, de conto de fadas nessa história; mas tem, também, um pouco de ter que usar o que se tem.

[19:27, 26/3/2019] H. P. Os Bobos representados nas imagens são, na grande maioria, anões. Você é superalto.

[19:29, 26/3/2019] W. S. "Grande maioria, anões" é um oximoro curioso. Sou um Bobo do Século XXI, um anão gigante.

[19:35, 26/3/2019] H. P. Sabe que, na bioenergética, o biótipo de pescoço longo é analisado como aquele que precisou dar cabeçadas para "expulsar" a mãe? No seu caso, superar o peso que a mãe-pátria colocou sobre a sua cabeça.

[19:41, 26/3/2019] W. S. Certa vez, joguei tarô com o cineasta Alejandro Jodorowsky no café Le Téméraire, em Paris. Expliquei a ele meu problema de adaptação na Europa. Jodorowsky tirou as cartas: "Seu problema não é a Europa, mas a sua mãe!". Além de fazer os clientes e eu gargalharmos (as cartas são lidas publicamente), entendi a provocação. Coitada de minha mãe, ela estava do outro lado do oceano e foi convocada a compartilhar as minhas frustações. Parece que o enigma de todo Bobo se constrói na maternidade.

[19:42, 26/3/2019] **H. P.** Como assim?!

[19:45, 26/3/2019] W. S. Jodorowsky me aconselhou voltar para a América do Sul. Afirmou que eu nunca seria feliz na Europa. "A prescrição das cartas me parece impraticável", respondi. "Seria possível voltarmos para a barriga de nossa mãe?", pergunta retórica de um Bobo pescoçudo. Questionado, ele me receitou uma psicomagia: esfregar a foto de minha mãe pelo corpo (ai meu deus) e levar esta foto para o lugar de onde ela veio. Refleti por alguns meses, esfreguei o mapa do Brasil no corpo inteiro.

[19:45, 26/3/2019] H. P. Nossa!

[19:46, 26/3/2019] W. S. O táxi chegou no aeroporto. Até já.

Parte II
Memórias de La Bête

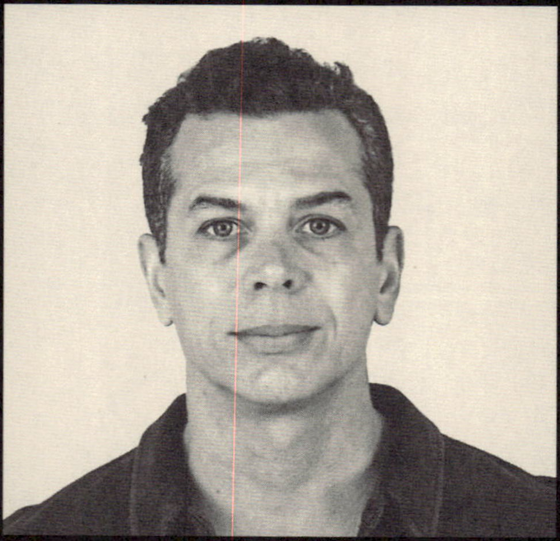

(★ †)

“Delicioso país da imaginação, tu que foste entregue aos homens pelo Ser bondoso por excelência, para os consolar da realidade, tenho de te deixar. — É hoje que certas pessoas de quem dependo pretendem devolver-me a liberdade, como se ma tivessem tirado! como se tivessem poder para roubar-me um só instante e impedir-me de percorrer à minha vontade o vasto espaço sempre aberto diante de mim! — Proibiram-me de percorrer uma cidade, um ponto; mas deixaram-me o universo inteiro: a imensidão e a eternidade estão às minhas ordens.”
XAVIER DE MAISTRE. *Viagem à volta do meu quarto*, 1794.

“Mas ser parte daquilo que não morre,
e que a vida inveja, é também uma dor.”
FRIEDRICH HÖLDERLIN. *No azul adorável,* 1823.

“O que fica no corpo é o que vai para a cena.”
DANIELA BORELA. WhatsApp, 2017.

A você, Não leitor, dedico estas *Memórias* —
as que passaram pela minha cabeça antes do último suspiro.

Eu chutava a sua barriga, dava cabeçadas. Dormia por algumas horas do dia. O esforço era grande. Bater cansa, esperar também. Ela procurou a fitoterapia. "Chá acalma", o mundo pensa. Passava a metade de seu dia no banheiro, enquanto eu socava suas tripas. Quem diria que chamariam este ato de amor. À noite, colocava um travesseiro entre as pernas, conseguia fechar os olhos por algumas horas. Antes de dormir, orava, pedia a seu deus para me acalmar, já que as flores mostravam pouco efeito. Ele a ajudava por algumas horas; nas outras, ela deveria entender o que veio fazer no mundo. "Provação", estava escrito. Eu sabia fazer mal. O mal dói. O bem faz dormir. Assim aprendemos. Ela deveria gostar dessa dor, porque quatro anos antes de mim, havia sucumbido aos maus-tratos de outro. No quinto mês, tísica, exausta, ela se jogou no sofá, em prantos. "Deus me abandonou." Ele, que dizem ter tido um filho, já conhecia essa queixa. Ela suava frio. Suas pernas tremiam. Sentar era o máximo que eu permitia. A casa era simples, nada de objetos que pudessem disfarçar a dor; mas a vizinha havia pedido que ela tomasse conta de seu aparelho de som enquanto estivesse viajando. Ela decidiu ligar o rádio. A música abafou o seu choro. As caixas de som eram maiores que o encosto do sofá. Ela pousou o cotovelo sobre uma delas e deitou a cabeça sobre seu braço. A vizinha havia sintonizado o rádio em uma estação de música clássica. Ela não sabia o que escutava; até que parou de chorar, porque parou de doer. O alívio veio. Não foi acidente: "Foi o Espírito Santo". Alguém conversou comigo. Desacelerou as batidas do meu coração. Ela abriu as pernas. Abraçou a caixa de som contra sua barriga. Parei de fazer doer.

No fim dos anos setenta, minha mãe tomou conhecimento de que haviam recém-construído um bairro popular em Volta Redonda chamado Jardim Ponte Alta, apelido: Morrão. "A notícia se espalhou. Tinha um dinheiro guardado no fundo de garantia do colégio onde eu trabalhava, mas seu pai tinha medo de que se investíssemos na casa, passaríamos fome e não conseguiríamos pagar as prestações. Pedi emprestado o valor da entrada para um amigo da igreja. Em seguida, fomos ao banco." A promessa era de que teríamos uma melhor qualidade de vida comparada a do bairro Minerlândia. Nas casas do morro não havia cerca, eram todas brancas. A única diferença entre elas era uma faixa colorida abaixo das duas janelas frontais. Cada qual trazia uma cor, a nossa era marrom. As ruas eram divididas em letras do alfabeto. Morávamos na Rua J; o número, não me lembro mais. Com o passar dos anos, os moradores começaram a modificar suas casas. Percebi que nossos vizinhos tinham mais dinheiro que nós: levantaram muros, exibiram a privacidade, construíram uma piscina. Do lado de cá, ouvia os pulos, os gritos, o samba. Por várias vezes, subi no muro para observar a família se divertir. Minha mãe me obrigava a descer — ela conhecia por dentro a humilhação, eu construía o seu significado.

Tia Elba tomava conta de nós. Não, ela não era preta. Preta era minha avó paterna, tios, primos. Meu pai, nem preto como sua mãe nem branco como seu pai. Tia Elba tinha também essa cor, disfarçada de branca. Para ter direito à ficção no Brasil, o disfarce é fundamental; caso contrário, você está fadado a performar o protagonista de um documentário enquanto estiver vivo. Aprendi na escola primária que a cor da pele de minha avó paterna, primos e amigos era diferente da minha. Enquanto eles lutavam contra o racismo, eu passava o recreio na biblioteca a evitar os cascudos. Era uma *criança viada* — os colegas me disseram, Bia Leite pintou. Em uma festa da classe, denunciaram à minha mãe que eu rebolava ao som de "O vira", dos Secos e Molhados. Ela me retirou da festa. A província é imperdoável. Eu a questionei sobre o porquê de ser tão severa. "Não existe curso para ser mãe." Li *Fábulas de La Fontaine*, *Contos de Grimm*. Esses, não preciso explicar quem são. É curiosa a fama de inexplicável, as pessoas passam a se interessar até mesmo pelo mais irrelevante de sua vida pessoal. Quando ia para casa, andava na companhia dos amigos invisíveis com quem conversava durante as aulas de matemática. Repeti a quarta série por falta de atenção. (Retifico: internamente inventava a pessoa que escreve essas memórias. Como a escola não sabia o que fazer com esses alunos, reprovava.) O caminho até a minha casa era longo. Desviava continuamente do perigo, um sucesso. Subia o morro e, quando chegava em casa, conversava com meus bichos. Também fui criado por cachorros, patos, galinhas, pássaros, um gato e um papagaio. Passava o dia com eles e, por vezes, arriscava brincar com os amigos do bairro. Os jogos terminavam em hostilidade e, mais uma vez, ia pra casa sem saber o porquê de tanta opressão, meu deus. Tia Elba era paciente, tomava conta de meu irmão, de minha irmã e de mim. Minha mãe e meu pai trabalhavam de manhã até a noite. Meu pai, muitas vezes, de madrugada. Fim da tarde, eu tomava banho. A janela basculante levava o vapor do chuveiro para o quintal. Fechei a ducha. Um jato de água barrenta despencou da janela. Olhei para cima. Ouvi a risada do meu irmão. Levei um susto, quem não? O que eu fiz para merecer isso? Mais do que perguntas, me governavam agora os nervos e o sangue. Limpei o banheiro, tomei outro banho, troquei de roupa. Nem deus conteria a sua criatura. Fui até o quintal. Lá estava o balde preto, ainda sujo de barro. O enchi com terra incrustada debaixo da casinha do cachorro, com grama que os patos e as galinhas frequentavam, três pedras pequenas e água empoçada. Esperei pelo barulho do chuveiro. Subi a laje sobre as pegadas ainda frescas do Kichute do meu irmão. Derramei a mistura pela janela. Um grito: tia Elba.

Fugi do castigo, corri para a casa de Morgana Cantarelli. Éramos vizinhos. Eu tinha dez anos, Morgana, vinte e um — idade para ter seu próprio aparelho de som e uma coleção de vinis. Ela havia sofrido um acidente: um carro, dirigido por um idoso, entrou na contramão e se chocou contra o Fusca em que ela era passageira. Treze dias de coma. Engessada dos pés ao pescoço, dizia que eu seria o único a escolher músicas enquanto ela estivesse de repouso. Retirei da estante o álbum *Bicho,* de Caetano Veloso. "Como você sabe que esse é o meu disco preferido?" Eu era jovem demais para saber. Enquanto "O leãozinho" tocava, eu coçava suas costas com as agulhas de tricô de sua mãe.

"Como quem compôs 'Ovelha negra' pôde compor 'Degustação'?", gritava Morgana enquanto eu ria — gargalhava. Escorregava de um canto a outro da varanda de sua casa polida com cera vermelha e molhada com água da chuva. O álbum *Bombom* acabava de ser lançado, gerou controvérsia entre os fãs de Rita Lee. "Ela me traiu", Morgana sustentava sua opinião e, ao mesmo tempo, permitia que eu ouvisse o vinil. Soube do lançamento pelo rádio, passava horas do dia gravando canções em fitas cassetes. Muitas vezes liguei para a estação. Era preciso deixar os dedos preparados nas teclas *play* e *record* para registrar um pedido. Oferecia cópias das fitas a Morgana. A música nacional se misturava com a internacional, assim como na trilha sonora das novelas. Em *Bombom*, as canções "Arrombou o cofre" — relato dos escândalos no Brasil militar — e "Degustação" — "um hino à escatologia infantil" — foram censuradas. Proibiram a sua execução pública e radiodifusão. O disco foi vendido com lacre para maiores de 18 anos — somente Morgana teria acesso. Fim de tarde, eu a vi chegar do trabalho com um embrulho fino e quadrado nas mãos. Corri para a sua casa. Colocamos as caixas de som na janela. Abrimos o LP.

Escola Professora Themis de Almeida Vieira, bairro Conforto. No ginásio, eu dedicava o recreio ao xadrez. Ali, encontrei um amigo, as peças brancas. Seu apelido: Palito. Para ele, eu era Waguinho. (Hoje, para os próximos, Wawá.) Estudávamos para não cairmos do alfabeto. Explico: da quinta à oitava série, sentamos um ao lado do outro. Para cada série, uma letra: A, B, C, D, E. Assim era dividido: letra A formada por alunos com as melhores notas; letra E, vogal a evitar, dos 11 aos 14 anos. Já que não tínhamos vida social, abastecíamos nossos cérebros. Assim foram minha infância e minha adolescência e, como você pode ver, o que se aprende não se apaga. Bastava memorizar para conhecer o mundo, ele cabia em uma prova. Resumidos eram os tempos em que os militares estavam no poder. Internet era ficção. Palito e eu desenhávamos falos sobre as figuras masculinas e femininas do livro de História. Reescrevíamos o livro. Renomeávamos seus personagens à procura de uma narrativa diferente daquela à qual éramos submetidos — uma vingança por acordar cedo e ter que olhar para professoras e professores enrugados de cansaço. A classe queria distância de nós. Impossível. Vivíamos na cabeça de cada um. Usávamos cinto. Apertávamos os ossos. Assunto preferido da escola. A magreza envergonha. Magreza é comparada à fome, à doença de fim de vida, à histeria em locais em que o músculo define quem vai à festa, quem come quem, quem tem direitos. Já que não tínhamos músculos, fabricávamos o futuro. Nossos colegas queriam se contextualizar, nós nos preparávamos para viver fora do livro didático. O recreio era democrático, as letras passeavam juntas. Tínhamos que correr para entrar na fila da merenda, a comida podia acabar. Os que podiam, compravam frituras na cantina. Palito e eu comíamos arroz e feijão com cheiro de presunto e queijo. Pouco antes do sinal tocar, subíamos para a sala de aula, ritual para grafarmos “Né?” no quadro-negro. Mas suspendamos o ontem. Vamos de salto à independência política e ao meu primeiro cativeiro pessoal.

Estávamos no centro de Volta Redonda: Palito, minha irmã, Roberta Silva e eu. Roberta tinha um jeito diferente das outras meninas do colégio. Monocelha, pele morena, um sorriso que esconde mais do que informa. Não julgava, me olhava com calma, direto nos olhos, como se ambos estivessem fora do corpo; que, aliás, eu mesmo desconhecia. Aprendi na igreja que o corpo é menos importante que a eternidade. Na escola, uma pessoa pode se salvar de grandes vexames caso permaneça invisível. Eu não era um modelo de virilidade. Ao contrário. Cruzava as pernas, os dois braços sobre o joelho, olhava geralmente em diagonal. Minha timidez exibia uma certa arrogância. Estava sentado na marquise do Escritório Central, afastado dos outros. O grupo conversava sobre a construção do Memorial 9 de Novembro. Roberta se aproximou. Fechei os olhos, antecipei o que iria acontecer. Pela primeira vez, uma língua entrou na minha boca. Minha língua foi ao encontro da língua de Roberta. De um lado para o outro, de cima para baixo, nos cantos. Abri os olhos. Roberta construía aquele momento sem pressa. "Poesia é sobre *timing*", aprendi. Dei fim ao primeiro beijo.

Roberta foi importante para mim, de outra forma não teria se tornado um parágrafo; mas esse encontro foi também constrangedor. Aos nove anos já percebia o corpo dos homens como algo a se explorar. Adolescente, tive certeza. "O corpo feminino se parece com o meu", era o que minha mente fabricava longe do espelho. Os moleques da escola reforçavam essa ideia e, de mãos dadas com minha mãe, desconhecidos diziam: "Que par de olhos lindos tem a sua filha". Para Roberta, esse foi o primeiro encontro amoroso de sua adolescência; para mim o cativeiro. Ao invés de liberar, o beijo alimentou minha decisão de seguir só até poder anunciar uma felicidade clandestina.

Dia do exame. Estava nervoso. Pretendia ingressar na Escola Técnica Pandiá Calógeras. O curso preparava homens e mulheres para trabalhar na Companhia Siderúrgica Nacional. Pensar o futuro em Volta Redonda: matemática, casamento, família, igreja. Arlindo Cavalcante, vizinho, funcionário da CSN, deu conselhos à minha mãe. "No exame psicotécnico, ele precisa desenhar as pessoas com detalhes e não pode se esquecer do chão." Ao meio-dia, saí em direção ao bairro Sessenta. Escola azul e branca. Uniforme. Mesas e cadeiras verdes. O orientador distribuiu a prova. Na primeira folha, esboço uma mulher comprida, cabelos longos, lisos, unhas grandes, olhos abertos, vestido azul, parte dos peitos à mostra. Na segunda folha, um homem de estatura mediana, cabelos crespos, mãos e cabeça grandes, olhos castanhos, óculos, barba. Havia outros testes, mas dos outros não me lembro. Terminei a prova. Segui em direção às Lojas Americanas para comer cachorro-quente. Peguei o ônibus. Minha mãe me esperava. "Esqueci de desenhar o chão em que as pessoas pisavam." "Qual dos dois você desenhou primeiro, o homem ou a mulher?" "A mulher." "Arlindo acaba de passar em casa. Esqueceu de dizer que era para desenhar o homem."

Fim da escola dominical. Pastor Francisco anuncia: "Não deixem suas crianças saírem em torno da igreja, um homem entrou no açougue ao lado, pediu emprestado um facão e cortou a própria cabeça".

Do alto do Morrão, conseguíamos ver a CSN. A indústria cortava toda a cidade. No dia sete de novembro de 1988, os metalúrgicos iniciaram uma greve e ocuparam a Usina Presidente Vargas. O ato tinha como principais reivindicações a readmissão dos trabalhadores demitidos por perseguição política, a redução de oito a seis horas da jornada de trabalho para as atividades ininterruptas e ainda um reajuste salarial. Na noite de nove de novembro, segundo a Wikipédia (esse corpo manipulado por uma legião, disforme e anônimo), o então presidente José Sarney autorizou o Exército a invadir a usina, sob o comando do General José Luiz Lopes. Os militares cumpriram a ordem, atirando nos operários. Dezenas de trabalhadores ficaram feridos e três foram mortos: William Fernandes Leite (22 anos), Valmir Freitas Monteiro (27 anos) e Carlos Augusto Barroso (19 anos). O arquiteto Oscar Niemeyer projetou o Memorial 9 de Novembro em homenagem aos três trabalhadores assassinados. A inauguração aconteceu no dia primeiro de maio de 1989. Perto das três horas da manhã, Volta Redonda tremeu. O memorial, composto por um bloco de concreto com a imagem de três corpos em baixo-relevo, tombou para a frente, sustentando-se apenas pelos vergalhões. As janelas do Escritório Central se estilhaçaram. A estrutura havia sido implodida por representantes da extrema direita ligados ao exército. O arquiteto foi contra a restauração do monumento. A obra foi reerguida, mantendo parte de sua destruição. Meu pai disse que não sairíamos de casa durante a semana. No domingo seguinte, ao invés de irmos à Escola Dominical, dormi até tarde e, à noite, assisti ao programa infantil *Os trapalhões*.

"VOU ENVELHECER PRA DIZER 'NÃO'", gritava com minha mãe. A cama era minha melhor amiga. Fora do sono, os fatos pouco me interessavam. Era preciso acordar cedo aos domingos para construirmos a eternidade com uma qualidade de vida superior à que tínhamos. Esse era o preço. Aqueles que se criam eleitos nos prometiam o paraíso. Cada qual imaginava o seu (e o dos outros). Da infância à adolescência, pensei constantemente na morte, por isso o desgosto em ter que acordar. Crescia o medo de ir para o Inferno, enxergava o martírio com detalhes. Vim parar aqui e, de onde estou, posso até escrever.

Quando orávamos, o silêncio era compartilhado entre cem pessoas. Oração pela família, pelo país, pelos doentes, para ir bem na escola. Ouvia a respiração de quem estava ao meu lado. Às vezes, escutava o abrir e fechar da boca dos vizinhos, sussurrando pedidos que só a trindade poderia compreender. Hoje, no templo chamado Brasil, os Homens de bem oram em voz alta: *Já entramos em ação. Nos aguarde. Agora reza… cadê a arte do cu?… cadê a arte do cu?… cadê a arte do cu?… cadê a arte do cu?… cadê a arte do cu?… cadê a arte do cu?… cadê a arte do cu?… cadê a arte do cu?… cadê a arte do cu?… cadê a arte do cu?… cadê a arte do cu?… cadê a arte do cu?… cadê a arte do cu?… cadê a arte do cu?... cadê a arte do cu?... cadê a arte do cu?... cadê a arte do cu?... cadê a arte do cu?... cadê a arte do cu?... cadê a arte do cu?... cadê a arte do cu?... cadê a arte do cu?... cadê a arte do cu?... cadê a arte do cu?... cadê a arte do cu?... cadê a arte do cu?... cadê a arte do cu?... cadê a arte do cu?... cadê a arte do cu?...*

Desde que descêssemos o Morrão segurando uma Bíblia, estaríamos seguros. Acreditávamos. Minha irmã e eu tínhamos que chegar cedo à igreja — preparação para as festas de fim de ano. Almoçamos, assistimos à TV, nos arrumamos. Não me lembro precisamente da época, mas é possível que tivesse quatorze anos; neste caso, minha irmã teria dez. Um Chevette preto estacionou ao nosso lado. Havia quatro pessoas no carro. Três homens, uma mulher. Tinham em torno de cinquenta anos. Apresentaram-se como produtores de *Os trapalhões*. Procuravam crianças, assim como nós, para participar de um dos seus quadros. Bastaria entrarmos no carro e eles nos conduziriam ao estúdio de gravação. "O sucesso nos oferece uma carona", pensei. Minha irmã não se mexia, aguardava a decisão do irmão mais velho. O carro me pareceu apertado para seis pessoas. "Não, obrigado, vamos ensaiar uma cantata."

Eu tremia ao ouvir seus gritos depois do culto. Minha mãe pedia pra eu não olhar. Meu pai fumava um cigarro na esquina. A coisa acontecia na minha frente. A igreja estava em construção. Maria Alzira, a nova zeladora, se agitava de um lado para o outro sobre um agregado de pedras na garagem. Urrava em línguas estranhas. Era a primeira vez que via alguém se mover daquele jeito. Os presbíteros, os diáconos e alguns membros da igreja oravam muito alto. O pastor tinha ido embora. Quando ela se levantou, conseguimos ir pra casa. O carro estava estragado. Não havia iluminação pública, somente o farol dos automóveis nos ajudava a subir o morro em silêncio. Além da trindade, haveria outra ausência com a qual teria que lidar.

"Pé pé pé na igreja não se arrasta / Ombro ombro ombro na igreja não sacode / Quá quá quá na igreja não se ri / Precisamos corrigir." Dona Miriam dirigia nossa classe. Customizou a vida de muitas crianças. Para ensinar esta canção, ela criou uma coreografia minimalista. "*Leia a Bíblia e faça oração, faça oração, faça oração / Leia a Bíblia e faça oração se quiser crescer / Se quiser crescer / Se quiser crescer / Leia a Bíblia e faça oração se quiser crescer*." Para essa outra, comprou uma flor impressa sobre cartolina que se movia para cima e para baixo. Dupla face.

De um lado, máscara feliz; do outro, máscara triste. "Que altura teria eu quando me tornasse adulto?" "*Quem não ora e a Bíblia não lê, a Bíblia não lê, a Bíblia não lê | Quem não ora e a Bíblia não lê, não irá crescer, não irá crescer, não irá crescer | Quem não ora e a Bíblia não lê, não irá crescer.*" Permaneceria pequeno ou passaria a eternidade ao lado daquele que fazia as pessoas se arrastarem de um lado para o outro pelo chão.

Aula de sexo. A diretora da escola nos separou em duas turmas: masculina e feminina. Um professor nos dava aula, uma professora dava aulas para as meninas. O livro didático continha desenhos coloridos. Os personagens: um homem e uma mulher. Para fazerem filhos, o homem deitava sobre a mulher. Em sua virilha, um triângulo amarelo em vez de um pênis; na mulher, outro triângulo amarelo em vez de uma vagina. Quando o pênis se encontrava com a vagina, formavam um losango como o da bandeira nacional.

Esperávamos ansiosos por Darlene Glória. Em vez de se apresentar no cinema, a atriz estreava seu novo trabalho na 2ª Igreja Presbiteriana do Brasil de Volta Redonda. De *Toda nudez será castigada*, nasceu *Todo pecado será perdoado*. Buscava entender como ela chegou até ali. "Foi um milagre", disse Darlene, enquanto eu desejava finalmente ser ouvido pelo Espírito Santo. Segurava as mãos de Vitalina do Rosário, minha melhor amiga. Darlene segurava o microfone como nenhum outro pastor; soltava sua voz, cantava. Na minha frente não só uma estrela, mas uma escolhida. Curada, intercedeu por centenas de pessoas. Ao fim de seu testemunho, a atriz fez um apelo, pediu que entregássemos a Deus nossos pedidos mais ocultos. Fechei os olhos, abaixei a cabeça, certo de que na adolescência seria atendido. Talvez me fossem precisos alguns anos para ser liberto do "homossexualismo". Aos dez, ainda não teria sofrido o suficiente. Você sabe, não há transformação sem dor. Deus sabe. Se você não entende, Ele te faz entender. Uma noite fria nos esperava do lado de fora da igreja, assim como Darlene. Ela me abraçou. Eu beijei o seu rosto como se beija um corpo sem pecado. Lembro do seu sorriso, do seu cheiro.

Senhor Jesus,

Hoje faço dez anos. Ainda não me sinto maduro para resolver um tanto de problemas. Queria Te pedir um presente: ir à entrega do Oscar. Nesta cerimônia, os artistas parecem felizes. Eu, aqui em Volta Redonda, dentro do meu quarto, só consigo pensar que não gostaria de ter nascido. Preciso ser normal pra receber o Seu amor e o dos outros. Tento diariamente. Não sei porque Deus me fez assim. Nasci predestinado a ir pro Inferno? Ouço na igreja, todos os domingos, sobre o Paraíso e sobre as pessoas que vão pra lá. Eu não estou entre elas. Sinto isso. Tento ser correto aqui na Terra. Ajudo meus pais: arrumo a casa, faço bolo, pão, comida, visito meus avós, sou calado, não dou trabalho na escola. Quase destruí nossa casa uma vez, mas não foi essa a intenção, eu só queria saber se espuma pega fogo. Sou uma criança diferente das outras. Eu sei. O Senhor sabe. Seu Pai já sabia. Então, por que Ele me fez chegar à Terra? Foi vingança? "Cuidado com seu filho do meio", um presbítero advertiu minha mãe, e ela fez questão de me contar. Outro dia vi um programa na TV em que as pessoas falavam em línguas. Os crentes usam as mesmas palavras quando estão cheias do Espírito Santo ou possuídas pelo demônio. Como uma criança vai saber a diferença? Existe alguma diferença? Dizem que tenho que ser feliz. Ainda não aprendi, nem na igreja, nem na escola, nem mesmo na rua. Tenho passado muito tempo sozinho. Tenho vontades estranhas quando vejo os meninos. Sinto vontade de me aproximar, mais do que o normal. Quando vejo homens grandes, bem mais altos que eu, tenho vontade de deitar no colo deles e dormir. Até hoje não dormi direito, mesmo que durma bastante. Quantas vezes troquei a cama pela janela. Uma vez, meu pai me viu sentado sobre o peitoril, se aproximou, perguntou se eu estava bem. Não respondi. Ele acendeu um cigarro, sentou-se na varanda — assim queimava nossa falta de comunicação. Existe um buraco entre nós. Entre minha mãe e eu, uma montanha. Entre meus amigos e eu, um deserto. Entre meus irmãos e eu, a porta do quarto. Consigo me relacionar com os contos dos irmãos Grimm. A Bíblia me deixa menor do que já sou, mais magro e sem força. O Senhor poderia me levar pro Céu? Dizem que o Senhor pode. Aqui na Terra não me sinto vivo. Vejo tantas pessoas vivas na rua, copio cada uma delas. Nasci para copiar, para aprender o método dos outros. É o que exigem de nós, crianças, na Escola Dominical. Quem sabe assim não teria direito à salvação? Sei que não saí perfeito. Queria me sentir como aquelas pessoas que vejo no Oscar. Bonitas, bem-vestidas, alegres. E falam inglês. Adoro filmes, Senhor Jesus, mesmo que digam que só ao Senhor devo adorar. Pelo menos, para o Senhor posso dizer a verdade. Seria bobo tentar o contrário. O Senhor me conhece, os outros pensam me conhecer. Sei o que quero e sei que o Senhor se envergonha disso. Assisti ao filme *Jesus Cristo Superstar*. As imagens que vi do senhor me dão vontade de deitar no Seu colo, de passar xampu no Seu cabelo, de lavar os Seus pés, de deixar o Senhor dormir na minha cama, de acordar ao Seu lado, de dançar. Ia me sentir protegido. Tenho pavor dos ladrões. Vivem no meu bairro e as janelas de minha casa não têm trinco. Meus pais não têm dinheiro pra comprar grades. Dizem que o Senhor é quem nos protege. Às vezes, acredito. Às vezes, não consigo acreditar, porque a urgência não deixa. Então, ligo meu toca-discos. Mas ontem quebrei o disco *Thriller*, do Michael Jackson. O pastor nos mostrou as mensagens satânicas que existem nas músicas quando tocadas ao contrário. Tudo isso fica gravado na cabeça. Satanás atua na cabeça? Satanás é cabeça? Quebrei. Em vários pedaços. Meu pai não sabia o que fazer, nem a minha mãe. Ambos sentaram na varanda. Ele acendeu outro cigarro. Ela observou ele fumar. Lá se foi o meu presente de aniversário. Fiz pelo nosso bem e pelo bem das pessoas. Menos um *Thriller* no mundo. Passei a escutar os discos de música clássica de minha avó, mas e se os compositores estivessem possuídos pelo demônio ao escreverem uma partitura? Agora não ouço mais nada. Nem a voz dos professores na escola. Ouço apenas a buzina do caminhão de lixo quando ele passa pela minha rua. Saio correndo do quarto todo fim do dia pra me encontrar com os lixeiros. Ofereço água gelada. Eles bebem num gole só. Agradecem, me abraçam. Estão sempre cantando. Felizes. Será que foram ao Oscar? Tia Elba me ensinou uma palavra mais bonita para definir as pessoas que cuidam da nossa sujeira. Agora, em sala de aula, quando as tias, quero dizer, as professoras, me perguntam o que quero ser quando crescer, eu respondo: "Gari". Meus colegas riem de mim. Se não sou feliz, pelo menos faço as pessoas rirem. Minha oração está ficando muito longa, Senhor Jesus, perdi a vontade de dormir. Só queria ser uma criança normal. O Senhor me daria esse presente de aniversário?

W.

Mauro Lima deveria ter seus trinta e poucos anos. Moreno, estatura mediana, cabelos crespos, mãos e cabeça grandes, olhos castanhos, óculos, barba. Solteiro, à procura de sua esposa. Sabia cantar. Recém-formado no Seminário JMC, em São Paulo, era nomeado o novo pastor da 3ª Igreja Presbiteriana do Brasil de Volta Redonda. As meninas ocupavam as primeiras filas. Eu me sentava entre elas — quem sabe escreveríamos uma nova lei sob o céu? Mauro estava de mudança. Enquanto não chegava à cidade, escrevia cartas para ele. A linguagem permitida entre nós era aquela entre servo e varão. Cheguei a insinuar o amor entre Jônatas e Davi, mesmo que fosse impossível uma relação como essa ocorrer, no fim da década de 1980, em uma igreja de bairro no sul fluminense. Ao final de um dos cultos de domingo, convidei o pastor para jantar em casa, mesmo que tivéssemos pouquíssimo a oferecer. Meu cérebro fabricava outras versões para sua visita. O barulho da moto indicava que ele havia chegado — *para me ver*. "Boa noite." Sentou-se à mesa, ao meu lado. O culto continuou durante o jantar. Olhei para o suor que descia de sua cabeça, para sua pele engordurada, para o movimento de suas mãos. Mauro dormiria no meu quarto, um convite para passarmos mais tempo juntos. Assistimos ao VHS *Age to Age*, da cantora Amy Grant. Fomos dormir. Meu irmão fazia faculdade de Engenharia Química na Escola de Engenharia de Lorena, em São Paulo. Dormi na sua cama, Mauro na minha. "Boa noite, *my friend*." "Boa noite." No café da manhã, o pastor abordou meu pai: "Seu Ruy, o Wagner precisa servir o exército. É importante para a formação moral de um homem. E os exercícios físicos diários o fariam ganhar peso." "Eu não servi o exército e não me vejo menos homem. Trabalho para que meu filho estude." O pastor engoliu o café. Despediu-se, foi embora. Por mais que eu quisesse ser o seu Jônatas, Mauro não reproduziria o papel de Davi. O lençol guardava seu cheiro, seu suor e seus pelos.

Na sala de estar dos meus tios, Berlioz e Marileide, havia um quadro com duas portas: uma para o Paraíso, outra para o Inferno. Um triângulo com um olho no centro estava plantado na extremidade do caminho ao Paraíso. A partir da minha posição atual, faço uma ligação entre este triângulo e o guarda do Pan-óptico — a prisão ideal concebida pelo filósofo e jurista inglês Jeremy Bentham no final do século XVIII. O olho da ubiquidade seria capaz de supervisionar todos os prisioneiros, sem imaginar que estariam sendo monitorados. Na estrada para o Inferno, o olho não existia; a via era ampla, com teatros, bares, gente feliz. Para acessarmos o Paraíso, teríamos que atravessar, individualmente, uma porta estreita, uma trilha e uma igreja. Examinava a solidão cristã na parede e, na sala de visitas, a minha: ter nascido para a via ampla. Haveria espaço para mim e para o caminhão que transportava os meus amigos garis.

A trilha do Paraíso também me lembrava o corredor polonês que muitas vezes atravessei na entrada da escola, igualmente preparado para uma pessoa. Pedia a Deus que me socorresse, mas Ele estava ocupado no corpo de quem me surrava. Também me lembro das vozes do coro, que atualizam as que ouço agora: *Vermeeeeeee!!! Bicha dos infernos! Você vai estar nas mãos de Deus por colocar uma criança como arte. A ira de Deus cairá sobre você, pois de Deus ninguém zomba. Se eu tivesse presenciado aquele lixo que você chama de peça, teria descido a porrada em você!*

Fim do curso popular de preparação para o vestibular. Os alunos foram convidados a assistir a uma conferência com Thiago de Mello. Sentei no fundo da sala, longe das pouquíssimas pessoas presentes. Olhava para aquele poeta e pensava se um dia eu poderia ser também alguém que vive do que pensa. Imaginava ter nascido para uma missão oposta à de uma vida pública.

O mundo, para mim, se reduzia à igreja, à minha família e a poucas amizades conquistadas nesse meio. Quem se importaria com as palavras de alguém que decorou o que seus próximos diziam para não cometer erros? O entrevistador perguntou ao poeta: "O que o senhor tem a dizer sobre o Brasil de hoje?". "O Brasil mudou. O Brasil regrediu." Atravessei a Avenida dos Trabalhadores de costas.

Era chegado o dia. Entrava no ônibus que me levaria, em quatorze horas de viagem, da rodoviária de Barra Mansa à de Uberlândia. Vitalina nos acompanhou, chorava como uma criança. Minha mãe exercia seu papel de convicção: "É melhor assim". Disse que se eu ficasse em Volta Redonda, criaria um transtorno entre as pessoas — descobririam que eu estava apaixonado pelo pastor Mauro. Vitalina pediu ao coro do Escritório Central que cantasse "Canção da América" no embarcadouro. Das trinta pessoas, olhava apenas para o seu rosto. Tive também um melhor amigo de bairro, Saulo Braga Nunes. Dividimos a passagem da infância à adolescência. Em um momento, nos perdemos de vista. Não pensava em Saulo na rodoviária. Pensei nele agora, depois que me procurou como Sara.

Abri os olhos e, pela janela do ônibus, vi o cerrado. De onde surgiria a cidade com nome de parque de diversões? Uberlândia me lembrava Disneylândia. Confesso que, quando me mudei, já não me lembrava de ter morado no Bairro Minerlândia. Não é que o nome Volta Redonda entrasse para a etimologia dos universais, mas Uberlândia parecia ter sofrido uma intervenção de quem sonha com a sintaxe dos gringos, ou talvez seja apenas o meu modo de julgar rápido as coisas que não admiro. Quem nunca fez isso?

"Levanta-te e entra na cidade. Lá lhe será dito o que te cumpre fazer." (Atos 9:6) Ganhar um sotaque desconhecido, se perder na metrópole. Em 1993, Volta Redonda devia ter duzentos mil habitantes; Uberlândia, quatrocentos mil. Cinemas, lojas de discos, uma universidade ramificada em três bairros. Estudantes vindos de dentro e de fora do Brasil. Minha virgindade.

Acordava cedo, preparava o café — diferente daquele que meus pais me ofereciam em Volta Redonda. Morava em uma república com três outros estudantes de engenharia. Fazia cursinho no colégio Praxis. Ainda não sabia o que iria estudar. Mesmo que ignorasse a matemática, eu me esforçava para entrar na Faculdade de Engenharia Eletrônica. Quando anunciei à minha mãe que estudaria a língua portuguesa e suas literaturas, muito influenciado pela professora Lila Rego, um silêncio frio e opressor interrompeu nossa conversa. A discagem era a cobrar, ela ainda pagaria por uma notícia que se chocava contra a inconveniência da profissão que ela mesma exerceu. Minha mãe conhecia o futuro laborioso e mal remunerado de um professor. A meu pai, cuja vida se resumiu a sentar em uma guarita para abrir e fechar o portão da Companhia Estanífera Brasil, coube apostar: "Vai, meu filho, ser gente na vida".

"O que você ainda não viu neste filme? O que ainda não entendeu?" Ana Domingues, a bibliotecária, havia se tornado minha amiga, avisava quando devolveriam *Krótki film o miłości* (*Não amarás*), de Krzysztof Kieślowski. A fita VHS passava a tarde em minha mochila ao lado de Brás Cubas. Dez anos depois, teria vergonha de contar que assisti a esse filme repetidamente. Há em Kieślowski um jeito de narrar que certos artistas contemporâneos evitam. Ele é *persona non grata* no circuito que frequentei. Assim que souberam que eu havia assistido aos seus filmes, me expulsaram. Gentilmente.

Você é uma vergonha para a sociedade brasileira.

A única ligação que ainda restava entre Pastor Mauro e eu eram as cartas que, aos poucos, deixei de escrever. Inventei outro amor: meu companheiro de república, Éric Lincoln. Loiro, alto, olhos azuis, servia o exército e namorava com minha irmã. Era protestante também. Todas as noites, antes de dormir, nos abraçávamos. Quando ardeu a sensação de pecado, investi em mais horas na biblioteca.

João Faria, professor de filosofia, entregou aos alunos uma pesquisa de longa data sobre a formação do Universal. Sintomaticamente, aqui ou ali, parecia que um grupo era esquecido nesse projeto de reconhecer-se em todo o espaço. É possível que o Universal não exista em lugares onde nossa experiência não chega. Talvez o Universal seja um desejo, talvez esse desejo seja a única coisa que realmente exista.

Não posso dizer que Paulo César era um amigo. Segundo Riobaldo, personagem central do romance *Grande Sertão: Veredas*, "amigo é a pessoa com quem a gente gosta de conversar, do igual o igual, desarmado". Paulo César ria de longe quando eu entrava em sala de aula. Um sorriso enviesado, meio vivo meio morto. Talvez soubesse: chegava o crente — e, com ele, o desconhecimento dos cânones da literatura. Eu gostava dele: 1,80m, moreno, cabelo penteado para trás, bigode, magro, jeito de quem passava o dia entre os livros e a música contemporânea. Me recordo de seu desdém quando a professora de Teoria Literária se dirigiu à classe: "Quero saber se os alunos de Letras leem, o que leem". Paulo César citou John Steinbeck, *The Grapes of Wrath* (*As vinhas da ira*). Seria difícil encontrar uma resposta à altura. Mentir, talvez, e mentir eu não podia. As respostas da turma variavam do silêncio ao jornal local; passavam por algumas obras relevantes, embora o tom daquelas vozes me fizesse desconfiar se por trás de sua projeção haveria realmente uma leitura tão encarnada quanto à de Paulo César. Sua resposta anunciou a entrada de um autor que não seria questionado. E eu, cheio de inveja, por meu mundo ser menor que o dele, respondi: "Não trago nenhum livro comigo. Se à questão importa o ato de ler, assisto a filmes estrangeiros, leio legendas". Paulo César soltou uma gargalhada, um som gutural de pavor e deboche. Seu corpo quicou, se encurvou para trás. Era ao meu lado que terminaria a graduação. Não sei se foi esse o motivo que o levou a me oferecer um presente, um dos que trouxe para a *nuvem*. Deixou uma versão de *Grande Sertão: Veredas* sobre a minha mesa, lançada em 1974. Na contracapa, uma dedicatória escrita a lápis: "Talvez, conhecendo um pouco mais a nossa literatura, você tire notas menos ruins em Teoria Literária".

Dei início à escrita de um livro. Acabava de conhecer Betina Cunha, professora de Literatura Brasileira. Na igreja, aprendi a escapar dos sermões; na Faculdade de Letras, dormir acordado era desnecessário. Fui para casa. Cresceu a vontade de passar os meus textos para ela. *Mão: autobiografia*. Se daqui eu olho para esse livro, vejo um exercício que Betina soube acolher no tempo de sua criação. "Sabe como cheguei até a faculdade? Um equívoco da sorte", confessei. Conhecia a experiência do isolamento, mas minha letra não considerava sua extensão: Deus era ainda um ser bíblico, tinha reflexo, fechou a gola de Pagu.

NOTA DE FALECIMENTO

A Tribuna, 12 de dezembro de 1962

MORRE PATRÍCIA REHDER GALVÃO — A PAGU

Geraldo Ferraz

Deu-se esta semana uma baixa nas fileiras de um agrupamento de raros combatentes. Ausência desde 12 de dezembro de 1962, que pede seu registro do companheiro humilde, que assina estas linhas. Patrícia Galvão morreu neste dia de primavera, nessa quarta-feira, às 16 horas (...) Morreu aqui em Santos, a cidade que mais amava, na casa dos seus, entre a irmã e a mãe que a acompanhavam naquele momento e, felizmente, em poucos minutos, apenas sufocada pelo colapso que a impedia de respirar, pela última palavra que pedia ainda liberdade, "desabotoa-me esta gola".

"Nos sonhos, começam as responsabilidades", Betina citou o poeta Delmore Schwartz; embora a frase não siga a métrica do que ela realmente tenha dito. Escuto hoje como um defunto pode escutar.

"Você é filho de um grande crítico literário, não é mesmo?", me perguntou o pintor estadunidense William Theodoracopulos. "Roberto Schwarz." "Com ele comecei a tomar gosto pela literatura, pela escrita. Complexo separar o pai do professor. Tive medo de me aproximar. Sua escrita tem uma idade que não atinjo com a minha, voz treinada pela poeira dos livros. O corpo, também, perdeu os movimentos por fazer de uma cadeira seu compromisso ergonômico com a vida. Foi ele quem me apresentou Machado de Assis. Primeiro nome que aprendi. O autor também era recorrente nas conversas com seus amigos. Eu o escutava. Imaginava se um dia teria que ser como ele." "Vocês são judeus?" "Roberto nasceu em Viena. Filho de pais judeus austríacos. Sua família chegou ao Brasil em 1939." "Você o chama de Roberto?" "Sim, distância indispensável entre o fato e a escrita."

Vivi por alguns meses em uma edícula sem geladeira nem fogão. Ali conheci Clarice Lispector. Passei a tarde com *A hora da estrela*. Fui para a faculdade. Torci para ser atropelado por um carro de luxo, e fui. Inventei o carro e ele passou por cima de mim. Procurei pelo filme de Suzana Amaral na biblioteca. Ora, se os católicos inventaram uma imagem de Jesus para dar conta do que não viram, eu queria observar a encarnação de Macabéa, ter um santo para rezar. Entrei num cubículo de nove metros quadrados onde ficava a TV e o videocassete. Passei o dia no corpo de Marcélia Cartaxo. Nunca havia me sentido tão sozinho e tão bem acompanhado. Vinte e poucos anos depois, conseguiria escrever minha primeira ficção: *Nunca juntos mas ao mesmo tempo*. Se o narrador em *A hora da estrela* é um homem, em *Nunca juntos*, uma voz masculina transita por outra, feminina. Macabéa, fusão de texto com imagem, me acompanhou durante a escrita desse livro. Ela me disse que a pessoa central de minha ficção deveria se chamar Adeline, porque havia conhecido Adeline Virginia Woolf debaixo do carro que a atropelou. E assim foi.

Entrei pela primeira vez na Sétima Arte Videolocadora. Iara Magalhães, dentista e cineasta, trazia para a cidade de Uberlândia o que existia fora dela. Em uma época em que a imagem era analógica, a mochila teria que ser grande para transportar as fitas VHS. Com o passar do tempo, tiramos o peso das costas.

Pausa com meu irmão na Cafeteria do Jorge, ao lado do Cine It, sala pornô da cidade. Agradeci ao seu empenho em trazer nossa família para Uberlândia. Pedro havia sido contratado pela empresa Ipiranga e decidiu nos ajudar. Estaríamos juntos novamente, com uma qualidade de vida superior à que antes tivemos. Performava, mais uma vez, o irmão mais velho. Meus pais venderam a casa em Volta Redonda e compraram um pequeno apartamento. Minha mãe logo se adaptou à cidade, meu pai plantou uma árvore no terreno vizinho (que vemos até hoje da janela da cozinha ou do quarto de minha mãe). "Uma mangueira que todo ano fica carregada. São pequenas, mas doces", ela disse, aos 81 anos. O café foi servido. Sob a xícara, uma filipeta com a promoção de um curso de dança de rua. "Não quer tentar?"

Academia Nureyev. Vanilton Lakka, meu primeiro professor, ainda adolescente. Anos na igreja e pensei que de meu corpo não fariam nenhum proveito. Fiz uma sequência de aulas. Em poucas semanas, Lakka me retirou da academia. Passamos a frequentar as praças até o dia em que me apresentou o coreógrafo e DJ Mamede Aref. Entrávamos para a Turma Jazz de Rua. Mamede era proprietário de uma antiga boate no centro de Uberlândia. Transformou o espaço em sala de ensaio. Coreografava de frente para o espelho, colado da metade da parede para cima, pouco dançávamos na horizontal. Cláudio Eurípedes de Oliveira e Eduardo Paiva encontrei mais tarde. Formamos o Grupo Werther. "Tempestade e ímpeto", referência a Goethe, que trouxe da faculdade. No início, éramos quatro. Cláudio, Lakka, Delmo Oliveira e eu. Eduardo, o coreógrafo. Fazia o curso de Letras pela manhã; à tarde, reuniões com outros três alunos bolsistas. A partir das 22h, ensaio na Academia Lisette de Freitas.

Eduardo nos levava para casa, em sua Parati cinza, por volta das duas horas da manhã. Os que moravam mais longe do Centro aproveitavam para dormir. Desconhecíamos o futuro, mas uma vontade insistente, em detrimento de qualquer obrigação, confirmava os dias de ensaio do grupo. Pode parecer que a sorte nos apresentou, que nos poupou de algum outro desfecho. E onde estava a sorte senão no esforço?

Dançávamos as coreografias da academia, assim teríamos acesso à hora extra para os ensaios do Werther. Eduardo trazia consigo o álbum *Da lama ao caos*, de Chico Science. Iria montar as canções "Monólogo ao pé do ouvido" e "Banditismo por uma questão de classe" com a turma de bailarinos avançados. No mesmo dia, ganhei de Lisette o livro *Dançar a vida*, escrito pelo filósofo francês Roger Garaudy. Segundo a Wikipédia, Garaudy foi guerrilheiro da Resistência Francesa e escritor comunista, converteu-se ao Islã em 1982. Em 1998, foi condenado por negacionismo do Holocausto pela justiça francesa por alegar que a morte de seis milhões de judeus teria sido uma lenda. *Dançar a vida* era um dos poucos livros sobre dança que circulava no Brasil na década de 1980. Tornou-se a bibliografia de muitos bailarinos e coreógrafos. "O que aconteceria se, em vez de apenas construir a nossa vida, nós nos entregássemos à loucura ou à sabedoria de dançar a vida?", Lisette leu em voz alta a formulação de Garaudy antes do ensaio. "A dança está presa à magia e à religião, ao trabalho e à festa, ao amor e à morte." "Qual seria o significado de 'estar presa' para o filósofo?", pensei. No intervalo, Lisette e eu discutíamos literatura. "Como vocês podem fazer de uma história com fim trágico o título de um grupo?" "Não é o fim que nos interessa", respondi. Nesse dia, eu tinha o livro de Garaudy e o Manguebeat nas mãos. Tempos depois, Chico Science viria fazer um show no *Projeto cinco e meia*, da Universidade Federal de Uberlândia. Dancei como nunca aprendi na academia.

Aliás, a falta de acesso aos eventos de arte — abundantes em outras cidades — nos incentivava a finalizar parte das coreografias que assistíamos na TV, parte das aulas de capacitação profissional no Festival de Dança do Triângulo. Essa lacuna abria espaço para a criação. Chamávamos tal lacuna de Dança Contemporânea.

"Quero falar com o diretor do Grupo." "O senhor ligou para a casa de um dos bailarinos, senhor. Qual é mesmo o seu nome?" "Você deveria saber o meu nome, deveria saber onde vai dançar." "Sei onde queremos dançar, senhor, mas não sei o seu nome." "Sou Paulo Fermata." "Boa tarde, senhor Paulo, em que posso ajudar?" "Eu preciso de fotos das coreografias *Je fais comme ça* e *Sturm*, como também do DRT de cada um de vocês. Vocês têm DRT? Vocês sabem o que é DRT? Aí tem fotógrafo profissional?" "Vou conversar com o grupo para providenciar seus pedidos, senhor Paulo. Em Uberlândia existem fotógrafos profissionais. Quanto ao DRT, nosso grupo foi formado há pouco tempo, vamos providenciar." "Vocês não são profissionais." "Queremos ser profissionais, senhor." "Então vocês têm mesmo que vir para São Paulo."

Conseguimos o DRT, fizemos as fotos. O convite não foi um dos melhores, mas o público e a imprensa repararam em nosso trabalho. Sete horas de ônibus, viagem noturna. Segurava o *Primeiro caderno do aluno de poesia Oswald de Andrade* como um amuleto. Esse livro atravessou a faculdade de Letras comigo e continua na minha frente, deseducado.

"Desabotoa-me essa gola" e "me desabotoa essa gola" nos acompanhavam. Levávamos ambos os registros aos eruditos, sem saber se se relacionariam conosco com o pronome antes ou depois do verbo. Aprendemos a dançar por partes. Nossa educação poderia ser comparada à oral, tal qual Oswald escreveu, dentro de um contexto que Pagu retificou. Quem pode com o pronome?

Comecei a me ver afastado nas coreografias do grupo; nas conversas, nos ouvíamos mutuamente. Havia descoberto o CD de uma garota islandesa na loja de discos do Terminal Central de Uberlândia. Não entendia o que era o seu país — a conexão com o resto do mundo era discada. Ela cantava coisas que eu não conseguia escrever por viver no lugar onde ela, de longe, reparava. Se meu lado de fora precisava ser contido, o lado de dentro você pode ler agora. Cláudio conhecia as coisas que eu não revelava, assim como os outros, mas Cláudio tinha esse dom de abordar os meus segredos com cuidado. Lakka, Eduardo e Delmo eram um público rigoroso. O grupo ganhava outros integrantes: Welinton Prado e Johnny Charles. Escolhi quatro canções de Björk: "Possibly Maybe" (Lucy mix), "Hyperballad" (versão Brodsky Quartet), "Headphones" e "The Anchor Song"

(Black Dog mix). Além de dançar cada uma das canções, eu as transcrevi para o português: "Talvez talvez", "Hiper-balada", "Fones de ouvido" e "A canção da âncora". Fernando Duarte, cartunista célebre de Uberlândia e, felizmente, meu cunhado, criou um programa para que as pessoas pudessem ter acesso às canções. Escolheu a tipografia, ilustrou. Lançava meu primeiro solo: *Otro*. Não era "outro", na linguagem oral, muito menos em dialeto mineiro. Era *Otro*, nome próprio.

Convidei amigos próximos. Abrimos as portas da Takey Sports. Um susto. Cem pessoas. Amigos e amigos dos amigos. Cláudio lançou a trilha. Começou tudo o que viria depois. Para a minha surpresa, Fernanda Bevilaqua e seu companheiro, Eduardo Bevilaqua, estavam no público. Acabavam de inaugurar um teatro na cidade. "O Palco de Arte é seu."

Não havia editais públicos que fomentassem a produção de trabalhos independentes em Uberlândia e, se houvesse, eu os desconhecia. Pedi a Fernando que elaborasse também um cartaz. Imprimi uma versão. Entrei em lojas de roupas, bolsas, joias, gráficas, escolas de línguas e produtoras da cidade pedindo apoio para produzir cem cópias do material. Fernando inseriu as logomarcas no rodapé do cartaz, fez a edição no Word. Colei cada um em locais estratégicos.

Dois fins de semana. Ingressos esgotados. *Otro* era um trabalho ligado à alteração do ritmo cardíaco, da tensão muscular e, consequentemente, do aumento da temperatura da pele. Cláudio e eu saímos do Palco de Arte com a sensação de que uma história havia começado — em minha cabeça, não mais entre nós. Na semana seguinte, chamei Lakka para uma conversa. Nos encontramos na universidade. "Não estou mais no grupo." Pedi que transmitisse minha decisão para os demais. O silêncio de Cláudio durou dez anos.

Maria Marcos era a minha melhor amiga da Igreja Presbiteriana Central de Uberlândia. Em um primeiro momento, ela me recordava Vitalina. Em seguida, Maria seria a confidente. Compartilhávamos nossas opiniões sobre a escola dominical e o cinema, a faculdade de Letras e a dança. Gradualmente, outros amigos apareceram. Formávamos o grupo dos sete. Quatro homens, três mulheres. Uma outra se agregou. Fazíamos maratonas de filmes, acampávamos em meu quarto nos finais de semana. Dois casais surgiram. Acreditei que um deles se desfaria. Pensava que um de nossos amigos preferiria o celibato, assim como eu. Por vezes, ele vinha dormir em casa. Se jogava na cama ao lado da minha. Produzia confissões sem abrir a boca. Eu não o questionava, com medo de escutar o que não queria. Seu jeito introspectivo motivou conversas entre Maria e eu. Nada era segredo entre nós. Ele, no entanto, nunca me disse uma palavra do que sentia. Maria revelou que passaram a orar juntos, diariamente, e o desejo por nossa amiga nasceu. As aulas na faculdade haviam começado e a dança me apresentava outro futuro. Se a coreografia desafiava o movimento da rua, a literatura narrava os ambientes fechados. Maria virou escrita. O grupo dos oito, a igreja, também. Daqui onde estou, penso que evitavam se dar conta do que eu não ousava dizer: minha sexualidade era encoberta por exercícios literários, físicos, visuais, religiosos. Segui o hábito dos outros até o momento em que não pude mais frequentar a faculdade, as aulas de dança e a igreja ao mesmo tempo. Guimarães Rosa flertava com deus. Deus não existia em Machado de Assis. Deus com letra maiúscula, só no início da frase.

São Paulo era longe; Brasília, logo ali. Fiz uma formação para coreógrafos na Faculdade de Artes Dulcina de Moraes. Passou rápido. Os alunos me interessavam. A vida gay começava a aparecer. Assistia aos ensaios dos grupos locais. Frequentava anualmente o Festival Internacional da Nova Dança. Em breve teria condições financeiras para descer à capital paulista, participar de alguns encontros no Centro de Estudos em Dança e apresentar meus primeiros solos no Estúdio Nova Dança. Solos que decidi até hoje não publicar, não falar sobre, não contar que um dia fiz. Embriões que cresceram sem que eu cuidasse, sem que eu sequer visse, e que agora estão aqui, conosco.

— Alô.

— Oi, Wagner, aqui quem fala é o Beto Oliveira. Queria fazer uma foto sua para a minha coluna no jornal *Correio de Uberlândia*.

— Oi, Beto, tudo bem? Muito obrigado pelo convite. Como você pretende fazer essa foto?

— Quero criar uma variante para um dos retratos do Yves Saint Laurent, clique do Jeanloup Sieff.

— Aquele, em que ele está nu?

— Sim.

— Preciso de algumas horas pra pensar.

— Nunca imaginei que isso seria difícil pra você.

— Bom saber de sua impressão, mas essa seria minha primeira aparição nu em público. Ideal que tenha a sua produção.

Preveni minha mãe, meu pai e Maria que eu surgiria em nova versão nas bancas de jornal. Sobre a foto de Jeanloup Sieff, Yves Saint Laurent declarou que faria qualquer coisa para se vender. Eu não tinha a mesma convicção e o que estava em jogo, no meu caso, era o exílio após a publicação da imagem. Os amigos crentes não suportavam homens nus; os artistas deram um voto de coragem à produção. Beto Oliveira, um dos fotógrafos mais populares de Uberlândia, acompanhava de perto as peças de dança, teatro, shows que animavam os espaços de arte da região. Em algum desses eventos, conversávamos. Queríamos construir a cidade e não apenas fazer parte de uma história fabricada antes de nós.

Talvez, aqui, eu tenha construído o inimigo social do Não leitor.

Azul que não conheci em outra parte do mundo. Poeira vermelha na rua. Quarenta graus. Beto me esperava sem camiseta, sabia que não corria nenhum risco. Enquanto fazíamos as fotos, eu tinha tempo para formular a nudez, era preciso que ela se desconectasse do sexo. Minha vida protegida pelas roupas e pela Bíblia não me permitia pensar no corpo humano como um corpo humano. A nudez, até então, era um convite para penetrar ou ser penetrado pelo outro. Não era dialética, era pecado. Assim como entre Sieff e Saint Laurent, foi preciso um amigo para me tirar a roupa. Mostrei a foto para Maria, ela reprovou. "Você passou muita base no rosto."

Estudei canto coral ainda criança, na Escola Municipal Bahia, com o maestro Nicolau Martins de Oliveira e com a maestrina Sarah Higino. Voltei a cantar mais tarde, com intérpretes e compositores de Uberlândia. Essa passagem durou pouco tempo: não tinha a qualidade vocal dos artistas que admiro. Os primeiros passos foram ao lado de Cláudia Luz, Cleide Luz, Adriano Ribeiro, Adilsoul Queribe, Daniela Borela, Líbia Costa. Integrantes de uma banda que chamávamos de Makube Soul. Esse nome foi alterado algumas vezes, os integrantes da banda também. Eu resistia às trocas, projetava as vogais que compunham o coro de fundo de uma melodia para dar brilho à execução do vocalista de frente. Animávamos as noites de

Uberlândia. Charlie Mote, um turista americano, apareceu em um de nossos shows. Cláudia, Charlie e eu nos tornamos grandes amigos. Caminhávamos pela madrugada, atravessávamos as ruas mais escuras a pé — Charlie não havia internalizado o medo que nós, habitantes, criamos. Copiamos o estrangeiro. Certo dia, ele me visitou. Passou os olhos por meus discos, sentiu-se em casa. Questionou a presença do álbum *Lead Me On* (*Conduza-me*) em minha coleção. "Essa é a versão melódica, fora da igreja, de Amy Grant. Comprei este CD no supermercado, assim como *Vivaldi*, de Andreas Scholl", respondi. Eu dava aulas de inglês em dois colégios particulares para pagar pelo que escutava. "Amy Grant não combina com os outros compositores que moram com você", insistiu. "Eu sei, Charlie." Tive a impressão de, pela primeira vez, ser obrigado a explicar as minhas escolhas a alguém e de precisar resolver algum desacordo construído do lado de fora de minha cabeça. "A voz de Amy Grant me lembra o intervalo entre uma aula e outra." Fomos almoçar.

Pretendia criar um novo grupo de dança em Uberlândia. Estava à procura de um nome. "Maria do silêncio", tradução do título de uma canção da banda estado-unidense Mazzy Star. A conjunção de Maria com silêncio abraçava o trajeto que fazia de casa à sala de ensaio, assim como o excesso de sol e a necessidade de guardar o fluxo do interior nas minhas criações.

Recebi o telefonema de uma ex-professora de português. Convidei Lourdinha Barbosa para trabalhar conosco. Ela trocou a aposentadoria pelos ensaios. Parei de lecionar inglês nas escolas particulares de Uberlândia para me dedicar à dança. Já não conseguia pagar pelo almoço. "Venha comer aqui em casa", ela propôs. Ofereceu-se como fiadora do apartamento que aluguei. Fiz uma promessa: "Cada vez que for almoçar em sua casa, levarei comigo um abacaxi". Quando toquei a maturidade e a autonomia com a ponta dos dedos, ao meu lado existia Lourdinha. Ela cuidava de mim e de uma centena de outras pessoas com os florais de Bach. Coitado de Bach, eram os florais de Lourdinha.

Marias eram muitas. Cada qual trazia, para os ensaios, "o jardim que o pensamento permite", como sugeriu Llansol. Criamos um espaço comum, sem vergonha. Ali, exercitávamos as contradições, trabalhávamos a cultura não-só-local. A arte nos mediava. Maria era proteica, rica em vitaminas, coberta por uma casca áspera e espinhosa. A sexualidade, as formas do corpo e a idade não eram problemas entre nós; éramos nós. Desperdiçar atenção com a aparência reduziria a habilidade de refletir a infelicidade de sermos aceitos ou não do lado de fora do teatro e, muitas vezes, no próprio teatro. De novo, crianças: a infância vista pelos olhos de quem agora narrava os erros e acertos de seu passado a partir do erro de ter se tornado adulto.

Alexandre Molina, Alice Schwartz, Ana Flávia Nascimento, Ana Reis, Caroliny Pereira, Daniela Borela, Eduardo Santana, Fernanda Amaro, Flávia Amaro, Gabriela Campos, Lourdinha Barbosa, Lucas Länder, Martha Bonilha, Natália Oliveira, Patrícia Neves, Poliana Diniz, Ricardo Alvarenga, Sidnei Alferes, Thiago Costa e Verônica Sampaio. Estudantes, músicos, artistas, professores. Trabalhávamos de domingo a domingo na Oficina Cultural e na Escola Livre do Grupontapé de Teatro. Criamos seis espetáculos em três anos. Em 2003, eu me despedi. Dessa vez, chamei o grupo para conversar.

Em algum momento dos anos 2000, Fernanda Bevilaqua recebeu um *flyer* da criação do programa Rumos Itaú Cultural Dança. Ela me obrigou a fazer a inscrição. "Olhe para mim.

Olhe para nós. Olhe para onde estamos", relutei. Era o que ela fazia. Eu só olhava pra fora.

Conheci o trabalho de Vera Sala e de Marta Soares. A antiga e insistente noção do artista contemporâneo preocupado com as questões do seu tempo e do seu país era emancipada a olho nu; em seus solos, era impossível captar as alegorias tupiniquins, muito menos o tempo vulgarmente reduzido ao de hoje. As artistas dançavam despreocupadas com as "inseguranças culturais do país novo em folha, recém-saído da segregação cultural, desejoso de firmar identidade e festejar a si mesmo" diante do olhar do outro. Mesmo que ausente do público, quem assinava essas aspas era o Schwarz; por um "t" não eram minhas.

"Um rapaz dado às Letras, vindo do interior", escutei essa frase, repetidas vezes; melhor não citar nomes nem criar confusões — pior coisa para um defunto é magoar quem ainda está vivo.

De fato, foi na festa que encerrava a primeira edição do Rumos Itaú Cultural Dança que conheci H. T. Entre uma conversa e outra, ele afirmou que se um dia eu conseguisse passagens de avião, poderia me hospedar no apartamento que dividia com seu companheiro em Paris. Prometeu me apresentar alguns trabalhos que escreviam a dança contemporânea na França. Durante dois anos, trocamos e-mails.

"Esta é Alda Stutz." Eu devolvia algumas fitas VHS quando Iara nos apresentou. "Mãe de Denise Stutz?" "Você conhece a minha filha?" "Já a vi dançar" "Qual filme você procura?" "Não sei, geralmente venho até a locadora para escutar Iara." "Eu também." Na mochila, eu trazia o livro *Nota sobre a melodia das coisas*, de Rainer Maria Rilke, a faculdade de Letras havia terminado, o interesse por *Não amarás* também. Godard acabava de lançar *Éloge de l'amour* (*Elogio do amor*). "Os filmes deveriam ter começo, meio e fim, mas não necessariamente nessa ordem", Iara repetiu a frase do cineasta com uma xícara de café e um cigarro nas mãos. O longa-metragem não se reduzia a mais uma projeção sobre o amor — sentimento vasto, extensão do medíocre ao cerebral. O amor entrava em cena, fora de foco; era o elogio que estava em questão, a ilusão do movimento. O jeito que Iara segurava o cigarro me chamava a atenção: a cinza queimava, não caía. Falar sobre o filme não a deixava tragar. Talvez fosse essa a diferença entre a direção polonesa e a franco-suíça.

Alda abriu as caixas.

> Quero ficar quieta, sem pensar, sofrendo. Estudei o dia inteiro, traduzi o diário de Katherine Mansfield, evitei pensar, mas não sei o que fazer contra essa náusea (náusea lembra-me mulheres grávidas). Antes eu tivesse um marido e esperasse um bebê. Lendo no diário de Katherine sobre sua necessidade de ter um filho, tive medo de um dia sentir a mesma coisa. "A criança nos braços. Poderia você tocar-me com a criança nos braços?" Meu maior desejo é ter um filho. Espero não ser estéril. "Cada mujer tiene sangre para cuatro o cinco hijos, y cuando no los tienen se les vuelve veneno, como me va a pasar a mí", fala Yerma na peça de Lorca. "Se tivesse um filho, brincaria com ele, perderia-me nele, beijá-lo-ia e o faria rir. Usaria meu filho como guardião contra os sentimentos mais profundos." Pobre Katherine, não conseguiu nunca seu bebê. E eu? Aos dezessete anos já preocupada com isto.

Entendi a situação de risco na qual se põe um corpo ao ver Alda revisitar cada uma de suas memórias arquivadas em um dos cômodos de seu apartamento. Ela trazia na cabeça aquilo que se aproximava de suas mãos: fitas cassetes, livros, fotografias, roupas, Denise. Decidi lhe oferecer um presente. Criei a peça *As caixas de Bernarda Alda*. Ela adorou a ideia e odiou o resultado. Brigou comigo. Passaram-se alguns meses, o telefone tocou. "Passou, né?" "Ah, que alívio, Alda. Minha intenção era que o espetáculo fosse um presente e não um castigo." "Vem pra cá, vamos tomar vinho."

Alda me perguntou se eu tinha um amor. "Nunca estive com pessoa alguma." "Que idiota é a civilização. Pra que então ter um corpo se é preciso mantê-lo trancado num estojo, como um violino muito raro?" Ela citou *Bliss* (*Êxtase*), como se fosse Katherine Mansfield, para mim e para seus vizinhos.

Denise e eu nos encontramos no Rio de Janeiro. Aquela que antes era uma personagem agora tinha corpo e voz. Pessoas escritas, quando vivas, surpreendem. Não era de se esperar, uma boa narradora sabe descrever quem se movimenta em sua cabeça.

Alda morreu.

01010001 01110101 01100001 01101110 01100100
01101111 00100000 01100100 01110101 01100001
01110011 00100000 01110000 01100101 01110011
01110011 01101111 01100001 01110011 00100000
01100101 01110011 01110100 11100011 01101111
00100000 01110000 01110010 01100001 01110100
01101001 01100011 01100001 01101101 01100101
01101110 01110100 01100101 00100000 01100001
01101111 00100000 01101101 01100101 01110011
01101101 01101111 00100000 01101110 11101101
01110110 01100101 01101100 00101100 00100000
01101110 11100011 01101111 00100000 01110000
01110010 01100101 01100011 01101001 01110011
01100001 01101101 00100000 01100110 01100001
01101100 01100001 01110010 00100000 01110011
01101111 01100010 01110010 01100101 00100000
01100001 00100000 01101101 01100101 01101100
01101111 01100100 01101001 01100001 00100000
01100100 01100001 01110011 00100000 01110011
01110101 01100001 01110011 00100000 01101000
01101111 01110010 01100001 01110011 00101110
00100000 01000101 01110011 01110100 01100001
00100000 11101001 00100000 01101111 00100000
01110011 01100101 01110101 00100000 01100101
01101100 01100101 01101101 01100101 01101110
01110100 01101111 00101100 00100000 01100101
00100000 11101001 00101101 01101100 01101000
01100101 01110011 00100000 01100011 01101111
01101101 01110101 01101101 00101110 00100000
01000101 01110011 01110100 11100001 00100000
01100101 01101110 01110100 01110010 01100101
00100000 01100101 01101100 01100001 01110011
00100000 01100011 01101111 01101101 01101111

00100000 01110101 01101101 00100000 01100001
01101100 01110100 01100001 01110010 00100000
01100001 01110010 01100100 01100101 01101110
01110100 01100101 00100000 01100101 00100000
01100001 01101100 01101001 01101101 01100101
01101110 01110100 01100001 01101101 00101101
01101100 01101000 01100101 00100000 01100001
00100000 01100011 01101000 01100001 01101101
01100001 00100000 01110011 01100001 01100111
01110010 01100001 01100100 01100001 00101100
00100000 01110100 01101001 01101101 01101001
01100100 01100001 01101101 01100101 01101110
01110100 01100101 00101100 00100000 01100011
01101111 01101101 00100000 01100001 01110011
00100000 01110011 01110101 01100001 01110011
00100000 01110011 11101101 01101100 01100001
01100010 01100001 01110011 00100000 01110010
01100001 01110010 01100001 01110011 00101110
00100000 01010011 01100101 00100000 01110010
01100101 01110100 01101001 01110010 01101111
00100000 01100001 01110011 00100000 01101001
01101110 01110100 01100101 01101110 11100111
11110101 01100101 01110011 00100000 01100001
00100000 01100001 01101101 01100010 01100001
01110011 00100000 01100101 00100000 01100001
01110011 00100000 01100011 01101111 01101100
01101111 01100011 01101111 00100000 01100101
01101101 00100000 01100011 01100101 01101110
01100001 00101100 00100000 01100110 01100001
11100111 01101111 00101101 01101111 00100000
01101111 01100010 01110110 01101001 01100001
01101101 01100101 01101110 01110100 01100101
00100000 01110000 01100001 01110010 01100001

00100000 01101101 01101111 01110011 01110100
01110010 01100001 01110010 00100000 01100100
01101111 01101001 01110011 00100000 01100001
01101101 01100001 01101110 01110100 01100101
01110011 00100000 01100101 00100000 01100101
01111000 01110000 01101100 01101001 01100011
01100001 01110010 00100000 01110000 01101111
01110010 01110001 01110101 01100101 00100000
11101001 00100000 01110001 01110101 01100101
00100000 01100110 01101111 01110010 01100001
01101101 00100000 01100001 01100010 01100101
01101110 11100111 01101111 01100001 01100100
01101111 01110011 00101110 00100000 01001101
01100001 01110011 00100000 01100101 01101101
00100000 01100011 01100101 01101110 01100001
00100000 01101111 00100000 01100001 01101100
01110100 01100001 01110010 00100000 11101001
00100000 01101001 01101110 01110110 01101001
01110011 11101101 01110110 01100101 01101100
00100000 01100101 00100000 01101110 01101001
01101110 01100111 01110101 11101001 01101101
00100000 01110000 01101111 01100100 01100101
00100000 01100101 01111000 01110000 01101100
01101001 01100011 01100001 01110010 00100000
01101111 01110011 00100000 01100101 01110011
01110100 01110010 01100001 01101110 01101000
01101111 01110011 00100000 01100111 01100101
01110011 01110100 01101111 01110011 00100000
01100100 01101111 01110011 00100000 01110011
01100001 01100011 01110010 01101001 01100110
01101001 01100011 01100001 01100100 01101111
01110011 00101110 00100000 01010010 01101001
01101100 01101011 01100101

"Ademais, são sempre os outros que morrem", pedra tumular do artista Marcel Duchamp. Tentei escrever o meu epitáfio, mas, na vida, não aprendi a tomar distância da morte. Não deu tempo. O riso era um dos méritos de Duchamp. Escrevi, no entanto, um breve texto, para os próximos, que minha mãe transformou no epitáfio de meu pai. Eu estava em Berlim, não cumpri a lei do caixão. "Não se preocupe, Cláudio e Lakka estão aqui", ela me disse ao telefone. Amizade restaurada. Milagre de morto. Seis meses depois, fui para Uberlândia. Todos entenderam quem não mais se movia naquela casa, os barulhos que não mais existiam, os espaços que não mais eram ocupados. Menos eu.

"Ademais, sou sempre *eu* quem morre", repetiu, a seu modo, meu amigo Luiz Fernando Carvalho. Ao concluirmos uma conversa sobre seu mais recente filme, *A paixão segundo G.H.*, ele mencionou a única imagem que guarda de sua mãe — a qual perdeu na primeira infância. Entendeu o fim aos quatro anos: "Uma janela aberta, a mãe de costas, um rosto ilegível lançado à paisagem". Assim age a memória, eu vi. Do outro lado da mesa, ele estava no Rio de Janeiro, parecia um menino. Era um menino.

Minha irmã descreveu os obséquios, a roupa, a maquiagem, a igreja onde o corpo foi velado. Como aprendi a fabular desde criança, bastou a narrativa. Nunca fui até o cemitério, tem algo na morte que não consigo visitar. Escrevi, também, outro texto, em prosa. Revisei-o ao longo dos anos, sobretudo quando foi traduzido para o alemão, para o espanhol, para o francês e para o inglês. É difícil explicar a morte universalmente, tem sempre uma palavra que falta. Há quem acredite que o texto reúna tendências ao *pathos* — um método de convencimento pelo chamado do público à emoção; o *ethos* devolve o foco à integridade do falante. Em Paris, o ator Julian Peres deu voz a *Meu pai* em uma livraria. Em seguida, dançou entre o público enquanto Rihanna cantava "*We found love in a hopeless place*" (na tradução de Drummond: "Uma flor nasceu na rua"). As pessoas ficaram paralisadas tal qual os livros nas prateleiras, como se ouvissem um discurso que não quisessem apreender. As palmas serviram para espantar a sensação de desconforto. Em Munique, fui eu quem disse o texto na peça *If I Was a Dancer*, de Stefan Dreher. De mãos dadas com Frank Frey, um ator de 69 anos — idade com a qual meu pai e Machado de Assis faleceram —, entendi que o texto era mesmo para o palco e não para o cemitério. Ganhei abraços de quem se emocionou com a ficção. No Brasil, *Meu pai* foi registrado em vídeo por Danislau para a performance *Placebo 2008*. Ele tomou um ácido, chegou alterado ao estúdio. O registro passou a me lembrar o vídeo *I'm too sad to tell you*, do artista holandês Bas Jan Ader. Ambos choraram diante de quem os observava através de uma câmera, mas os vídeos eram dessemelhantes, talvez porque choravam em línguas distintas. Postei o texto nas redes sociais. Amigos e desconhecidos deixaram recados de cumplicidade, uma alegria a leitura — alegria que faz companhia para a tristeza. Repeti a postagem durante anos. A cumplicidade se atualizava nos vários momentos de sua morte. Mas vamos ao que importa. Sobre o epitáfio gravado na lápide, procurei por ele nos meus e-mails. Como data de 2008, não o encontrei. Chamei minha mãe no WhatsApp. "Oi, mãe. Tá por aí?" "Sim. Como foi o jantar com seus amigos?" "Programamos as férias desse ano. Preciso te pedir uma coisa." "Diga." "Lembra quando o pai morreu e eu mandei uma mensagem pros amigos?" "Sim." "A senhora guardou essa mensagem?" "Tenho uma foto da sepultura que o seu irmão mandou pra mim. Quer ver?" "   ." Doze anos se passaram e, mais uma vez, a visão da morte poderia se materializar em uma imagem. Demorei para responder, aproveitei que no WhatsApp as pausas são implicitamente naturalizadas. Claro, somos atravessados constantemente por barulhos que nos tomam a atenção. Agora, por exemplo, ouço a máquina de lavar roupa, vozes de crianças no pátio da escola, Thierry a aguar as plantas, um avião, as máquinas de uma gráfica, o elevador do prédio, uma construção. "Por favor, mande a imagem para mim." A sensibilidade de minha mãe também precisa ser ressaltada, aprendeu a respeitar o tempo de seus alunos. Entretanto, não foi a profissão que a sensibilizou, mas o evento que a fez escolher o seu ofício: "Quando tinha dois ou três anos, caí num rio. Hoje, aos setenta e seis, ainda me lembro do vestido que usava. Parecia linho, cor de areia, bordado com margaridas vinho. No momento em que era levada pela correnteza, o vento levantou meu vestido e uma moça me puxou pelo braço. Vi em seu rosto um rosto de criança, minha idade, meu susto. Conversou comigo com um tom de voz apurado. Eu não sabia como responder. Ela não precisava de uma resposta, mas que meus olhos estivessem abertos. Fui para a beira do rio brincar com minha irmã, a mais velha. Por dois segundos, ela se distraiu. Em dois segundos, me tornei mulher. Fora do rio, pisei na grama, descalça. Trouxe a correnteza para a velhice, meu primeiro batizado." Demorou a chegar. Minha mãe procurava pela imagem em seu arquivo. Era o que eu imaginava para significar o tempo de espera. Comida, bebida e significado — três necessidades vitais. De repente, uma lápide no chão, como a de meu avô no cemitério Portal da Saudade, em Volta Redonda. Minha mãe tem o dom de ocultar o volume do que se foi para que a terra continue a ser terra e o sinistro seja ignorado; ou ainda, para que seja percebido como é: um bloco verde de grama que cobre o que um dia foi corpo. Ali estava o nome do meu pai e o período em que esteve conosco em vida. Ao seu lado, a mensagem que escrevi como despedida, assinado desta vez por

Família Schwartz. Mais uma vez, a professora considerava os integrantes da turma mesmo que um deles estivesse ausente. Não consegui transcrever neste livro o que está no cemitério, não tenho a habilidade de Duchamp.

Meu pai tinha um segredo, era um segredo sobre-humano. Ele pensava enquanto escovava os dentes. Acordava cedo pela manhã para ver sua mulher e seus filhos dormindo. Retirava os demônios da casa e, em silêncio, saía com seu cachorro. Aquela figura do homem com o seu cachorro era triste para os vizinhos; eles não sabiam que todos os espíritos estavam ali, entre os dois. Meu pai vivia na margem do sobre-humano. Era como uma abóbora gigante — gorda, redonda, cheia de sementes. Cozinhava sozinho e dava parte da refeição para o seu cachorro; o que não prestava, enterrava em terra preta. Cruzava as encruzilhadas sem medo. Meu pai andava armado. Arma de fogo mata Exu. Arma de fogo mata, embora não precisasse valer-se dela porque conhecia de perto todos os Exus. Meu pai conhecia os Exus. Ele não pensava em outra coisa a não ser na proteção dos filhos, da mulher e da casa. Sua filha mais nova: a boneca em pessoa; seu filho do meio: a preguiça em pessoa; o mais velho: o tratador; sua mulher: o amor dolorido e silencioso. Meu pai não escrevia seu nome, era mais um ignorante. Teve vontade de não escrever, e não escreveu. Ninguém tocou em seus filhos ou em sua mulher. "Nada de tocar em meus filhos ou em minha mulher." Nada de tocar. Meu pai tocava pouco, era como uma grande porta: abriu o Caminho na mata, virou Vento no deserto, jogou água na Estátua de Sal, separou o Mar Vermelho, retirou a Montanha do lugar para os filhos passarem, porque sua mulher ele trazia nos ombros. Matou o Dragão de cima de seu Cavalo, cuidou de um cachorro, de três filhos e de uma mulher. Se calou, ficou surdo também. Criou veias podres nas pernas porque não queria viver tanto, estava cansado de ficar por aqui. Queria mesmo era ver tudo de longe. Ele se jogou no mar para ficar por lá. Foi meu pai quem se jogou no mar e criou a sua pedra. Meu pai tinha um segredo, ele era uma Sereia.

"Faz tempo que te espero." A frase de Mãe Irene se confrontou com o arquétipo do horror criado pela igreja que frequentei: "O terreiro é uma manifestação do Inferno sobre a Terra". Eu estava ali, de frente para o medo. Fui recebido de braços abertos. Não sabia ser assim, tão bonito. Mãe Irene — rosto preto, magro, sorriso quente e materno, por vezes esperto, quando não é somente ela quem mostra alegria — não me perguntou de onde vim, se era hétero, gay, se acreditava em deus ou na literatura.

O Projeto de Lei da Câmara 122 de 2006 (PLC 122 / 2006), ou PL 122, também conhecida como lei anti-homofobia, foi um projeto de lei brasileiro apresentado pela então deputada Iara Bernardi (PT / SP). Ele tinha por objetivo criminalizar a homofobia no país e foi arquivado após passar oito anos no Senado sem obter aprovação. Era considerado por importantes juristas, entre eles dois ministros do Supremo Tribunal Federal, como constitucional. A aprovação imediata de alguma legislação específica para a criminalização da homofobia é apontada como urgentemente necessária no país por alguns especialistas. Para algumas entidades cristãs (católicas e protestantes), o projeto feria a liberdade religiosa e de expressão, por prever cadeia (até cinco anos) para quem criticasse publicamente a homossexualidade, por qual fosse a razão. No entanto, isso não constava no texto da lei, segundo a Wikipédia.

"Meus amigos, acabei de ler e assinar este abaixo-assinado on-line contra a PL 122. Concordo com esse abaixo-assinado e penso que também concordarás. Assina-o e divulga-o por teus contatos. Obrigado, Pastor Mauro." Alice não sabia como ele havia encontrado o seu e-mail. Transferiu sua mensagem para mim no dia 7 de maio de 2011.

Pastor Mauro,

Fui apresentado ao senhor na minha adolescência e me apaixonei por sua forma de falar, cantar, por seus movimentos. Esse não era um amor fraternal, mas aquele do qual não poderíamos ser intérpretes. E, claro, melhor não falar sobre um assunto quando não sabemos orar por ele.

A igreja presumiu quem eu era. O senhor, também: "Nós, cristãos, não somos contra o homossexual, somos contra o homossexualismo". O que é um homossexual? O seu corpo. O que é a homossexualidade? O seu corpo. Não é possível separar o homossexual da homossexualidade como se separa deus e diabo por oportunismo. Ser contra aquilo que você é é ser contra aquilo de que você é feito.

Quero dizer, depois que deixei Volta Redonda e fui para Uberlândia, precisei de terapia por dez anos, de novas amizades, para deixar de imaginar que a morte seria mais relevante que a vida. Não tive opção quando criança: a igreja aproveitou a ocasião para manter suas atividades.

Consegui me separar de vocês. Sei como me chamam: "desviado" — irônico, não? Curioso, também, foi encontrar o pai e o filho fora da igreja: em peças de teatro, músicas, filmes, pinturas e esculturas. O verbo, enfim, se fez gente, assim como anunciado. Conversamos de igual para igual.

Recriei minha história, sem importunar os evangélicos. Parei de pensar que a vida e o seu fim estavam predeterminados no Livro Sagrado. Vocês não precisam de nossa vigília, Pastor Mauro, mas não entendo o porquê de julgarem precisarmos de uma conversão. Vocês não são tão importantes quanto pensam. Nem deus, nem o diabo, nem qualquer outra criatura sob a franquia do Homem de bem.

W.

il y avait un ombre,
dont il était impossible de faire le portrait ;
quand il n'y avait plus de lumière,
l'ombre tombait par terre.

havia uma sombra
de que não se podia tirar o retrato;
quando vinha a escuridão,
a sombra caía no chão.

2003. Acabávamos de almoçar, o telefone tocou. "Uma chamada de São Paulo, vou atender no escritório." Levantei da mesa. Fechei a porta. "Alô." "Boa tarde, aqui é a Sonia Sobral, do Instituto Itaú Cultural. Seu projeto foi selecionado." Nos últimos dias, considerava recomeçar a lecionar inglês nas escolas privadas de Uberlândia, acabávamos de discutir o meu futuro durante o almoço. "Lourdinha, não vou mais precisar de seu empréstimo."

A casa de Lourdinha havia se tornado uma extensão da minha. Estávamos com passagens compradas para Portugal. Lourdinha afirmou que o colóquio "Maria Gabriela Llansol e a escrita contemporânea" seria importante para mim, tanto quanto os versos acima, que recortei do diário da autora.

O projeto que enviei para a segunda edição do Rumos Dança também se chamava *Finita*. Havia me apegado à escrita llansoliana: frases cortadas por um traço; a aparição inesperada do negrito, do itálico; a intervenção da língua francesa no texto em português; o início de frases com letra minúscula.

Lisboa foi a primeira capital europeia que conheci. Apresentei *Finita* no Convento da Arrábida. O convite surgiu dos escritores Lúcia Castello Branco, João Barrento, Maria Etelvina Santos e da própria Llansol. O colóquio foi preparado ao longo de muitos anos, no desejo de que alguns legentes pudessem se encontrar. Éramos cerca de trinta. É possível que eu fosse o mais novo entre eles. Não foi permitida a entrada da imprensa nem de visitantes no convento. Estivemos reunidos durante cinco dias. E, nesse período, Augusto, o companheiro de Llansol, estava internado em um hospital em estado muito grave. Algum tempo depois, ele morreu. Segundo João Barrento, Augusto fez a grande viagem. Para mim, ele não deixou de ser escrita.

Acordar em um lugar onde o cineasta Manoel de Oliveira havia nos apresentado o filme *O convento*, em 1995, era fazer parte de um espaço onde o tempo estava suspenso. Preparei a capela. Limpei o chão, cheio de sepulturas. A apresentação aconteceria logo à noite. Ouvia *Die Kunst der Fuge* (*A arte da fuga*), do compositor alemão Johann Sebastian Bach. Eu me preparava para dançar *Contrapunctus XIV*, a fuga inacabada. A capela ficou cheia. Nós nos conhecíamos. Eu me sentia em casa. Observava Llansol enquanto dançava minha leitura. Ela desviava seu olhar. Em seguida, o recuperava. Acredito querer dizer que a escrita desliza ao longo da superfície porque o amor espera-nos a sós.

Um apartamento de 40m², dois cômodos. A biblioteca ocupava as paredes da sala. Havia nas prateleiras uma grande coleção de livros e fitas VHS com registros de peças, performances, espetáculos que H. T. acompanhava. Estudei sua seleção da cena contemporânea francesa durante duas semanas. Atencioso e preocupado com meu projeto, H. T. separava uma parte do dia para me fazer perguntas. Eu investigava como o diário *Finita* havia chegado a Uberlândia. Outros títulos portugueses viajavam facilmente; Llansol era uma carga estranha. De manhã até a noite e, por vezes, de madrugada, assisti a trabalhos que gostaria de ter criado; bem como outros que abandonava antes do fim. Eles me afastavam do Brasil. A distância começava a fazer sentido, apesar de cultivar certa resistência em me perder pelas ruas de Paris.

Busquei pelo idioma brasileiro nas placas de sinalização dos transportes públicos e privados da capital francesa. Nunca o encontrei. Percebi que falava uma língua que deveria aprender outra.

Na sala de espera do aeroporto de Lisboa, reparei em uma senhora com ar de quem era íntima daquele local. Vestia um casaco que não me deixava olhar para outra direção. Ela se aproximou. Sentou-se ao meu lado. Falou sobre sua vida, sua família, sua paixão pelo teatro. Disse ter nascido no Porto, em uma família pobre e, adolescente, emigrado com sua mãe para o Brasil. Revelou ter sido casada com um filósofo e dramaturgo brasileiro e, em 1958, partido para a França para fazer cursos de interpretação. Em 1964, no Brasil, inaugurou seu próprio teatro. Centralizou em seu espaço importantes manifestações contra o regime militar, inclusive a fundação do Comitê da Anistia Internacional. Como não reconhecer o rosto dessa pessoa? Culpei o interior. Ela me perguntou o que eu fazia por ali. "Escrevo um novo trabalho." "Se for bom, eu apoio." Engoli em seco. Disse a ela que iria para Paris. "Eu também. Vou ao Théâtre de la Ville assistir a dois espetáculos de Lucinda Childs. Você pode vir comigo se quiser. Inclusive, ao sair do aeroporto, te dou carona." Agradeci. Perguntei, enfim, com quem eu conversava. Ela pousou seus óculos escuros sobre o nariz. "Você deve me conhecer pelo nome, sou Ruth Escobar."

"Dona Ruth!", saiu, assim, com sotaque uberlandino. (Uberlandino é o título designado aos que se mudaram para Uberlândia. Quem nasce em Uberlândia é uberlandense.) Ela passou a mão no meu ombro, abriu um sorriso, perguntou se eu falava francês. "Só aprendi o inglês." "Como você vai se virar nesta cidade?" Minha perna começou a tremer. Ela conversava com o taxista como se fosse sua melhor amiga. Eu permanecia ao seu lado, admirava o que um dia assisti no filme *Paris vu par*... "Onde vai ficar?", dona Ruth perguntou. "*Xateléti lezáles*", respondi. "Châtelet-les-Halles", ela repetiu, com sotaque francês. O taxista parou o carro. "Até amanhã, às 15h, no teatro. Vamos ao ensaio geral."

Em Paris, percebi que as performances que havia criado até então tinham o tamanho do interior — não o geográfico, mas o espaço interno, irresistível. Em dez anos, produzi peças, livros, vídeos que poderiam preencher uma lauda bibliográfica. "Vou começar do zero." A reação dos amigos? Você pode imaginar. Muitos se sentiram enganados por testemunharem o que apresentei ao público durante anos e chamei de arte. No futuro, iriam me perdoar; mas eu não me concentrava no futuro, apenas o novo Wagner me interessava.

Acho ousado a pessoa falar sobre si na terceira pessoa. Como se, de repente, virasse duas. Não pretendo me terceirizar, embora tenha sido terceirizado pelo Não leitor. Deixei de ser *eu* para me tornar *ele* e, então, nem mais *ele*, mas uma imagem, #, sem corpo físico. Esse livro é sobre *ele*, escrito por mim.

Apresentei a segunda parte de minha performance para H. T., no tapete de sua sala. Segurei minha cabeça com as duas mãos. Dobrei o tronco em direção ao chão. Flexionei os joelhos. Caminhei para a frente. Redobrei os braços. Assentei os cotovelos no chão. Estiquei o joelho. Minha coluna ganhou a forma de uma rampa. Levantei a perna esquerda. Estiquei o joelho. Pousei a perna no chão. Deixei o braço direito dobrado. Lancei o esquerdo em direção à perna esquerda. Virei um origami.

"Isso é Xavier Le Roy", disse H. T. Tomei um copo d'água. Respondi: "Conheço as esculturas *Bichos*, de Lygia Clark, os trabalhos *Folia* e *Aquilo de que somos feitos*, da Lia Rodrigues Companhia de Danças, os poemas tridimensionais, *Poemóbiles*, de Augusto de Campos e Julio Plaza, a capa do disco *Transa*, de Caetano Veloso e os papéis da Bala Soft. Todos articuláveis. Quem é Xavier Le Roy?"

Continuei.

"Machado de Assis olhou para Laurence Sterne, Xavier de Maistre e Almeida Garrett. De Maistre olhou para Sterne. Garrett para os dois. Onde fica Machado nessa mistura fina? Um escritor posiciona o local onde suas histórias são criadas na métrica das outras. Todas são mundanas, cosmopolitas, nasceram fora do Éden. Em um mundo transitório, não há tempo para questionar o que é cópia e o que é original, mas para analisar ou irrigar o que se vê, ter consciência de onde estamos, até então. Andar e se chocar com as coisas até que elas nos façam sentir próximos ou distantes de casa; e não *em casa*. Patriotas e cristãos precisam se sentir em casa onde quer que estejam; artistas, não. Arte existe para ser esquecida e redescoberta, em qualquer tempo e lugar. A ideia de cópia é irrelevante para as obras que estão na *nuvem*; há hipertexto onde se quer encontrar a fonte. A arte não se prende a um local nem a uma perspectiva, são as pessoas que a limitam ao lugar de onde querem que ela seja experienciada. A cópia é uma questão de classe." H. T. sorriu em francês. Fomos ao bar Le Duplex.

No início dos anos 2000, eu morava em Uberlândia. Não tinha recursos para deixar a cidade nem acesso aos conteúdos que hoje temos disponíveis na internet. Por exemplo, com um clique percebo que se tivesse conhecido o trabalho de Laurent Goldring, em 2003, *Wagner Ribot Pina Miranda Xavier Le Schwartz Transobjeto* poderia ter tido outro título.

Sinto que preciso explicar a você, que não viveu os anos noventa da impopular dança contemporânea, o emprego do prefixo "trans" no título de minha peça. "Trans" provém de trânsito. "Objeto em trânsito" seria uma possível tradução para *Transobjeto*. Apesar de, nessa década, muitos coreógrafos renovarem seus interesses pelo corpo, em detrimento de movimentos imaginados para esse mesmo corpo, e aproximarem o tema de seus trabalhos às preocupações do público e, muitas vezes, trocarem de lugar com o público, os anos noventa foram também marcados por uma disputa que congestionou os palcos internacionais: muitos reivindicavam ser o autor de um conceito, de um gesto, de uma forma de estar em cena.

Presenciei discussões ao fim de espetáculos em que uns viam suas supostas descobertas no corpo de outros assinadas por esses outros. "Todos querem me copiar", pensava o autor — insolente, sem rodeios, performaticamente irritado e generosamente programado. Para ele, era difícil imaginar que muitos coreógrafos nem sequer pensavam em cópia, participavam apenas de um mesmo circuito — definido pelo personagem

Tristam Shandy como "um pequeno círculo descrito sobre o círculo do vasto mundo". Parecia que tal autor queria romper com as produções antecedentes. Aproveitou o novo léxico da cultura digital para deletar o passado. "A dança contemporânea começa a partir dos anos noventa." Enfim, o presente. E esse presente não estava no Brasil, esse presente *descobriu* o Brasil: "Sem dúvida, Machado de Assis seria mais conhecido se não fosse brasileiro e se não tivesse passado toda a sua vida no Rio de Janeiro — se, digamos, fosse italiano ou russo, ou mesmo português", afirmou Susan Sontag no artigo "Vidas póstumas: o caso de Machado de Assis", também em 1990.

Machado de Assis nasceu com a cor errada de um passaporte.

Para a felicidade de um círculo, Machado nasceu. Foi descoberto fora do território brasileiro décadas depois de sua morte, ou mesmo cem anos depois. Há também quem nunca tenha ouvido falar nele. Há quem não se interesse. Fato é que o trânsito faz parte da vida dos objetos em *Transobjeto* — sejam eles físicos ou mentais — como também da morte de Brás Cubas, graças a Laurence Sterne, nascido há mais de 300 anos.

Um objeto ganha outros nomes ao se deslocar e se encontrar com outros objetos. Existem, no entanto, alguns comentários que impedem o trânsito de evoluir sem dificuldade. "Quem autoriza um pequeno círculo a descrever o círculo do vasto mundo?"

Pesquisei, no HD, minha tradução da canção "*Le Poinçonneur des Lilas*" ("O fiscal de Lilas"), de Serge Gainsbourg:

Sou o fiscal da estação de Lilas
O cara por quem você passa sem olhar
Debaixo da terra não tem sol

Rota em caracol
Para matar o tédio, trago no meu colete
Manchetes do Reader's Digest

Faço furos, furinhos e mais furinhos
Furinhos, furinhos, sempre furinhos
Furos de segunda classe
Furos de primeira classe

Wagner Ribot Pina Miranda Xavier Le Schwartz Transobjeto. Wagner Miranda Schwartz sou eu; La Ribot, Pina Bausch, Xavier le Roy, os outros. Ou eles são eles e eu sou o outro. Não importava naquele momento dizer que um brasileiro seria capaz de inventar qualquer título para uma performance: os títulos pertenciam à Europa; o texto, ao resto do mundo.

"Vi todos os meus amigos em cena", comentou o coreógrafo Alain Buffard, em 2005, no X Festival de Dança do Recife. "Seus amigos estão no título da performance, querido Alain; em cena, estou eu. Se adotei a forma livre de um Sterne ou de um De Maistre, ajuntei a ela Machado de Assis, o deboche. Vale lembrar que toda essa gente viajou: De Maistre, à roda do quarto; Sterne, na terra dos outros; Machado, como tradutor. Não seria diferente para mim. O que atribui a esta performance uma particularidade é exatamente a consciência de que o circuito internacional não a enxerga como igual, que a vê como uma curiosidade da periferia do mundo, citando a crítica de Marcello Castilho Avellar. Há também no argumento de *Transobjeto*, por mais crítico que pareça, um sentimento ébrio e indiferente, longe de seus modelos. A taça é da mesma escola, mas leva outro vinho. E frutas — frescas. Não digo mais para não entrar na análise de quem zombou de si mesmo e dos outros, conforme lhe pareceu melhor." Encerrei a minha réplica com a voz do personagem cujo romance me serve como transferência. Alain sorriu em português. Fumamos um cigarro.

Dei nome ao que veio antes de mim, assim como não quis os anos noventa, assim como ao fim confessou Sontag: "Quando tive a boa sorte de ver [meu original de] *The Benefactor* (*O benfeitor*) aceito pela primeira editora para a qual o apresentei, a Farrar Straus, tive a felicidade adicional de indicarem como meu editor Cecil Hemley, o qual em 1952, na sua encarnação anterior como diretor da Noonday Press (pouco antes adquirida pela minha nova editora), havia publicado a tradução do romance de Machado que, de fato, impulsionou a carreira do livro em língua inglesa. (E com aquele título!) Em nosso primeiro encontro, Hemley me disse: 'Vejo que você foi influenciada por *Epitaph of a Small Winner* (título de *Memórias póstumas de Brás Cubas* em inglês, *Epitáfio de um pequeno vencedor*)'. Epitáfio do quê? 'Você sabe, de Machado de Assis.' Quem? Ele me apresentou um exemplar e, dias depois, confessei-me retrospectivamente influenciada".

Pesquisei os escritos de Pero Vaz de Caminha. Uma curiosidade, mesmo que soe como uma tentativa de *stalkear* o pioneiro do conceito da cópia no Brasil. O fidalgo português conjecturou, na *Carta ao Rei Dom Manuel I*, a facilidade com que o cristianismo e a percepção da nudez entraram na mata, fixou-se no sexo dos indígenas, ou melhor, das indígenas: "Suas vergonhas [eram] tão altas, tão cerradinhas e tão limpas das cabeleiras que, de as muito bem olharmos, não tínhamos nenhuma vergonha". O escrivão trouxe a vergonha para a floresta e a chamou de vagina. Uniu corpos indiferentes ao cristianismo ao seu corpo mental. Vírgulas depois, percebeu que naquela área não caberia apenas o seu desejo, embora pudesse convertê-la em uma de suas colônias. "Então estiraram-se de costas na alcatifa, a dormir, sem buscarem maneira de cobrirem suas vergonhas, as quais não eram fanadas; e as cabeleiras delas estavam bem rapadas e feitas. O Capitão lhes mandou pôr por baixo das cabeças seus coxins; e o da cabeleira esforçava-se por não a quebrar. E lançaram-lhes um manto por cima; e consentiram, quedaram-se e dormiram." Caminha não percebeu que uma vagina sem fé pode estar à vista entre os que não a comparam ou a desejam sexualmente, culturalmente, criminalmente. As indígenas ignoraram o sexo dos portugueses. Dispensaram escrever cartas detalhando o volume através de suas calças. Ou a falta dele. Interesses antagônicos separavam um povo do outro. Seria o cristão assombrado pelo dogma "imagem e semelhança" e o indígena conectado ao próprio corpo? Não bastasse comparar as vaginas de lá com as de cá, Caminha ainda sugeriria certa passividade na cultura indígena. "Quando saímos do batel, disse o Capitão que seria bom irmos direitos à Cruz, que estava encostada a uma árvore, junto com o rio, para se erguer amanhã, que é sexta-feira, e que nos pusséssemos todos de joelhos e a beijássemos para eles verem o acatamento que lhe tínhamos. E assim fizemos. A esses dez ou doze que aí estavam, acenaram-lhe que fizessem assim, e foram logo todos beijá-la. Parece-me gente de tal inocência que, se homem os entendesse e eles a nós, seriam logo cristãos, porque eles, segundo parece, não têm, nem entendem em nenhuma crença". Dez ou doze indígenas copiaram o gesto. Pareceu verdadeiro, pareceu amarem o mesmo Cristo, mas pode ser que muitos amassem [ou foram forçados a] imitar. A *Carta ao Rei Dom Manuel I* viralizou. As árvores tombadas na Ilha da Vera Cruz ganharam nova função: produziram papel para cobrir as obscenidades ditas por Caminha, já que aprendemos com esta nau a nos envergonhar. Pois então, sou filho de Cristo e do beijo na cruz.

Fiz um ensaio geral para Fernanda Bevilaqua e para sua filha de doze anos no Palco de Arte, em Uberlândia, dias antes de viajar para São Paulo. "Fernanda, estou nu, não tem problema a Clara assistir?" "Não." Meses depois dos ensaios no apartamento de meus pais, na Oficina Cultural, no Studio Uai Q Dança, na academia Luna Del Fuego, apresentei a elas a versão final de meu projeto. "Há somente duas alternativas para o dia seguinte da estreia: ou vou ou fico."

Se não fosse por meu amigo Alexandre Molina, a luz de *Transobjeto* não existiria. Iara Magalhães convidou Waldemar Lima — diretor de fotografia do filme *Deus e o Diabo na Terra do Sol*, de Glauber Rocha — para dar um curso de iluminação em Uberlândia. Alexandre passou uma semana com Waldemar e a vida desse trabalho comigo.

Copiava a forma que os outros performavam. Roubava os jeitos que, na minha vizinhança, não consegui produzir. Acreditava que criar era reservado a quem teve acesso aos cursos de invenção. Mas, se um dia, aprendi com o pastor da igreja presbiteriana que somos criados à imagem e semelhança do deus cristão, aprendi também com Roberto Schwarz que poderia performar à imagem e semelhança de outros artistas, coreógrafos e até mesmo de objetos, retomando "criticamente e em larga escala o trabalho dos predecessores, entendido não como peso morto, mas como elemento dinâmico e irresolvido, subjacente às contradições contemporâneas".

"O influxo externo é que determina a direção do movimento; não há por ora no nosso ambiente a força necessária à invenção de doutrinas novas", passado um século, a visão machadiana ainda golpeava o presente. O escritor revelou nesse enunciado mais sobre sua forma de escrever do que sobre o trabalho intelectual de um país acomodado a um sistema escravocrata. Aprendemos a produzir com esse enunciado ou a partir dele? Mais tarde, Oswald de Andrade reproduziria a perspectiva machadiana na máxima que fundamentou o modernismo no Brasil, ainda adotada pelas escolas contemporâneas: "Só me interessa o que não é meu". Quando teremos recursos para dizer: "É meu o que não interessa"?

Mostrei minhas vergonhas: um corpo descentralizado e a ficção do atraso — fato a evitar entre aqueles que forçam a originalidade. Dei um nome estrangeiro à minha performance — *Wagner Ribot Pina Miranda Xavier Le Schwartz Transobjeto* — tal qual recebi um quando nasci. Para uns, escolha afrontosa, deveria ter sido mais cuidadoso com a "nossa cultura"; para outros, o alívio de então nomear aquilo de que também somos feitos. É certo que, ao nomear, abandonei a luta de classes, desconsiderei o aspecto comercial das conquistas. Nunca me interessou dissimular as dificuldades técnicas, incorporar a ingenuidade ou o subdesenvolvimento, comparado a quem se produz com assiduidade, para ter um lugar ao sol — que, diga-se de passagem, abunda no Brasil.

Alexandre e eu viajamos pelos festivais nacionais e internacionais com *Wagner Ribot Pina Miranda Xavier Le Schwartz Transobjeto*, quase sempre ao lado de Luiz de Abreu, que havia lançado *O samba do crioulo doido* no mesmo programa Rumos Itaú Cultural Dança, em 2004. Gradualmente, o público modificou o título de meu trabalho. Às vezes, invertiam a ordem dos nomes nas frases, outras vezes, a grafia nos *flyers* impressos — como ocorre com muitos brasileiros de nomes próprios reconhecidos como de origem estrangeira. Até o fim da faculdade de Letras, assinei Wagner Miranda Chuarte. Foi assim que o escrivão registrou a grafia do sobrenome de meu pai. Meu avô era cego, não podia conferir. Em minha família existe também: "Schuwarte", "Schwartez", "Schuartz". A descolonização acontece pelo ouvido.

Consultei uma cartomante em Uberlândia, indicação de Patrícia Neves, uma das integrantes do grupo Maria do Silêncio. Preparei meus pedidos. Ela abriu o jogo. "Um dia você vai escrever um livro (*pausa dramática*), desencarnado." "Versátil como Brás Cubas", pensei. Perguntei a ela se poderia citar o seu nome no livro. "Não se divulga a identidade de uma cartomante." Assim, neste parágrafo não vai haver nome nem sobrenome. Poderia inventar outro, mencionar suas iniciais, mas optei por respeitar seu pedido e proteger aquela que poderia ser uma de suas vizinhas — caro leitor — parente ou até mesmo colega de trabalho. Era o início de um tempo diferente e eu, em plena juventude, fazia perguntas sobre o futuro; o passado era razão para quem já viajou. "Não se preocupe com o reconhecimento, ele virá depois da morte, assim como lhe prometeram o Paraíso. Existe também o esquecimento e o Inferno, é bom não esquecer."

Muitos estrangeiros se interessam por objetos que "representem o Brasil". Acreditam ser importante — ou atenuante — compreender o que existe do lado de lá em comparação com o que existe ali. Podem até permitir a chegada de uma não-representação, mas ela não deve ultrapassar o nível de tolerância permitido em seu território. Milhares querem materializar uma hipótese. Entender o que se passa no Brasil não mais em leituras de periódicos, mas na arte. Não exageremos, portanto; a arte fala do que vê, mas é cega.

Espremi uma manga, um maracujá, ¼ de melancia, um abacaxi e uma laranja dentro de cinco taças de vinho tinto. Ajoelhado, tomei o suco de cada fruta com vinho branco. Ao ficar em pé, a sensação de estar bêbado se tornava evidente para o público, a quem eu pedia, gentilmente, por um cigarro. O ator Rodrigo Fidelis me abordou. Não o conhecia até então. "Isso é realmente um cigarro?", perguntei, ao notar a diferença entre os outros que estavam no maço. "Sim, é um cigarro: de palha." Aceitei. Para quem já estava bêbado, tragar a cópia não faria mal. Fidélis acendeu o fumo com um sorriso maroto. Retribuí, com uma piscada na diagonal.

"Pra que pensar em arte contemporânea se no Brasil vocês têm o carnaval?", escutei essa pergunta de uma das iniciais deste livro. Melhor não mencionar qual. Tal decisão não se limita — apenas — à covardia, autocensura nem ao receio de retaliação. Só quero que essa pessoa deixe de existir a partir daqui — como ela é, ou ainda, como ela foi. Perdi notícia. Não mais me interessa, mesmo que sua questão continue a amplificar as frequências parasitas de meu cérebro. Queria também esquecer o que escutei. Impossível. Mas ao escrever palavra por palavra, a frase se descolou de onde estava.

Recorro a Gertrude Stein quando querem sabotar minhas investidas ou a de meus colegas, mesmo que, por vezes, a autora confronte o que não deve ser confrontado com o mesmo método de quem se dá o direito de formular perguntas como as do bloco anterior. A estupidez comprime não apenas o corpo; os argumentos tendem a ser, do mesmo modo, curtos. "A pintura no século XIX era feita apenas na França e por franceses, para além disso, a pintura não existia, no século XX ela foi feita na França, mas por espanhóis", calculou a escritora estadunidense, radicada em Paris, em seu livro *Picasso*. Sua análise comprovaria a tese de que quando um parente dá o troco, a gente ri. E continua: "Naturalmente foi um espanhol que compreendeu que uma coisa sem progresso é mais esplêndida do que uma coisa que progride. Não se deve esquecer que a Terra vista de um avião é mais esplêndida do que a Terra vista de um automóvel. No século XIX os pintores descobriram a necessidade de sempre ter um modelo diante de si, no século XX descobriram que nunca deviam olhar para um modelo. Eu me lembro muito bem, estávamos" (fecham-se as aspas de Stein) em frente ao Centro Georges Pompidou. Observava aquele complexo cultural pela primeira vez. "O que você vê?", perguntou H. T. "Vejo um edifício que não terminou de ser construído." "E a *Fonte Stravinsky* aqui ao lado, criada por Jean Tinguely e Niki de Saint Phalle?" "Vejo Volta Redonda e Uberlândia, mas só aqui em Paris os artistas se autorizam a criar esculturas com tintas do interior e chamá-las de universais." Aos 29 anos, eu entrava em um mundo de artistas que aprenderam tudo o que sabiam ao observar o que viam ao redor. Era um mundo de modelos, também, mas evitavam dizer estarem somente à frente. Olhavam para os lados. E eu, que havia aprendido a olhar para cima e para baixo, estava perdido. Até que conheci o trabalho de La Ribot. [Gertrude Stein conheceu Picasso.] A poeta maior estava ali, na minha frente. A peça se chamava *Panoramix*, uma retrospectiva de trinta e quatro *Peças distinguidas*. A sala preparada para a sua apresentação era branca como a de uma galeria; o piso, coberto de papelão. Nas paredes, centenas de objetos presos com fita crepe seriam manipulados ao longo de três horas. Os curtos capítulos de sua performance — com duração de três, quatro, seis minutos — davam a impressão de que a eternidade era tão curta quanto um haicai. Havia visto vídeos da Tanztheater Wuppertal, do grupo Cena 11, que num momento anterior me fizeram refletir sobre um percurso na dança entre outros intérpretes que escreviam peças com seus coreógrafos — neste caso, Pina Bausch ou Alejandro Ahmed. De Wuppertal e Florianópolis pensavam os temas das grandes cidades: o poder, a rotina, o perigo. O corpo de citadinos dava forma à recusa de se verem protagonistas de uma dramaturgia espacial que não fosse as suas. La Ribot estava sozinha e acompanhada por objetos. Por vezes, estava nua, com a mesma simplicidade de quem se percebe em casa. Durante a sua performance, eu atravessava a história da arte moderna no tempo da arte contemporânea. Nenhum gesto parecia envelhecido, nem pertencia ao interior, ao centro ou ao futuro. La Ribot tinha um corpo vivido, um sorriso de quem entende muita coisa e um olhar que eu gostaria de ter. É possível que eu também quisesse ter dois peitos, uma vagina e conviver com as pessoas naquela galeria transformada em casa própria — mas meu corpo só produzia vontades, não tinha a musculatura daquela artista. O tempo dedicado aos vídeos na casa de H. T. me ajudou a percorrer a sua performance. Fazia conexões entre isso e aquilo, mas os registros logo se tornaram obsoletos — para mim. Movia-se na minha frente o que havia vindo procurar na Europa. Encarei meu reflexo em Paris. Tinha a sensação de que poderia fazer como ela, ser como ela e, ao mesmo tempo, fazer de um jeito que só eu poderia fazer, porque meus amigos eram outros. Eu era jovem. Precisaria envelhecer rapidamente — era o que sentia, porque não era tão jovem assim. Envelhecer como a Europa, dentro de um espírito moço como o do Brasil. Falar a língua materna; aprender a língua paterna. O solo onde ela apresentava seu trabalho foi construído sob a tensão dessas duas línguas — assimilada nos eventos de arte como também nos livros aos quais até então não tinha acesso. Conheci autores diferentes dos seus. Tal diferença seria um dia considerada?

Fui para a Paris novamente em 2005. Dessa vez, a convite do coreógrafo Rachid Ouramdane. Ele assistiu *Transobjeto*, no Festival Panorama, e logo me fez uma proposta: trabalhar em seu novo espetáculo, *Cover*. Em cena éramos Carlos Antônio dos Santos, Fauller, Rachid e eu. O coreógrafo francês aprendeu a falar português enquanto esteve em uma residência artística em Fortaleza. Pensou o território brasileiro, *in situ*. Durante os ensaios, fez questão de se expressar em uma língua que mal conhecia, para tentar captar as modulações de um país que também mal conhecia, e que mal se conhece. Sensível a esta cultura "onde os rituais antigos coexistem numa sociedade moderna com influências ocidentais, africanas e ameríndias", Rachid refletiu conosco a figura do "mestiço contemporâneo": "Na diversidade das paisagens do nordeste do Brasil, no seu ainda recente legado de políticas violentas, e nas suas divergências culturais e sociais, parecia encontrar pessoas com uma forte sensibilidade para a percepção da diferença, e com a preocupação de a cultivar. O pragmatismo e a solidariedade que demonstram criam fenômenos de incorporação dos quais nasce um amplo espectro de cruzamentos. É perturbador ver como estas identidades mistas criam um sentimento de pertença a uma maioria em vez de a marginalizarem. Resistem à uniformidade de uma globalização desejada ou sofrida e propõem alternativas comunitárias, não individuais. Este pareceu-me ser um bom lugar para refletir sobre a figura do 'mestiço contemporâneo', não como portador de uma forma de diferença e exotismo, mas na sua capacidade de criar uma ligação onde parece haver distância."

Deixei de ser brasileiro. Não foi uma escolha; me informaram. Para alguns especialistas, eu deveria ter recusado o convite de Rachid e continuar a viver no território brasileiro, mesmo desempregado, de modo a continuar a ser dali. Pensei no sacrifício que fizeram os meus pais para garantir que seus filhos chegassem à universidade com cara de quem nunca passou fome. Fiz as malas. Nasceu o estrangeiro.

Não volto mais. Nunca mais sentirei falta novamente: falta de um lugar onde nasci, de uma primeira língua, de uma família, de um corpo nacional. Melhor viver aqui e ali. A conjunção faz com que dois lugares parem de se chocar.

Para a programadora francesa M. A., eu não tinha a cor dos trópicos, e a distância dos eventos que na infância me fizeram mal não provaria a existência do país onde nasci. "Seu nome é alemão. Vemos traços da África Ocidental no seu rosto, mas com traços não se constrói uma carreira. Você deveria ser rico e trabalhar com pobres, mas como você é pobre com cara de rico, não vale nada por aqui." "O Brasil é um órgão, M. A., funciona como qualquer outro. Um artista não deveria se limitar à criação ficcional do que é ser brasileiro. Corre o risco de gastar o verbo."

20 de dezembro de 2021. Acabei de assistir ao programa *Roda Viva*, na TV Cultura. Me impressionou a pergunta elaborada por Luiz Antonio Simas a Caetano Veloso. Como um rigoroso observador da História do Brasil, o professor e escritor — que comecei a admirar no debate após o lançamento do filme *Fevereiros*, de Marcio Debellian — nos revelou que na educação básica, quando pergunta aos seus alunos o que pretendem ser / fazer no futuro, muitos dizem: "Sair do Brasil". E, em seguida, entregou uma resposta que tomou minha atenção durante toda a entrevista: "Uma menina do segundo ano do Ensino Médio disse: 'Eu não sei nem o que é o Brasil'". O professor declara que não soube o que responder para a sua aluna; Caetano também não. Talvez seja essa a confirmação

de que tudo o que lemos e aprendemos não produz respostas para essa juventude — é ela quem vai criar o significado de "o Brasil". Talvez, essa menina tenha o corpo da filosofia que nos aguarda, que vai abraçar as crianças desse mundo em crescimento, que nenhuma tradição vai dar conta de criar, que nenhum significado absoluto vai dar conta de frear. Essa menina afirma que "não saber" é o que rege o tempo de seus contemporâneos. Para nós, velhos, resta a ignorância — nosso conhecimento está vencido. O Brasil não é o que se encerra no espaço geográfico; pode ter a extensão do corpo / pensamento dessa menina: em construção, em conexão, hashtag. O Brasil que nós, velhos, conhecemos é esse que cabe no mapa, não o que cabe no corpo. Procuramos respostas para dar ao mapa um valor político, social e, sobretudo, econômico. A menina não se contenta, porque o Brasil pode existir em outros continentes, não porque ela deseja abandonar o território-batizado-por-colonizadores como Brasil; mas porque esse território não se resume ao que está apenas ali, frente aos seus olhos, na sua jovem-experiência-obrigada-a-se-reduzir-à-experiência-dos-mais-velhos. Essa menina é a minha esperança de um dia poder afirmar que nunca saí do Brasil. Tenho esperança de que vou ser compreendido pelas crianças desse século. Elas hão de nomear, precisamente — sem rancor, moralismo ou orgulho nacionalista — o Brasil, essa formulação desamparada.

O artista não tem endereço, sua obra é o seu endereço. Às vezes, ele percebe coisas pequenas vistas de longe — as coisas vistas muito de perto tendem a se tornar convicções. O artista vê coisas pequenas de longe e fala de perto sobre elas. Seu endereço está registrado no pensamento dos outros. Para conferir onde mora, basta conversar com uma ou outra pessoa sobre o seu trabalho. Se escutar bons conselhos ou uma grosseria, ele está em trânsito. "Navegar é preciso." Viver é impreciso.

Mas segure sua crítica — caro leitor —, para não se confundir com o Não leitor: o artista não é um sujeito livre, interessado em imperativos ideológicos e narcísicos. Ele é finito. O espaço que agrega é dele e de quem mais quiser fazer parte.

Aprendi a conversar em outra língua, mãe, na rua, com amigos e desconhecidos. Ela me aproxima do mundo que, por vezes, a senhora não compreende. A língua materna é única; o mundo, sua oposição. Cresci assim, oposto. A exceção me espera em casa; amigos e desconhecidos, do lado de fora. Isso não impede que sinta saudade de casa quando estou na rua, mas parece que ambas as línguas não se cruzam, sabem apenas de onde vêm. Às vezes, converso como a senhora, em tom coloquial. Trago suas expressões na mochila. Há muitos anos, disfarço o que um dia me disse: "Você não pode sair de casa, você é um leitor". É verdade, aonde vou o confronto se mostra. E eu me perco, porque não existem parasitas na sua língua. Escuto sua voz pela manhã; a raiva me sobra para o resto do dia. As coisas passam de mãe para filho. Sem a senhora, a vida passou. Hoje, consigo olhar para a vida que construímos — só agora, quando chego perto de sua idade, a mais adulta. Estou menos presente, eu sei. Foi necessário: para viver a língua materna em uma canção, em um jeito de olhar para as pessoas, de preparar a comida. Língua materna tem hora e lugar, caso contrário os parasitas aparecem, famintos, e eu me perco de novo. Várias vezes escutei sua música preferida, na voz de outros cantores, à procura de sua voz. Não a encontrei. Cresci, virei homem, como esse que desenhei nos livros. Se houve uma ruptura entre nós, faz parte. Ninguém ensinou. Acontece. Assim como no início de tudo, quando uma pedra, ao se chocar com outra, falou. — E pensar que a voz nasceu de uma explosão. Quem diria, hein, mãe? Com a senhora, era preciso apenas falar. Indiferente às origens. Pensar que de pedras falamos atrairia confusão. Lembrei de quando me ensinou a escrever meu próprio nome, sonhava que um dia o assinasse. Consegui, mãe. Talvez a senhora diga que foi seu deus quem nos retirou da penúria; eu diria: foi a senhora. Meu pai concordaria. Não há problema em pensar que foi ele, não há problema algum em dizer. Ao pensar e dizer, a senhora serve a mesa como quiser. Eu penso: foi a senhora quem criou seu deus, mãe. Disseram ser brasileiro, não entendo o porquê. Quem disse isso foi um de nossos vizinhos. Se acredito ou não, faz pouca diferença, levanta confrontos no almoço em família. Sei que a senhora os evita, opta pelo silêncio. "Faça-o por um minuto, a vontade passa."

Ela afirmou que iria nos esperar no aeroporto. Cumpriu a promessa ao lado da família. Descemos do avião. Minha mãe abraçou Thierry. Gesto que poderia ser comparado ao de um ato de saudade. Decidi não mais omitir quem sou com a intenção de que ela mentisse para si mesma. Anos de desentendimento foram resolvidos em um abraço, como se ela o conhecesse assim como me conhecia quando vivíamos na mesma casa. Passamos dias em família. Meu pai gostaria de ter visto esse encontro, tenho certeza, desde que compreendeu que não nasci para o que planejaram. Eu observava minha mãe e Thierry de longe. Outras vezes, era o tradutor. Ele arriscava um português curto, que pede permissão para sair da mesa. Eu testemunhava o tempo que as coisas levam para reunir as pessoas. Era isso o perdão: um esquecer ativo, que prepara bolo, café e cama. Na minha frente, o futuro imaginado. Quando se sonha a urgência, ela vem mais tarde — é assim que se vinga. Minha mãe decidiu dançar, um curso de extensão que a Universidade Federal de Uberlândia ofereceu para os idosos. Entendeu, após os setenta e poucos anos, que se colocar em movimento era o que lhe faltava. "Descreva o que vê pela janela", sua professora pediu à classe como dever de casa. Ela me pediu ajuda. Minha mãe vive em seu apartamento, comprado com o dinheiro de quem teve pouco tempo para ver os filhos crescerem. Não fiz muito, é fato. Só disse achar seu texto bonito. Era o que precisava escutar.

Parte III
La Bête

País asiático governado por Kim Jong-un, é rival dos EUA de Trump

A obra-prima de Gabriel García Márquez

Nota bene (abrev.)

Equipamento de usinas de energia eólica

Ideogramas figurativos da grafia egípcia

Maestro interpretado no Cinema por Alexandre Nero

Deus, pela existência

Que se dirige para o eixo de rotação

Sufixo aumentativo feminino

Ação do oxigênio em um incêndio

Letra-símbolo da moeda brasileira

Prefixo de estradas de Rondônia

Sucesso de bilheteria da Pixar em 2011

Padre (?), o santo de Pietrelcina (Itália)

Não é? (bras. pop.)

(?) Crunch, teoria cosmológica de contração do Universo

O popular cangote

(?) Duarte, zagueiro do Flamengo (fut.)

One (?) Square, prédio de Londres

Anuir; aquiescer

Purificador da água da piscina (símbolo)

Incomodar (a queimadura)

Tropa de elite da PM paulistana

Personagem de Monteiro Lobato

Possui

Conceito filosófico de Lao-tse

As imunizadas pela vacina contra o HPV

Museu da performance "La Bête" (SP)

M A M

Os consumidores de remédio para dormir

Também, em inglês

Megalópole chinesa

À (?): ao acaso (p. ext.)

Representação gráfica de um utilizador em realidade virtual

Logro; embuste

Juízo natural; discernimento

Peixe ornamental de aquários

Pronome oblíquo

Divide-se em games, no tênis

Apelido de Marília Gabriela (TV)

Monstro alado da Mitologia grega

Vulcão ativo no continente europeu

Esdras do Nascimento, escritor piauiense

Que agem por interesse próprio

BANCO 3/big — léo — pio — too. 6/canadá — medusa. 11/hieróglifos.

(★ XXI † XX)
Palavras Cruzadas Coquetel
Fascículo Desafio Cérebro Nº 384 — 8/2020

"— Devagar, devagarinho, gentil leitor! — para onde vos está levando essa vossa fantasia?"
LAURENCE STERNE. *A vida e opiniões de Tristram Shandy*, 1759.

"Existe uma arte pela qual a gente é pago, e outra pela qual a gente paga."
WITOLD GOMBROWICZ. Entrevista para o programa de televisão La Bibliothèque de Poche, 1969.

"Não é a bala que te mata — é o buraco."
LAURIE ANDERSON. Compacto lançado pela Holly Solomon Gallery, 1977.

A você.

Ruth Escobar foi uma mulher um pouco fora do tempo. Em plena ditadura estava décadas à frente do retrógrado estereótipo de uma mulher de bem, ou recatada e do lar. Ruth, com o sotaque português que não conseguia disfarçar, falava alto, sempre com vigor e paixão. Educou os filhos num ambiente de liberdade, sem caretices de mãe. Era um trator. Trouxe para o Brasil os grupos de teatro mais libertários e inovadores, como os catalães do La Fura dels Baus, por exemplo. Não só o teatro deve muito a ela. O Brasil, também. Ela nos ensinou, com seu trabalho, a sermos um pouco menos caipiras, menos provincianos. Desconfio que Ruth escolheu a hora certa de morrer. Quando uma mulher ou um homem pelado são motivo para fechar uma exposição de arte, Ruth Escobar não pode mesmo estar neste mundo.
(6 de outubro de 2017, Jornal da Gazeta)

Meia-noite e sete. A noite anterior foi curta. A vida me parece curta. Cheguei até aqui, não sei como. Passei por uma educação religiosa, escolar e familiar; os amigos não educam. A igreja me apresentou a um corpo que só pode crescer com a intervenção de um ser maior; a escola, um corpo que precisa crescer; a família, um corpo que cresce; os amigos cresceram comigo. Da igreja, escutei que precisava dormir cedo, acordar cedo, trabalhar cedo, o espírito que produz é o guia; da escola, não ouvi dizer, fiz o que pediram; da família, sabiam que os princípios eram necessários; dos amigos não ouvi, contei para eles. Acordei no meio da noite, início de um novo dia. A terra tinha outro peso, fabulava em minha própria língua — esta que não se aprende na igreja, na escola, na família; com os amigos também não. A língua estrangeira não se adapta facilmente ao corpo. A igreja a batiza de divina ou demoníaca; a escola, de geográfica; a família, de erradicada; os amigos pegam para criar. Esta língua não tem hora para dormir, acordar, trabalhar, porque a experiência que a produz é o guia. A língua estrangeira desconsidera a condição. Deixe isso para os espertos: ser *ou* não ser, isso *ou* aquilo, fulano *ou* sicrano. A história já provou que funciona: preto *ou* branco, homem *ou* mulher, rico *ou* pobre, inteligente *ou* burro, criança *ou* adulto, ciência *ou* magia, céu *ou* inferno, amor *ou* sexo, dança *ou* literatura. Funciona: entra no ritmo, pula todo mundo junto, cai todo mundo junto também. Ao aprender, os riscos passam, a angústia passa, o tempo passa. Quem vai querer se sentir só? Para a língua estrangeira há conjunção em detrimento da condição: ser *e* não ser, isso *e* aquilo, fulano *e* sicrano. A história já provou que não funciona: preto *e* branco, homem *e* mulher, rico *e* pobre, inteligente *e* burro, criança *e* adulto, ciência *e* magia, céu *e* inferno, amor *e* sexo, dança *e* literatura, América do Sul *e* Europa. Quem vai querer ser só?

Nos corredores do Ciné 104, em Pantin, no dia 10 de novembro de 2017, encontrei com meus amigos, a atriz Maria de Medeiros e o artista-filósofo Stéphane Zagdanski, pela primeira vez após ter deixado o Brasil. Fomos assistir à pré-estreia do filme *Le Cœur du conflit* (na tradução de Noel Rosa: *O x do problema*), de nossos amigos Judith Cahen e Masayasu Eguchi. Enfim, estava entre eles, salvo. Maria me aconselhou a procurar Sandra Hegedüs, colecionadora de arte brasileira, radicada em Paris, e fundadora da organização SAM Art Projects, para conversar sobre o que se passava comigo e com as artes no Brasil. Mandei um e-mail. Sandra me convidou para um café na sua casa. Comentou haver recém-concedido uma entrevista ao jornalista Fernando Henrique de Oliveira, correspondente internacional da Rede Bandeirantes, sobre o episódio. Sandra indicou a performance a Vittoria Matarrese, diretora de programação de artes performativas do Palais de Tokyo. Vittoria se prontificou a assistir ao vídeo-registro de *La Bête* — criava a programação do festival Do Disturb. Terminamos o café. Peguei o metrô e fui para casa comemorar com Thierry a possibilidade de estar em cena novamente, e fora das manchetes sobre política.

Fernando Eichenberg, correspondente internacional do jornal O Globo, me procurou. Pedi que enviasse as suas perguntas. Agia dessa forma com os jornalistas. Tive receio de conhecer Fernando pessoalmente, ele representava um pedaço do Brasil em Paris. Procurei por seu trabalho na internet, entendi não correr risco. Marquei um encontro com ele pouco antes da estreia de *La Bête* no festival Do Disturb. Saí de casa chorando. Peguei o metrô. Thierry estava no trabalho. Conversei com Gabi pelo telefone. Como sempre, ela me acalmou, desejou o melhor. Sabia que esses votos não eram direcionados apenas à execução da performance. Chorei um pouco mais. Entrei no museu. Fernando se apresentou. Vestia preto, tinha um sorriso tímido. Me ofereceu um café. Conversamos sobre Paris, sobre o Brasil, sobre a figura do estrangeiro. Ganhei seus livros de entrevista, *Entre aspas*. Fui direto às páginas de Godard. Quando me dei conta, já era hora de entrar em cena. Não consegui me aquecer.

6 de abril de 2018. O museu estava lotado, bem como a Sala 37 — cinema oval, integrado ao Palais de Tokyo desde a sua construção em 1937 (daí o seu nome). Aos poucos, as pessoas deixavam seu lugar para brincar com o *Bicho* humanizado. Havia engajamento, humor, doçura e risco. A apresentação durou uma hora. Pessoas entravam e saíam da sala durante a performance. Havia uma criança presente, ao lado de sua mãe. Pensei em Elisabete e em sua filha. Recebi abraços de brasileiros que confessaram não frequentarem museus — vieram assistir *La Bête* por terem acompanhado o caso nas redes. Pediram *selfies*. O sorriso saiu sem fazer força.

"Vai voltar a apresentar *La Bête* no Brasil?", a pergunta de Eichenberg me incomodava. Sabia que sim, mas quando? Tristeza pesada. Não havia impedimento jurídico e, para agravar a dúvida, surgiam convites de colegas, programadores de festivais independentes — um número considerável de pessoas intencionava também participar desta reapresentação. O que me impedia de passar ao ato eram as ameaças de morte. "Existem pessoas prontas a atacar o que não compreendem, dizendo-se especialistas. Essas pessoas não acreditam nos fatos. Elas precisam criar verdades para acreditar nas próprias verdades. E, se não bastasse, convocam seus cúmplices. No final, os fatos não têm importância", disse a Fernando. "Se *La Bête* uma vez existiu para proporcionar ao público uma experiência artística, agora a performance ganha a consistência de um ato político."

Segundo Sandra Hegedüs, "arrastaram a proposta do Wagner para um lugar imundo e indecente no Brasil. Em Paris, a obra retornou para o lugar onde deveria ter ficado".

Mathilde Monnier era a diretora geral do Centre National de la Danse. Aymar Crosnier, diretor geral adjunto, responsável pela programação e pelos projetos internacionais. Aymar havia confiado a Volmir Cordeiro, coreógrafo brasileiro associado ao CND, a tarefa de propor duas conferências para o festival Camping. Uma das proposições de Volmir era problematizar a manipulação política e a censura na arte. Programou *La Bête*. Ingressos esgotados.

O sol brilhava forte, as grandes janelas do prédio, construído em 1965 pelo arquiteto brutalista Jacques Kalisz, estavam abertas. De um lado, o Canal de l'Ourcq; do outro, o tráfego na Avenida Victor-Hugo. Era como se performasse do lado de fora, embora soubéssemos estar protegidos. Digo "soubéssemos" porque quem entra no espaço performativo, de pronto se torna um *Bicho*, quer manipule meu corpo, quer se ponha a refletir sobre o que vê — o *Bicho* também é manipulado na cabeça do espectador, às vezes em posturas que não poderiam ser vistas em cena.

25 de junho de 2018. Muitas pessoas que entraram em cena nesse dia estudavam o movimento de seu próprio corpo — foi simples receber os comandos. A performance terminou no momento em que dois participantes me esticaram no chão, em *savasana*, a postura do cadáver na ioga. O público decidiu aplaudir porque também decidiu que *La Bête* havia terminado. Olhei para as pessoas durante os agradecimentos, ao contrário do que faço durante a ação — mantenho os olhos semiabertos, direcionados para baixo, para evitar um confronto direto com

quem me manipula — estendi o braço em direção às pessoas como quem diz: "Aplausos a vocês também pelo trabalho".

A apresentação foi seguida por uma discussão entre Volmir, a historiadora e professora da École des Hautes Études en Sciences Sociales de Paris, Patricia Falguières, o público e eu. Patricia retomou a passagem de Lygia Clark por Paris na década de 1970, como também os seus experimentos na Sorbonne, criou relações entre *La Bête* e a evolução do pensamento da artista em nossa época. Volmir e eu enquadramos o Brasil de 2017, a promessa de agravo em 2018 com a ascensão da extrema direita. Levantei a probabilidade da França um dia ser também governada por vozes autoritárias. Tais regressões já estariam ocorrendo? Não me esqueço da reação virulenta de parte da população francesa à apresentação da peça *Sul concetto di volto nel figlio di Dio* (*Sobre o conceito de rosto no filho de Deus*), de Romeo Castellucci, no Théâtre de la Ville, em 2011: cartelas de ovos lançadas contra o público que chegava ao teatro, tumulto, intervenção policial. Houve também uma intervenção judicial na esfera artística sem precedentes na história recente da França, contra a exposição *Présumés innocents: L'Art contemporain et l'enfance* (*Supostamente inocentes: Arte contemporânea e infância*), organizada nos anos 2000, no Museu de Arte Contemporânea de Bordeaux. Essa situação gerou uma revolta generalizada no mundo da arte. O arquivamento do caso somente em 2011 pôs um fim à controvérsia, mas não às suas consequências.

O Palais de Tokyo e o Centre National de la Danse se inteiraram dos ataques à produção artística no Brasil e decidiram reagir em 2018. Mesmo que para Vittoria Matarrese mostrar a performance não fosse uma resposta à polêmica, sua pronta programação a liberou da condição brutal na qual foi inserida. Graças a essas duas instituições, *La Bête* saiu da *nuvem*.

Parei de pensar que existe música, dança, texto, filme bom ou ruim. O que existe são públicos. Haverá sempre um público para você, não se preocupe. Descanse em paz.

Em uma das noites no festival Camping, conheci o coreógrafo Lorenzo De Angelis nas rampas do CND. Lorenzo se aproximou. "Fui eu que pedi licença para tocar no seu corpo no Palais de Tokyo, você se lembra?" Sim, eu me lembrava do pedido, não de seu rosto. Recordei haver visto seu solo, *Haltérophile*, em Bruxelas, no festival Danseur, programado pelo artista Pierre Droulers, no espaço La Raffinerie/Charleroi Danse. Em uma breve conversa, soubemos que seríamos amigos — artistas se conhecem pelo trabalho. "Nos vemos por aí."

Lorenzo interceptou Aymar, que logo percebeu uma relação entre *Haltérophile* e *La Bête*: sem a presença-ação do público nada acontece. É notório que espetáculos sem público não acontecem, mas o modo como Lygia Clark elaborou os *Bichos* guardava uma certa distinção: há uma tensão entre público e objeto e dessa tensão é feito o trabalho, não apenas do que pode ser visto a olho nu. Lorenzo havia proposto esse movimento em seu primeiro solo: dirigir-se às pessoas, compartilhar uma canção, uma dança, um silêncio, uma pergunta, uma declaração, uma oferta. Aymar nos propôs uma semana de residência no CND. "Quem sabe pode surgir uma colaboração entre vocês." Aceitamos, nasceu *Playlist*. Em pouco mais de um ano, conseguimos conectar nossas respectivas obras, preocupações nas artes, produzimos uma peça de duas horas e meia. De colega, Lorenzo passou a ser cúmplice.

Ele chorou na minha frente. Eu não sabia como reagir. Agradeci por ter sido tão sincero. Eu tinha nas mãos o livro *J'ai tout* (*Tenho tudo*), de Thierry Illouz. Ele não conhecia esse autor, mas estava aberto à sua proposta. Entramos na sala de ensaio. Sua *playlist* tinha poucas faixas que eu conseguia escutar. Abri a minha biblioteca. Mostrei meu universo para ele. Falamos dos filmes que amamos e dos que nos são insuportáveis. Ele mencionou *Funny Games* (*Violência gratuita*), de Michael Haneke. Eu estava com esse filme na cabeça, graças ao momento em que o protagonista consegue, pela ficção, reverter o real. Em seguida, entramos nas mensagens subliminares de *The Shining* (*O iluminado*), de Stanley Kubrick, e na força que elas operam no inconsciente. Citamos a primeira sequência de *Le mépris* (*O desprezo*), de Godard, quando a câmera decide, ao fim de um diálogo, virar-se para o espectador. Nos questionamos sobre as imagens sórdidas dos filmes de guerra, quando os soldados, escondidos em um buraco, lançam granadas e permanecem imóveis, esperando o tempo passar. Abro o jornal no Café de l'Eglise, em Paris, e vejo que aquilo que está impresso, de fato, não impede que eu curta meu *happy hour*. Scholastique Mukasonga não queria escrever livros sobre o horror, mas diz que ele está em todo lugar.

Alguns convites são como ofertas de abrigo. Em reação às medidas populistas do governo de Jair Bolsonaro que levaram ao cancelamento da edição de 2019, o CND sedia o festival brasileiro Panorama, um verdadeiro foco de resistência e reflexão crítica, sem equivalente no continente sul-americano. Considerando o Brasil como uma zona artística a ser defendida, o CND toma posição, explicitamente, ao lado de seus artistas, hoje ameaçados pela implementação de uma retrógrada política identitária, veiculada pela supressão do Ministério da Cultura e pela redução drástica dos subsídios públicos. Neste contexto particularmente sensível, dar visibilidade às propostas das minorias, ou propostas subvalorizadas, torna-se um gesto político. Ele amplia a ação do festival que, desde sua criação em 1992, por iniciativa de Lia Rodrigues, tem destacado a criação local emergente e organizado seu diálogo com a mais fina criação contemporânea internacional. Hoje dirigido por Nayse López, o festival Panorama continua comprometido com seu território, divulgando as produções de artistas muitas vezes excluídos das redes institucionais. Fiel a este posicionamento, a edição Pantin reúne novas companhias, algumas das quais estão em processo de profissionalização, mais acostumadas a outros palcos que às cenas oficiais. Em três capítulos, cada um dos quais assume um eixo temporal (futuro, passado, presente), o programa aborda a questão do corpo através dos prismas da educação, tecnologia, pensamento decolonial, censura ou informação nas democracias de hoje. Esta reflexão política será estendida durante mesas redondas e reuniões, notadamente dedicadas à questão dos direitos das minorias (LGBTQIA+ ou indígenas). Ciente do custo ecológico de tal viagem, o CND também está aproveitando o festival para organizar turnês europeias, como o espetáculo de Luiz de Abreu programado em várias cidades da França e da Bélgica.

Ao se tornar o anfitrião deste evento transcontinental fora do local, o CND consolida os laços que estabeleceu com coreógrafos brasileiros nos últimos anos, desde Wagner Schwartz, Calixto Neto, Marcelo Evelin e Nayse López, que foram convidados para as edições anteriores do Camping, até Volmir Cordeiro, artista associado entre 2017 e 2019. Mas também, e acima de tudo, demonstra sua intenção de criar novos laços, de afirmar uma solidariedade internacional e de trabalhar para definir a arte como um ato pleno de resistência.
(Panorama Pantin — o Brasil no CND)

Apresentei *La Bête* durante a programação da escola de verão Weltkunstzimmer, em Düsseldorf. Fazia um ano que não entrava em cena. Cerca de vinte pessoas ocupavam uma sala branca, ampla e silenciosa — impressão sonora que tenho da Alemanha. Os artistas brasileiros Sauane Costa, Sebastião Abreu, Thor Galileo e Wendel Lima também estavam presentes. Ben J. Riepe os convidou para integrar seu novo trabalho coreográfico. O evento ganhou como título *Medo — Angst*. Me passava pela cabeça outra coisa que não apenas oferecer uma experiência para quem dividiria o espaço cênico comigo. Uma mensagem privada da Inglaterra havia recém-chegado em meu Instagram: "Você deveria ser preso" — logo depois da atualização de um artigo publicado em outubro de 2017, no jornal *Metro*. Performei para as pessoas em Düsseldorf *e* para aquelas on-line. A sensação de perigo entrou e saiu de cena comigo.

Cerca de quinhentas pessoas na abertura da exposição *Dancing machines* (*Máquinas que dançam*) no FRAC (Fundo Regional de Arte Contemporânea), em Besançon, França. Entrei na sala. Deitei no tapete de papelão. Dobrei e desdobrei a réplica de plástico. Dez minutos se passaram. Convidei o público para participar. Perguntei a uma senhora: "Que língua prefere falar?". Ela respondeu: "Francês". Perguntei em francês: "Você quer tentar?". Gentilmente, ela entrou no tapete. Éramos três. Cinquenta minutos se passaram. O público adquiria a frequência cardíaca e a faixa etária de quem estava em cena. Escutei risos, falas preocupadas, ruídos e um silêncio apreensivo de crianças, jovens e adultos. Um senhor me abordou logo após a apresentação. Narrou a emoção que sentiu ao se ver como um *Bicho*. Ressaltou que o fascismo nomeia estrategicamente as manifestações artísticas pelo seu contrário. Sua revolta era palpável e o prazer de termos nos conhecido também.

No dia primeiro de fevereiro de 2020, o artigo de Mônica Bergamo para a *Folha de S.Paulo* anunciava: "Performance *La Bête* abre circuito de artes em SP". Em 8 de fevereiro de 2020, a entrevista de Pedro Alexandre Sanches para a revista *CartaCapital* previa: "O *Bicho* está de volta". Tinha início o festival FarOFFa, como também um embate contra a insônia que, em *Noites do sertão*, Guimarães Rosa definiu como "extensão sem nenhum tecido". Assim que terminamos de apresentar *Playlist*, recebi de volta o passado. Meu psiquiatra alterou a dosagem do remédio. Emagreci por conta do excesso de imagens sem êxito que se formulava em minha cabeça. A Oficina Cultural Oswald de Andrade abrigaria o circuito paralelo de artes pela primeira vez, como também a reestreia de *La Bête*. Meu medo se tornou insuportável, tal qual o calor do sertão. Mas, pensando bem, não tenho autoridade para falar do sertão. Em público, citaria Guimarães Rosa, como muitos fariam, para encantar o *eu* sertanejo, letrado e salvo da experiência. A Guimarães foi dada essa regência. Um diplomata nasce cheio de direitos.

Visualizei na minha *timeline* do Facebook uma das páginas do diário rosiano. O autor ofereceu, a quem descobriu o que estava guardado, sua perspectiva sobre a escrita machadiana. "Antipático de estilo, cheio de atitudes para 'embasbacar o indígena'; lança mão de artifícios baratos, querendo forçar a nota da originalidade; anda sempre no mesmo trote, pernóstico, o que torna tediosa a sua leitura. Há trechos bons, mas, mesmo assim, inferiores aos dos escritores ingleses que lhe serviram de modelo. Quanto às ideias, nada mais do que uma desoladora dissecação do egoísmo e, o que é pior, da mais desprezível forma do egoísmo: o egoísmo dos introvertidos inteligentes." Machado de Assis nasceu no Morro do Livramento e fundou a Academia Brasileira de Letras. É verdade: quando o objeto se torna sujeito, solta os nervos de escritores extrovertidos.

O geógrafo Thiago Costa me convidou para irmos ao MAM visitar o 36º Panorama da Arte Brasileira, cujo tema era *Sertão*. "Senti falta de Guimarães", ele disse. "Não há nada tão incomensurável como o desdém dos finados", respondi como Brás Cubas. Fazia dois anos que não entrava no museu. Caminhei por cada canto da exposição. Troquei abraços com toda a equipe.

Querido Maikon,

Que bom que você conseguiu uma bolsa para desenvolver seu trabalho na Alemanha. Posso imaginar o que significa este momento para você. Esta semana fui entrevistado por um jornal local. Me questionaram sobre o interesse em apresentar *La Bête* neste ano que se mostra mais perigoso que os três últimos. Ciente dos riscos *e* da empatia das pessoas, preciso apresentar esta performance no próximo dia dez de março. Agora vou para a televisão. Os eleitores de Bolsonaro podem estar atentos. É possível, os algoritmos fazem o seu trabalho. Já recebi ameaças de internautas e robôs. Eu me sinto sem lugar. Isso me entristece porque nos últimos quinze anos, desde que comecei a trabalhar na Europa, nunca passei um ano sem estar no Brasil por pelo menos quatro meses. Desde que anunciei que iria apresentar *La Bête* em São Paulo, estou atento. Ao mesmo tempo, me obrigo a sair de casa. Fui ao Carnaval, o evento mais político dos últimos anos. Mulheres, homens, crianças, senhoras, senhores, gays, lésbicas, mulheres e homens trans, travestis dançando e cantando juntos. Pessoas com necessidades especiais criavam o próprio acesso na passeata. Esta alegria fora de contexto é o que me conecta ao Brasil.

W.

Murilo Chevalier e eu saímos à deriva. Quinze quilômetros. Reconstruir a apresentação de *La Bête* exigia uma réplica de Gilberto Gil: "Sente-se o que a massa sente, / Prepare-se para celebrar o lance da mu-dança". Cantei para Murilo, que adora fazer vídeos de dublagem para o Instagram. "Quero destruir uma imagem do passado", ele me disse. "O passado pode ser reconstruído", pensei alto. Ele duvidou. "O passado não é um evento estancado num tempo anterior. Tudo o que queremos destruir em nossa memória volta para nós com o dobro de força", ajuntei. Imediatamente, ele deu três passos para trás, dois para frente, um para o lado esquerdo, outro para o lado direito. Deixou sua cabeça cair. Eu vi.

Zé Alberto e eu procurávamos por figurinos. Enquanto Zé experimentava um short cor-de-rosa, um dos atendentes se alterou: "Vocês são ingênuos". Ele falava de nós, artistas, do ano 2017. Fiquei surpreso, não como quem se sentisse ofendido com tal afirmação, mas por imaginar que ele ainda não soubesse que artistas são ingênuos. Se não fôssemos, não transformaríamos o corpo em objeto, palavra, som, imagem. Quando a arte abandona os espaços fechados, ela desorienta quem nasce com a chave nas mãos.

David Costa me puxou pelo braço. Corremos debaixo da chuva cantando as músicas de Jorge Ben Jor. A tempestade não dava promessa de estio. David sugeriu cuscuz, banho quente e conversa sobre teatro na sua casa. Enfrentamos a água empoçada ao lado da Estação da Luz. Dentro do metrô, a folia continuava: gente molhada no vagão cantava cada qual o seu samba. Quem precisava trabalhar naqueles dias seguia ao lado. Os sintomas de minha depressão eram menos notados. Lygia chamava esse período de vazio. Disse ao compositor Jards Macalé: "Quando você se sentir vazio, não lute contra o vazio. Não lute contra nada. Deixe-se ficar vazio. Aos poucos você vai se preenchendo até voltar ao estado normal do ser humano, que é o criativo".

Acordei tarde e liguei para o meu amigo Leo, o ator Leonardo Devitto. Imaginava ter perdido a hora de me encontrar com ele para integrarmos o Tarado Ni Você. Assim que entramos no bloco que homenageia Caetano Veloso, eu chorei. Perguntei ao Leo: "É normal chorar no carnaval?". Ele respondeu: "Bicha, eu só pedi pra você engolir esse Engov". Entramos na métrica da multidão. Foi Caetano quem me alfabetizou na poesia, na forma de falar brasileiro, ao guardar certa melancolia em uma canção que ajuda a sorrir. Imagine se hoje um estrangeiro chegasse a São Paulo sem saber o que é o Carnaval, veria as pessoas como realmente são. E que bom seria morar nessa cidade.

No Bloco do Baco, me senti numa lotação da década de 1980, às 17h30, ao sair da escola, em direção à minha casa, para assistir à série *CHiPs*. A diferença entre hoje e ontem é que o povo estava eufórico ao se sentir apertado. O que muda desta passeata para o aperto cotidiano no ônibus? Não, não é a bebida. Em fevereiro, o poeta Vinicius de Moraes deixa de fazer sentido. "Tristeza não tem fim, felicidade sim." Tristeza tem fim, felicidade também. Tristeza tem fim no Carnaval; felicidade, quando o Carnaval acaba.

Para preparar a reapresentação de *La Bête* no Brasil, vivi por alguns meses em um apartamento que servia como acervo de obras de arte. Passava horas entre esculturas, fotografias e pinturas. Sentia de perto o vazio no espaço quando não existem pessoas para pressionar o sentido das obras. Relembrando: Lygia camuflou a ação em uma escultura. Se hoje dizem existir *Bichos* encapsulados em museus no Brasil e no mundo, quem diz mente. Não há como encapsular uma ação, encapsula-se a sua falta.

São Paulo, 10 de março de 2020, Oficina Oswald de Andrade, onze e meia da manhã. Primeira edição do FarOFFa — Circuito Paralelo de Artes de São Paulo. Casa cheia. *La Bête* estava programada para as 19h e para as 21h. Estar entre as pessoas durante toda a tarde fazia parte de meu aquecimento. Ajudei a preparar a sala. Curadores internacionais estavam presentes para assistir a uma performance brasileira. *La Bête* não é mais uma performance, muito menos brasileira. E não fui eu quem quis isso. A performance também tem vida e toma decisões por si mesma. Um dia entendi que quando entro numa galeria, os quadros também olham para mim, do jeito deles, sem a percepção humana e, muitas vezes, com mais tempo de vida que eu. Não quero dizer que uma obra de arte tenha olhos ou possa respirar, mas ela transforma o ar, o espaço interno de uma galeria, teatro ou museu. Logo, ela transforma você. Estiquei o tapete, posicionei a réplica no chão. Decidi fazer duas apresentações no mesmo dia, queria no máximo setenta pessoas em cada uma delas. Nome completo, e-mail, assinatura. Havia cessão de imagem também. Alguns documentários estavam em preparação. Precisava me desconectar das câmeras, das pessoas, dos ataques e performar um corpo com a réplica de um *Bicho* nas mãos. O público se posicionava enquanto eu fingia estar despreocupado. Havia naquela sala somente quem queria estar ali? Dei início à performance. No primeiro momento, angústia compartilhada. No segundo, transformar a mentira, a agressão, o perigo, a amargura, o medo e o isolamento em ação. Quem estava presente, performava. Eu me deixava atender aos pedidos de cada um. Dobravam e desdobravam um corpo que havia perdido peso durante cinco meses de preparação. Nunca investi tanto em sessões de psicanálise, acupuntura, massagem, psiquiatria, escolas mediúnicas, amizades, amores fortuitos, festas, peças de dança e teatro, em novas leituras. Ao mesmo tempo, nada reparava o vazio gerado pela espera da apresentação de uma performance que se autoprocrastinava em território brasileiro. E tinha que ser do jeito que foi, em um festival criado por amigos que me acompanharam durante quinze anos. Tentava ao máximo não deixar minha preocupação aparecer no momento em que o público entrava em cena para manipular meu corpo. Colegas pensaram em levar seus filhos. Pensaram melhor: *La Bête* não acabaria ali, outros contextos viriam, com menos políticos, neopentecostais, milicianos empenhados em agredir crianças — expondo-as fora dos lugares onde elas estão, acompanhadas por seus responsáveis — para ganhar mais eleitores, mais membros, mais adeptos, mais e mais dinheiro. Mesmo que as mantivéssemos longe, a presença delas estava ali, na redescoberta do jogo. O espírito infantil sempre estará presente em *La Bête*. Ao final da primeira apresentação, minhas pernas quase não me permitiram levantar e agradecer. Tive que encurvar a coluna e apoiar meus braços nos joelhos, uma postura não mais de *Bicho*, mas de pessoa. Queria fazer um discurso robusto e furioso, como o de Caetano em 1968 no Festival Internacional da Canção, mas na Oficina Cultural Oswald de Andrade o público havia compreendido tudo, mesmo que deus continuasse solto do lado de fora.

No dia 26 de março de 2020, a subcelebridade Andressa Urach, com mais de dois milhões de seguidores no Instagram, postou em seu perfil uma fotomontagem com cinco performances que aconteceram de 2015 a 2017, com o título *O mundo tem afrontado a Deus*. *La Bête* era uma delas. Ao seu lado, o comentário: "Você achou que essa conta não chegaria ao Brasil?! Não erreis: Deus não se deixa escarnecer; porque tudo o que o homem semear, isso também ceifará. (Gálatas 6:7) O Juiz está às portas!". Além da fotomontagem, Urach escreveu um post: "Nas imagens algumas afrontas do Brasil, se colocar do mundo não caberia no post, mas o maior de todos os pecados é não ler a Bíblia… O mundo tem estado muito mais podre do que o mundo antes do Dilúvio ou mesmo na época de Sodoma e Gomorra… O pecado da humanidade de hoje passou dos limites e subiu aos céus. Essa pandemia é só um ensaio dos princípios das dores dos finais dos tempos. Deus permitiu o mundo parar, para que coloquemos em ordem a nossa vida e possamos refletir o que está em primeiro nela. Tua alma, tua salvação tem que estar em primeiro lugar, pois só com o Espírito de Deus dentro de você que você vai ter PAZ, em meio a tantas coisas ruins que ainda estão por vir. Te arrepende dos teus pecados e aceita Jesus como único salvador, pode ser tua última chance. Que Deus tenha misericórdia de nós". Como a igreja e um governo de extrema direita são incapazes de lidar com os males criados por suas próprias teorias, transferem suas irresponsabilidades morais, sociais e políticas para o outro. É desta forma que agem, que sempre agiram e que mantêm a casa cheia. A partir desse dia, artistas seriam também culpados pela chegada da covid-19. Igreja e Estado trabalhando para que o território brasileiro se torne um paraíso por exclusão.

O ar da rua, como no campo. No teto de casa, passarinhos. O céu, sem aviões. A água do canal, cristalina. Fui ao supermercado. Passei por duas pessoas em situação de rua, as mesmas que vejo há dez anos. Não sei se compreendiam por que estavam um pouco mais sozinhas, por que as lojas estavam fechadas ou, ainda, por que as pessoas portavam máscaras. Meu corpo ainda guardava o calor de São Paulo. Fui atrás de Lou Reed. Ele me entende. Quando passei uma tarde com Laurie Anderson no programa *Rencontre avec Laurie Anderson*, na Cité de la Musique-Philharmonie de Paris, em 2013, ouvi de perto a declaração de amor de Lou Reed para Delmore Schwartz. O compositor foi orientado pelo poeta quando estudante na Universidade de Syracuse: "Oh, Delmore, como sinto a sua falta". Sua voz falhava, seu olhar não se dirigia ao público. Lia o poema em um microfone, para si. Quem quisesse escutar, que escutasse. Não foi assim que sempre cantou? Para que Delmore o escutasse, precisaria de um microfone. Delmore amplifica. Ontem não escutei Lou Reed. Eu o escuto agora. O que queria fazer ontem, não fiz.

Dedicava meus dias a fazer pequenos reparos; já que no presente, visto do lado de fora da janela, os seres humanos haviam desaparecido. A vida virtual ganhava mais acessos. Pessoas tornavam-se memes, emojis, frases, imagens, áudios. O plano de configurar a distância como lei acontecia. Se antes temíamos as pessoas desconhecidas, agora mesmo as conhecidas representavam um perigo.

Fim da quarentena. Sandra Hegedüs me enviou uma mensagem. "Gostaria de convidar um grupo de artistas brasileiros, radicados ou em passagem por Paris, para elaborar uma ação, uma exposição-denúncia contra o novo governo do Brasil." Nos encontramos na sua casa. Desafio: estar perto e manter distância. Conversamos sobre nossa experiência de trazer no corpo partes distintas do território brasileiro. “Precisamos colocar essas partes à vista.” Quando não se pode viver uma geografia, vive-se a sua experiência. Essa, que não mente.

Pretendia chamar minha nova performance de *A tristeza da cópia imperfeita* — título da pintura que chama a atenção de Adeline, personagem principal de *Nunca juntos mas ao mesmo tempo* —, até Daniel Nicolaevsky Maria me enviar as fotos que havia tirado em nosso ensaio. Daniel nomeou o arquivo: *Tumba*. Optei pela proposta acidental. A primeira ação de *Tumba* aconteceu durante nossa visita ao ateliê Iván Argote, situado no pavilhão Les Grandes-Serres de Pantin. Bem na entrada, uma cova aberta parecia me esperar: meu tamanho exato, sem tirar nem pôr — intervenção do artista Alexis Blanc que, quando entrou no espaço pela primeira vez, vendo o buraco no chão, imediatamente pensou, como eu, numa sepultura. Cortou um pedaço de espelho com a mesma dimensão e o enterrou, em diagonal, na cabeceira do buraco, fixado por dois grandes tubos de ferro. Assim foi criado *Cenotáfio*, obra na qual o que se vê como estando ali, está, de fato, em outro lugar.

Uma semana depois, entrei em *Cenotáfio* para fazer fotos. Esticado por cerca de uma hora, escutei o som de pedras caindo, vozes vindas de longe, o acelerador dos carros, a minha respiração, o clique do aparelho fotográfico, os comentários de Alexis, que acompanhou toda a sessão. Era como se, mesmo na horizontal, a sonoridade transformasse o óbito. Abri os olhos. Ainda deitado, me vi de pé.

Os amigos Betina Zalcberg e Júlio Villani testemunharam minha descida, participaram da reflexão sobre a roupa a ser vestida. É verdade que considerei enterrar *La Bête* nu. “Seria romanesco, mas não biográfico”, soprou Brás Cubas. Optamos pelas cores da bandeira brasileira porque, de fato, em meu primeiro encontro com *Cenotáfio*, eu vestia uma camisa amarela. Não por escolha, mas por distração. Nas primeiras fotografias, o amarelo dizia, sim, ter sido uma escolha.

Se em *La Bête* eu respondia ao comando do toque das pessoas, dessa vez eu escutava o que diziam entre si e, muitas vezes, para mim. A reação não era visível. "Puxa, que pena. E eu que pensei em te enviar minhas poesias hoje à noite." "*Eu fico com a pureza da resposta das crianças / É a vida / É bonita / E é bonita.*" "Eu trouxe uma rosa branca pra você." "Te espero no fim para tomarmos uma bebida." "Fale comigo assim que você sair daí, pelo amor de deus." "Mamãe, ele é um boneco ou uma pessoa?" "Vá até lá, meu filho, veja por si mesmo." "Mamãe, ele está respirando."

Paris, 25 de janeiro de 2019

Querido Jean Wyllys,

Muitas pessoas morreram e se tornaram sementes ao longo da história. Esta transformação, criada pela cultura popular, quer, de alguma forma, fazer com que o irreversível volte atrás, desobedeça ao seu percurso. Para muitos, esta imagem de sementes espalhadas pelo mundo tem a força de uma presença cívica, coletiva; mas não vejo sentido nesta possibilidade de se multiplicar quando tal experiência impede que você esteja entre nós. Nesse caso, precisamos lutar para não nos tornarmos semente. Fique onde precisar, viajaremos com você. Um Brasil que se desloca tem menos chance de enterrar pessoas imprescindíveis antes do tempo. E que felicidade ser chamado Brésil, Brazil, Brasilien, Brasilía, Brazylia, 巴西, Brasiliё, ブラジル, Бразилия... Muito obrigado por seu apoio em setembro de 2017, momento em que experimentar outra grafia do país onde nasci foi vital.

W.

Márcia Bechara contou ter perdido o pai e o cachorro, um após o outro. "Reflita um pouco mais sobre o verbo perder, querida. Ambos estão no seu corpo, mesmo que você ainda não perceba. Dia desses vamos conversar — os quatro." Bechara retomou o fôlego. Fiquei feliz em saber que minha manobra acalmou uma escritora que admiro. (Apesar de haver escondido, naquele momento, a minha indignação contra a morte.) "O que existe no lugar de um corpo que não fala nem caminha mais?", perguntou. "Uma cópia imperfeita", respondi. "Ela não substitui o corpo, mas recusa o primado do vivo sobre o morto."

Paris, 12 julho de 2020. Preto no branco. O produtor Eduardo Bonito me ligou. Um convite para substituir a artista e filósofa Marcia Tiburi em uma conferência. Ela aconteceria logo após a apresentação do espetáculo *O samba do crioulo doido*, na programação *Brasil sequestrado*, Festival de la Cité, em Lausanne, Suíça. Tive dois dias para me preparar. Ao sair de Paris, percebi o estresse das máscaras para conter a pandemia da covid-19. O controlador do trem repreendeu o passageiro ao meu lado: "Em duas horas de viagem, já o alertei três vezes sobre o uso da máscara. Agora, o senhor vai levar uma multa". Por volta dos seus 80 anos, o senhor bufou. Enquanto isso, fazia minhas anotações. Pensei em começar minha fala com a citação: "Nada mata mais um homem como ter que representar um país", do escritor francês Jacques Vaché; ou ainda, com a frase do escritor polonês Witold Gombrowicz: "Retirar o polonês da Polônia para fazer dele uma pessoa e ponto final", afirmando que hoje, no território brasileiro, havia 210.147.123 habitantes porque Calixto Neto e eu estávamos fora, querendo ou não, para fazermos nosso trabalho, distantes da tensão hedionda que imperava no país onde nascemos desde o *impeachment* de Dilma Rousseff, em 2016.

Foi no início de 2020 que Calixto esteve com Luiz de Abreu, em Salvador, para aprender *O samba do crioulo doido* e estudar não apenas os seus gestos — clichês que mortalizam o corpo negro —, mas passar um tempo com quem encarnou durante a vida o que foi transformado em cena. Antes de ir para o palco, uma história sambou entre nós.

Pensei na estreia do espetáculo em 2004. Impossível não lembrar que um banco pagou pela produção deste *Samba*. Qual banco neste mundo hastearia a bandeira por detrás? Qual instituição brasileira se colocaria à frente desse discurso, de pé, com os braços pousados ao lado do corpo? Estas perguntas não pretendem afirmar o seu contrário, estas perguntas querem escutar respostas. Basta de cinismo.

Importante ressaltar que o programa Rumos Itaú Cultural Dança apresentava processos ou estreias. Assistíamos a *O samba do crioulo doido* pela primeira vez. Foi uma surpresa para a comissão, para o público e para a instituição o que havíamos recém-presenciado. Se o Itaú soubesse de seu conteúdo, bancaria este *Samba*? O espetáculo foi veiculado graças ao apoio do diretor do Itaú Cultural, Ricardo Ribenboim, e da gerente do Núcleo de Artes Cênicas, Sonia Sobral. Dependemos de pessoas que se arrisquem pela existência de obras de arte. No fundo, instituições são pessoas. Pessoas que as atualizam diariamente, que ousam ou obedecem, seja em tempos conservadores ou não.

Ao deixarmos a sala de teatro do Itaú Cultural, festejamos algo que ainda não conhecíamos no Brasil: um coreógrafo preto, nu, dissecando a estética do racismo no epicentro elitista da dança contemporânea brasileira — dança que pensa, escreve e discursa, preocupada com suas viagens para a Europa. O que fazer com o que vimos? Deixar arder.

Fizemos turnês com a dupla *Transobjeto* & *O samba do crioulo doido*. Um branco e um preto, dois viados. Programadores decidiram que as duas peças, apresentadas uma após a outra, nessa sequência, dariam continuidade ao projeto de descolonização e antirracismo no meio artístico. Caetano Veloso e Elza Soares estiveram juntos em "Língua". Ambos entrariam novamente em cena: em *Transobjeto*, nas canções "*If You Hold a Stone*", "*London, London*" e "Tropicália"; em *O samba do crioulo doido*, na canção "A carne".

Luiz e eu recitávamos Mário de Andrade durante as turnês: "Vaca-brava dá leite se quiser". "Sabe que o povo da dança acredita sermos rivais?", ele soprou. "Vamos fazer uma *selfie* e divulgar nossa foto com a legenda: Marlene & Emilinha", dei a ideia. Assim fizemos. Brincávamos de Macunaíma. Exportávamos leite para a Europa, e no Brasil terminávamos a apresentação com festa. Graças aos coquetéis em *Transobjeto*, eu deixava o palco bêbado; graças à Ave Maria, Luiz deixava o palco incorporado. Continuávamos os trabalhos fora do teatro. *Belle époque* dos festivais brasileiros: fomentar a arte era parte de um programa político nacional, um programa que não misturava a sesta com o sono da noite. Tinha sempre o *after*.

Oh, que saudades que tenho da aurora da minha vida.

O espetáculo começa. Blecaute.

Luiz tem aura dourada. Quem convive com ele, sabe. Calixto recebe a coroa, entra em cena ao som das batidas de um bumbo. Uma tensão furiosa, do menor ao mais expressivo gesto de seus braços, direciona o trajeto que seu corpo deve percorrer ao fundo do palco. Corte seco de uma luz frontal. O crioulo doido *é descoberto. O rei está nu. E ele sabe disso.*

Um samba em francês cai do céu — bem como disseram que a receita de cassoulet, *"a feijoada francesa", caiu sobre nós. Claro, tudo veio de lá. A dança corre solta sobre o feijão, separa os grãos das pedras.*

Saudação à bandeira, furada sob medida. O crioulo doido *a hasteia em partes do seu corpo. Desfila a sua extensão. O símbolo do país agora é traje de luto, memória dos ancestrais, mortos pela pátria.*

Hora da Ave Maria. Santo ou Orixá? O sol se põe às dezoito horas, e todos os seres se recolhem.

O espetáculo termina. Luz de serviço.

Subi ao palco de Luiz, de Calixto, do *crioulo doido*. Tinha me preparado para falar de *La Bête*, do Brasil sequestrado do qual faço parte, de que Calixto e tantos outros também fazem; mas nada saiu como o programado — conectar informação com emoção em tempo real é para poucos. Perdi a voz. Meu texto não interessava mais — nem para mim nem para as entidades que, agora, suspendiam aquele lugar. (Você pode até imaginar que o tom de minha conversa tenha passado para o místico, mas eu estava lá, eu vi e você também pode ver o espectro do

Samba se quiser. Senão, entendo que a perícia classifique tal perspectiva como distração.)

Evitei pedir desculpas. Pedi licença. Não precisava ter agido dessa forma, o público estava atento não só às palavras. É assim. No meio da arte, corpo e palavra permitem serem lidos cada qual na sua função. Escutar e perceber. Não deixar de fora nem um nem outro. O silêncio, o gaguejar, o perder-se fazem parte do gênero discursivo.

Decidi, então, falar sobre Calixto se deixar habitar pela escrita de outra pessoa. É de pai para filho que a história se repete. A voz apareceu. A intervenção chegou ao fim. Deixamos o teatro. Nos olhos de Calixto já não mais corriam lágrimas, embora tivessem hidratado este canal que nós não vemos, mas sabemos que existe.

Paris, 18 de outubro de 2020. Acordo pela manhã com um convite do ator e dramaturgo Pedro Vilela. "Vivo agora no Porto, programo um centro de residências no espaço Central Elétrica, pertencente à companhia Circolando. Tenho pensado no corpo-arquivo. Queria saber quais trabalhos seus estão vivos, se teria interesse em vir a Portugal. Planejamos uma pequena mostra para dezembro e gostaríamos que estivesse conosco." Optei por *La Bête*. O título, no entanto, não poderia ser tão curto, precisaria situar o impasse *obra de arte* × *inutilidade da obra de arte* em tempos de pandemia. Assim ficou:

> *La Bête a.C. / d.C.*
> De 2005 a 2020, antes da covid-19, manipulei uma réplica de plástico das esculturas *Bichos* (1960), de Lygia Clark, em galerias, teatros e museus. O público era convidado a participar. Em dezembro de 2020, depois do surgimento da covid-19, criei uma nova versão de *La Bête*: dessa vez, o público e eu usaremos máscaras. Álcool gel e luvas descartáveis estarão à disposição. Farei um teste PCR antes da experiência.

Aeroporto vazio. O distanciamento ao qual fomos submetidos do lado de fora da aeronave perdeu o sentido do lado de dentro. Assentos ocupados. Sentei entre duas pessoas, pus meu casaco entre as pernas. O compartimento de bagagens estava completamente cheio. Duas horas e meia de voo. Teste de covid-19: negativo.

Na sala de apresentação, coloquei o meu exame em um suporte de partitura ao lado do tapete em que me preparava para receber o público. Reservamos o vídeo de uma antiga apresentação de *La Bête* por precaução, caso o público estivesse sensível ao toque. Se optassem por não manipular meu corpo, o vídeo seria projetado. A sensação era de risco, mesmo que meu rosto estivesse blindado com viseira e máscara cirúrgica. A sensação era mais forte que o fato.

Dobrei e desdobrei a réplica de plástico por dez minutos, tempo para pensar nas minhas últimas consultas em Paris, em que os médicos usavam máscara e tocavam meu corpo e o corpo de uma dezena de outros pacientes diariamente. Cerca de quarenta pessoas ocupavam uma sala de 20×10m. Pé-direito de seis metros. Cinco aquecedores portáteis espantavam o frio. "Alguém quer tentar?" Uma pessoa se aproximou tão rápido que eu, em uma reação de susto e vigilância, indiquei a ela a necessidade de passar pelo álcool gel e pela luva antes de entrar em cena. Desnecessário, ela tinha consciência do contrato. Geralmente, quando convidadas, as pessoas seguem em direção à réplica do *Bicho*; mas como muitas já conhecem a performance, vão direto ao meu corpo. Foi o que aconteceu. Ao sentir um toque emborrachado, outras imagens vieram à minha memória: uma transa com e sem camisinha; o cuidado com um bebê prematuro em uma incubadora; o padeiro que toca o pão com uma luva de plástico; o padeiro que toca o pão com as mesmas mãos que tocam o dinheiro; o proctologista que encapa sua mão para fazer o exame de toque; o gari que usa luvas para recolher o lixo. Enquanto isso, meu corpo era dobrado e desdobrado por outras pessoas. As posturas demoravam mais tempo para serem desmontadas. Pela primeira vez, não consegui sustentar uma delas: estava com as costas no chão, braços e pernas para o ar. O ano de 2020 criou um corpo fraco. Havia também um tempo maior para entrar em cena, não bastava querer mexer no *Bicho* por impulso, as pessoas teriam que antes passar por um ritual. Até que um participante lavou as mãos com álcool gel e dispensou as luvas. Percebi pelo toque. Aproveitei a oportunidade para ficar de pé, enquanto ele rastejava para fora do tapete. Dei fim à experiência. Eu, que já me sentia como um original de Lygia Clark — pois, hoje, para tocar as esculturas, os especialistas devem usar luvas —, terminei *La Bête* com a sensação de mais uma vez ter voltado a ser o que era.

Caro Wagner,

Antes de mais nada, sinto-me assustado pela perda de contato físico que, pelo bem comum, temos vindo a promover. Lembro-me de uma psicóloga, no início da pandemia, que dizia na televisão portuguesa algo como "não se iludam, o inimigo é o outro". Toda a luta de tornar "o outro" um semelhante cai por terra, e suspeito que este distanciamento físico vai enraizar-se mais do que conseguimos prever. Assustador é a palavra para um momento da História (em escala planetária) onde não beijar e não abraçar são atitudes de amor à vida. Hoje, senti haver algo de errado em toda a preparação que os espectadores — que participaram na performance — tiveram que ter para poder entrar em cena; por muito que saiba que se estão a proteger para a eventualidade de o vírus andar por ali, parecia que estávamos a lidar com aquele corpo nu e desprotegido como se ele próprio fosse o vírus. Todos somos potenciais portadores de vírus e, portanto, potenciais assassinos? Todos somos perigosos uns para os outros? Desde há alguns meses, cada vez que vejo duas personagens de um filme muito próximas uma da outra, antes que me aperceba, penso que algo está errado ali. Quanto tempo será preciso para limpar isto? *La Bête* fez-me lembrar *Catástrofe*, de Samuel Beckett, onde também, num momento final, o manipulado ergue a cabeça.

Paulo Mota

Almoçava no apartamento de um amigo quando reparei na frase "Não acredito que seja a covid que nos separa" pichada na parede do prédio oposto. Toni Castells mora no 20º distrito de Paris, antigo coração industrial da cidade, uma zona cheia de bares e casas de shows. Não precisei anotar a provocação. Poderia ter sido o autor. Sentamos. À vista, sobre a mesa, o livro que acompanhava sua vida noturna — *Massa e poder*, de Elias Canetti — parecia conversar com o que acabara de ler pela janela. Pedi licença, peguei o livro, abri a primeira página. Subtítulo: *Inversão do temor de ser tocado*. Li a primeira parte em voz alta: "Não existe nada que o homem mais tema do que ser tocado pelo desconhecido. Ele quer saber quem o está agarrando; ele o quer reconhecer ou, pelo menos, classificar. O homem sempre evita o contato com o estranho. De noite ou em locais escuros, o terror diante de um contato inesperado pode converter-se em pânico. Nem mesmo a roupa oferece segurança suficiente; é fácil rasgá-la, é fácil chegar até a carne nua, lisa e indefesa do agredido. Todas as distâncias que o homem criou em torno de si surgiram a partir deste temor de ser tocado". Em um primeiro momento, pensamos nas várias vezes que forjamos estar disponíveis nos aplicativos de encontro. Quem usa sabe: perde-se mais tempo on-line que off-line. Concordamos com Canetti. Em um segundo momento, discordamos: é provável que o autor nunca tenha entrado na *darkroom* de um clube gay. As pessoas se tocam sem se ver: vestidas, seminuas, nuas. Em um terceiro momento, Toni, que esteve no Brasil no dia 26 de setembro de 2017, ressaltou a concepção de *La Bête*. Cogitei enviar o registro da performance ao escritor búlgaro, para que ele pudesse ver o corpo de um artista, nu, tocado por desconhecidos. Será que escreveria uma nova abertura para seu ensaio? Pesquisei na internet, Canetti morreu em 1994.

Toni pegou o livro de minhas mãos. Releu a primeira frase em voz alta: "Não existe nada que o homem mais tema do que ser tocado pelo desconhecido". Perguntou: "O que é um homem quando se pensa em *La Bête*?". Eu, que na performance ocupo o lugar de um objeto, perdi a voz. Porque é verdade, não sou um objeto, sou mesmo alguém que finge ser um objeto, tal como Fernando Pessoa descreve o fingidor em "Autopsicografia".

A pergunta foi demasiadamente frontal para uma tarde de sábado. A conversa se tornou biográfica. Lancei contra a pergunta de Toni a fúria criativa de Nina Simone. "Vou lhe dizer o que é liberdade pra mim: não ter medo. Não estou brincando, é de fato não ter medo." Em cena, preciso tomar a consciência de um objeto porque enquanto "homem", não é possível performar. Da noite para o dia, deixei de agir como alguém--objeto. Me reduziram a alguém. E, como alguém, o medo do desconhecido agravou.

Durante as apresentações anteriores à de 2017, eu me preparava para receber o público. Fazia alongamento, exercícios de respiração e, principalmente, dobrava a atenção sobre a fórmula: "Não julgar" — nem as posturas que as pessoas criavam nem as próprias pessoas. Estava mais conectado ao que se passava durante a performance do que o público poderia imaginar. Em geral, me perguntavam se eu estava em transe. "Se o transe nos convida a dar um passeio do lado de fora do corpo, em *La Bête* preciso estar atento ao que acontece no corpo enquanto outras pessoas o manipulam."

Canetti mencionou ainda que "somente quando imerso na massa o homem pode escapar deste temor em relação ao contato. Esta é a única situação na qual o temor se transforma no seu oposto. Para isto é necessária uma massa densa, na qual um corpo se estreita contra outro corpo, densa também na sua constituição anímica, ou seja, quando já não se presta mais atenção a quem 'se aperta' contra a gente. Assim que uma pessoa se abandona à massa, ela deixa de temer o seu contato". Talvez eu precise considerar o mundo onde Canetti viveu, porque seu pensamento não estava isento de ser protegido por experiências que o blindavam do outro que ele mesmo descrevia.

Em *La Bête*, uma pessoa, às vezes duas ou três "se apertam" contra mim. Sensação de descoberta. Quando "a massa" decidiu "se apertar", não compreendi seu comando — eram distintos, com intenções divergentes. Como se milhares de mãos tocassem meu corpo ao mesmo tempo. Passei a morar em um cubo de vidro.

O medo está presente em todas as apresentações de *La Bête*, em diferentes intensidades, mas não é somente esta sensação que entra em cena comigo. Quando entrego meu corpo ao público, surge uma composição entre o medo, o refletir sobre o medo *e* o desejo de sentir medo. Tal operação significa: entregar-se a uma experiência. Se considerarmos o medo apenas como uma perturbação a ser extirpada, estaremos nos privando da oportunidade de, às vezes, sermos alguém, às vezes, *Bicho* e, às vezes, alguém-*Bicho* numa performance, na rua, em casa, na escola ou no puteiro.

Aproveitei para mudar de assunto. Joguei uma hipótese sobre a mesa. "Não é uma pandemia que nos separa, mas as abordagens sobre ela." As abordagens — como também nossas crenças e projeções — nos protegem do outro, do risco — para não morrermos e para não deixarmos de ter certeza. E, claro, não era mais sobre uma pandemia que conversávamos, mas sobre como uma discussão pode nos fazer perder a fome.

Continuei.

Consegui apresentar *La Bête* no Brasil novamente pouco mais de dois anos depois dos ataques. Em 2017, reagi às agressões enquanto alguém que apresentou uma performance e, enquanto alguém, eu sinto medo. Enquanto artista, o medo existe. É diferente. Eu não *sinto* medo; o medo *está lá*. Enquanto "homem", escritores como Canetti escrevem livros com teorias ubíquas. Se fosse romance, seríamos amigos. Continuei a apresentar *La Bête* enquanto artista.

A fome aumentou. Fechamos o livro.

Uma confusão surgiu no momento em que fui atacado. Disseram que eu não deveria agradecer a quem vestiu a minha pele, a quem ficou nu comigo, a quem falou por mim, a quem postou frases de apoio nas redes sociais, a quem decidiu correr riscos ao citar meu nome em conversas de família, de trabalho, a quem fez *selfie* comigo e a quem ainda faz porque *La Bête* não era sobre mim, *La Bête* era sobre "nós": artistas, curadores, programadores, pensadores, público. Insistiram que haviam atacado a arte e não a mim. Pensei em distribuir os antidepressivos que tomava para quem pensava dessa forma; mas talvez não precisasse — quando a depressão não cola no seu rosto, ela não pertence realmente a você, mas a um terceiro. ENTÃO, caso você também acredite que eu não deva agradecer às pessoas porque *La Bête* é uma causa, vou lhe dar um presente: o meu erro. Preste atenção, é seu. Dou para você. Não vendo nem proponho financiamento coletivo. É seu o meu erro. Pertence a você agora, à sua coleção privada. Compreendo ser impossível você admitir que eu faça uma escolha. Eu deveria escolher o que você aprendeu em família, ser o resultado de sua bibliografia e, como não quis ser, ofereço meu erro para você. Pode ficar. Você tem razão. Segure a razão com as duas mãos para ter certeza de que fiz errado. Na igreja, avisaram que eu havia escolhido o erro, não há problema algum que você e seus seguidores repitam a mesma oração em sua comunidade. Mas caso você acompanhe a evolução do meu pensamento e não esteja convicto de que eu seja uma *hashtag* ou uma causa, aceite, por favor, meus sinceros agradecimentos. Suas frases, mensagens, artigos — sobre mim, sobre *La Bête*, sobre as artes — me retiraram do universo das palavras mal-empregadas, do consultório psiquiátrico, do isolamento, do mundo on-line.

Encostaram uma bobina na minha testa. Estimulação Magnética Transcraniana. Minha palma esquerda pulou por si mesma. Os estalos me lembravam os ruídos digitais do disco *+/-*, de Ryoji Ikeda. Nascia a sensação de caminhar com o cérebro do lado de fora da cabeça. Assisti à performance *BLINK mini uníssono intenso lamúrio* da coreógrafa Michelle Moura no Centre National de la Danse pensando usar um chapéu. Fechei os olhos para não sentir a mudança brusca de luzes. O médico havia me alertado que tomar bebida alcoólica durante o tratamento poderia causar epilepsia. E se outros eventos causassem epilepsia? Fechei os olhos para não dar lugar ao pressentimento. Percebi a apresentação de outra forma: escutei a composição que Michelle e Clara Saito produziam com a voz. Pareciam os *backing words* que já não mais me faziam medo. As performances de Michelle me interessam porque nem tudo o que acontece em cena passa pela observação retiniana. Fabriquei, do público, a pessoa que havia esquecido. Agora tinha certeza que havia um órgão na parte cima de meus olhos, assim como tem música no vinil.

Oi, Gabi,

Desci da nuvem, ao contrário de Brás Cubas, que permanece por lá. Podem me confundir com algum Cristo se formulo a frase dessa forma, porém este é um novo fim para as Memórias póstumas, imprevisto por Machado de Assis.

W.

E ENTÃO ELE DECIDIU RETIRAR O EXCESSO DE MELANCOLIA DA FRENTE DO FUTURO

Saí de casa para buscar a nova edição de *String quartet II* (*Quarteto de cordas II*), de Morton Feldman, em vinil. Um presente de aniversário. Comemorar esse dia com menos convicções. A música de Feldman provoca insegurança. Uma nota não antecipa a seguinte. Por isso, tão complexa. Ao mesmo tempo, tão solta. Já estou em casa. Escuto *Last pieces* (*Últimas peças*). Outro álbum do mesmo compositor. Até agora há pouco estava na Balades Sonores (acredito que não preciso traduzir esse nome). Embora estivesse na loja de discos, meu dentro estava fora dali. Pode ser que pra você eu continue ali. Tinha uma intenção, fui puxado por outras. Eu não estava alheio ao que se passava ao meu redor, mas tais acontecimentos não eram capazes de me manter em pensamento somente nos números 1 e 3 da Avenida Trudaine. Cheguei a pensar que a internet teria copiado seu jeito de funcionar da vida analógica para guardarmos a sensação de sermos humanos enquanto estamos on-line. Ao navegar, deixaríamos de acontecer em tempos e lugares fixos. Será que o inventor desse sistema era fã de Morton Feldman? Pensei também em pedir licença à Tenda Coração de Jesus para utilizar um de seus pontos mais antigos na abertura de meu filme. "Vamos ver se o Pai João dá permissão."

Queridas Mirelli e Mãe Irene,

Saudades da Casa que me acolheu tão bem. Por esses dias, Moisés, nosso Moita Mattos, me enviou os discos que ele registrou com vocês. E eu, sozinho, em outro continente, me senti acompanhado. Ao editar meu novo projeto, um ensaio visual sobre a dúvida, coloquei o ponto *"A mesa de Umbanda está formada"*. Dancei pela sala e, assim que voltei a trabalhar, o coro atualizou a cena sobre a peça que dava início ao filme. O palco estava vazio, à espera de alguém, objetos soltos pelo chão. Digo "o palco estava à espera de alguém" porque não consigo imaginar a cena sem a presença humana. Foi mesmo este ser que reclamou um espaço afastado da rua para existir. Não tinha percebido, até então, que naquele teatro poderia haver também um outro. Os objetos que formam a Mesa poderiam ser transpostos para a cena com novas formas e cores. Se durante anos a Umbanda renomeou imagens batizadas por outras religiões para compor o altar de sua Casa, por que não propor uma ação semelhante para o palco? Conheço a diferença entre a cena e o que se faz fora dela. Entretanto, o poeta inglês Percy Bysshe Shelley nos alerta: "A razão considera as diferenças, e a imaginação as semelhanças entre as coisas".

W.

Ao olhar para o território brasileiro desde a França, percebi ignorar as palavras que pretendem definir o lugar de todos. Aconexão com diversos assuntos que um objeto faz quando está em trânsito é a chave que abre uma grande mala fechada pela instituição de um saber-fazer que se julga universal. Fumei um cigarro com a ignorância, somos amigos até hoje.

Crio confusão, eu sei, mas não consigo ser no palco diferente do que sou fora dele. Certa vez, ao cochilar durante uma palestra do filósofo e historiador da arte Georges Didi-Huberman, Caroliny me chamou a atenção: "Você não sai de cena". De pronto, não entendi. Eu estava quieto, nem ronquei. Ela me explicou: "As pessoas te observavam". O que havia no meu sono que retirou a concentração de Caroliny e das outras pessoas? Será que meu cochilo denunciou a presença do público? Será que com esse cochilo eu roubei o público de um outro? "Uma parte do público também dorme durante minhas apresentações", respondi. Morton Feldman, igualmente, me faz dormir. Agora mesmo fiz uma sesta com *Last pieces* antes de continuar a escrever esse texto. Faz bem dormir com sua música.

Fiz exames médicos pela manhã. Respondi a alguns e-mails. Poucos. Comecei a escrever. Ao me sentir cansado, dormi como a personagem Tanya, no filme *Sayonara*, de Kōji Fukada, em seu sofá: cabeça na almofada, joelhos dobrados, mão esquerda sobre o peito — postura de quem pode descansar pela eternidade. Almocei o jantar de ontem à noite. Amigos passaram em casa. A artista Nathalie Gasdoué e o músico Krikor Kouchian. Contei aos dois as urgências desse filme. Cogitava sobrepor a faixa "Air BnB", do último disco de Kim Gordon, *No Home Record*, na cena em que relato uma das proezas de Caroliny: estudar arte. "Veremos apenas o que está no quadro", disseram. Como alternativa, mostrei aos dois o trabalho de Tantão e os Fita. "Sua voz gutural e metálica esfola o significado primário da cena. Você não precisa da música de Kim Gordon. Apesar de também ser nervosa, é Tantão quem fala a sua língua", ambos concluíram.

Parênteses: buscamos pela idade de Tantão na internet. Arrisquei trinta e cinco; Krikor, quarenta. Nathalie se absteve. Thierry nos disse que no corpo de Tantão não cabe idade. É verdade, veja por você mesmo. O Dicionário Cravo Albin da Música Popular Brasileira registra que Tantão nasceu em 1963. Não pode ser, não faz jus ao seu corpo. Será que Tantão nasceu on-line? Será que ele é assim porque grita com o tempo, o tempo todo? Queria que Tantão fizesse uma música para mim. Escrevi uma letra. Espero que entenda meus garranchos. Ficaria dessa forma (ouve-se a voz de Tantão):

Ar Bi Ene Bi
Ar Bi Ene Bi
Ar Bi Ene Bi
Quem vai passar por aqui?

Explico. Caroliny veio a Paris concluir um período de sua pesquisa de doutorado com Didi-Huberman. Espere um pouco. Se contar dessa forma, facilita. Vou contar diferente.

Caroliny nasceu em Uberlândia, Minas Gerais. Em 1997, quando a conheci, ela era ainda uma adolescente. Acabava de fazer uma exposição em sua escola. Havia recém-produzido uma escultura em seu curso de artes no colegial, chamada *Punho com mão entreaberta*. Expôs seu trabalho junto aos seus colegas. Naquela época, eu lançava um livreto intitulado *Mão: autobiografia*. Pedi emprestada a Caroliny a sua escultura. Coloquei o objeto sobre a mesa do auditório da Universidade Federal de Uberlândia para compor a noite de autógrafos.

Chovia muito. Tempestade no cerrado cria barro vermelho. Foi uma surpresa ver meus colegas, amigos, e quem se interessou pelo convite exibido nos cartazes que espalhei pelos blocos da universidade, ocuparem as poltronas do auditório. Passei dias divulgando o lançamento. Era meu livro. Não faria diferente. Não esperava ninguém propor ajuda. Não desejava que um produtor fizesse esse trabalho por mim. Não sonhava ter dinheiro para pagar pela difusão. Tinha meu texto nas mãos e a vontade de ser lido.

Graças às vendas na noite de lançamento, paguei ao meu irmão o empréstimo que havia me oferecido para imprimir meus contos e poemas em uma gráfica local. Um pedido: por favor, não procure por esse livro só porque falo dele por aqui. Estão ali muitas de minhas vergonhas. Sinto vergonha de coisas nas quais um dia acreditei. Você não? Tem gente que mostra a vergonha do vizinho aos outros de modo a não cometer erros parecidos. Há ainda quem goze de um saber distraído.

Caroliny estava no auditório. Ela morava longe do centro de Uberlândia. Um bairro popular. Passava horas do dia no ônibus. Sua mãe, costureira; não conheceu seu pai. E ela sempre quis estudar arte... Começou a fazer dança clássica e moderna na academia Talentos. Em seguida, veio trabalhar comigo. Criou os objetos de *Transobjeto*. Desde então, sei o que ela apronta. Teve dois filhos. É doutora em Artes Visuais pela Unicamp. Decidiu escrever uma carta para Didi-Huberman. Ele respondeu. "Vou pra Paris com dois filhos." Vingou-se do passado com uma tese premiada: *Fragmentos instantâneos — um estudo do mecanismo cinematográfico bergsoniano na pintura* Nu descendo uma escada*, de Marcel Duchamp*. Ao fim de seu curso, percebeu que Paris não era apenas a capital de seus estudos, mas um espaço diferente do que lhe esperava em Uberlândia. Ficou. A bolsa chegou ao fim. Caroliny passou a limpar apartamentos alugados no Airbnb. Soube por sua mãe da morte de seu pai. "Ele te deixou uma herança." O dinheiro veio, um amor também. Agora ela vive como quer, trabalha com arte. Os quatro fazem sesta juntos.

Quando chegou a minha vez de limpar um banheiro utilizado por outros moradores do mesmo prédio, senti nojo. Apesar das luvas e da máscara, minha mente estava desprotegida. Fora de cena, chegava *A hora da estrela*. Thierry e eu decidimos alugar um apartamento de $9m^2$ no Airbnb com banheiro coletivo. Era a primeira vez que deveria cuidar da limpeza de um bem privado a ser compartilhado com outros vizinhos. Deveria ser discreto e nomear esta performance de "trabalho alimentar", tal qual fazem os franceses. Assim, saberiam que o serviço não seria bom, embora soasse bem. Outra vergonha apareceu no momento em que desinfetava cada canto do vaso. Subiu ao rosto o que já escreveram sobre mim, as festas em que fui bem-vestido, os aplausos, os prêmios, os teatros, galerias e museus em que performei. E assim que uma gota de desinfetante caiu na ponta do meu dedo, pensei no poema "Belo, belo", de Cleusa Bernardes.

Veja as bolhas
irisadas
de pinho
sol

sobre a água
do vaso
sanitário

a beleza não tem mesmo
nenhum critério

Passei a gostar de limpar o vaso. O banheiro ficou um brinco.

Estive em cena. Hoje, estou aqui. Sinto saudade de quando propunha ao público um pouco de alívio ou de raiva. Não tem jeito de escapar das transferências quando nos lançamos em um espaço expositivo. O que difere o artista do público? O público se alivia ou se enfurece durante uma apresentação. O artista conjuga os dois verbos ao mesmo tempo.

No momento em que o público começa a se sentir mais enfurecido que aliviado, o artista corre o risco de passar um longo tempo a ajustar suas funções em outro espaço que não o da cena. O músico Gustavo Ortiz, ao se lembrar da citação de um escritor argentino, muito amigo do boxe, que Julio Cortázar popularizou em seu texto "Alguns aspectos do conto", me perguntou: "Ora, se o romance ganha sempre por pontos, enquanto o conto deve ganhar por nocaute, como fica a poesia?". É notório que a poesia deixa muitos leitores na mão. Quero dizer, deixa o pensamento do leitor nas mãos. "Ganha por acidente", respondi. "Fratura exposta." Isso é perigoso: o julgamento do público fica tanto à mostra quanto a estrutura óssea de sua raiva. Às vezes, o público precisa se sentir seguro no escuro. A poesia projeta o leitor para o lado de fora do corpo. Por isso, muitos se queixam e a classificam de hermética. Se estivermos por muito tempo do lado de fora do corpo, falta ar. Explico. Geralmente, o público gosta de se sentir como peixes no aquário: temperatura ajustada, comida no momento certo, iluminação seletiva, espaço para nadar e se encontrar com outros da mesma espécie. Quando o artista produz algo que impede o público de satisfazer suas projeções, ele se torna um objeto de fúria. Ou ainda, por ousar ser reflexo de uma admiração secreta, é designado a passar um tempo indeterminado em reclusão. Há os que fogem desse artista. Há também os que podem fazer tal artista desaparecer. Um artista, consciente de sua exposição e desaparecimento, continua a exercer sua função dentro e fora da cena. Mesmo que pareça estar em ponto morto, seu pensamento continua a se reproduzir. Ideias infestam. Iludidos acreditam que o artista fora de um campo de visão deixa de existir. Pobres coitados. O romancista Wallace Stegner responde aos delirantes: "Nenhum Éden é válido sem serpente".

[08:29, 29/04/2022] Luiz de Abreu (Enviar, botão, tocar duas vezes para ativar) Wagner, querido, bom dia. Deixa eu te falar uma coisa, eu tô fazendo doutorado em dança e tô maluca. Eu fiz o primeiro ano de disciplinas obrigatórias e agora tô entrando pro meu campo de pesquisa. E aí, menina, eu tô dançando pessoas. E, uma dessas pessoas é você. O teu mais recente trabalho, *La Bête,* eu quero fazer. Não é fazer, tipo, reproduzir e tal. Mas, o que é Wagner Schwartz? Eu não sei quais são seus outros nomes. Não, quer dizer, eu sei seus outros nomes também. O que entrou pra dança contemporânea. Assim como eu, Luiz de Abreu, entrou para a dança contemporânea. Eu entrei pra dança contemporânea, também. É, assim, quem entrou e quem não entrou pra dança contemporânea? E aí, claro, eu como preto, eu tô falando no meu lugar de preto, na minha posição de preto, né. "Eu entrei!" — sabe, assim? Então, não sou um excluído. Eu não tô falando de exclusão, mas eu tô tencionando. Eu queria fazer uma referência pra você no meu doutorado, mas a referência não é só de escrever um parágrafo, uma folha ou duas laudas, sei lá o quê, mas a essência do seu trabalho. Desde lá de Maria, de Uberlândia, enfim, passando por aquele trabalho lá do Itaú Cultural, *Piranha*: o contexto do autor. Sabe, assim? O contexto do autor. É: o contexto do autor. É isso o que eu tô querendo fazer e aí dançar Wagner Schwartz. Venha cá, meu filho, no que você pode me ajudar aí pra essa referência? E me dirigir, porque essa é uma proposta indecente. Eu tô falando com várias pessoas: pretos, brancos, enfim. O que você pode me ajudar pra falar sobre você, dançar sobre você? É nas artes, viu?! HAHAHAHAHAHA HAHAHAHAHAHA HAHAHAHAHAHA Em Salvador, aqui, fazendo dança, doutorado em dança! Ô meu nego, me ajude aí, viu?! Me diga aí. Num sei se eu expliquei bem, mas, aff, eu nunca vou me explicar bem mesmo. E é isso mesmo, meu doutorado é isso.

Ai, vou cantar uma música, peraí: "Se essa rua, se essa rua fosse minha / Eu mandava, eu mandava ladrilhar / Com pedrinhas, com pedrinhas de brilhantes / Para o meu, para o meu amor passar / Nessa rua, nessa rua tem um bosque / Que se chama, que se chama solidão / Dentro dele, dentro dele mora um anjo / Que roubou, que roubou meu coração / Se eu roubei, se eu roubei teu coração / É porque, é porque te quero bem / Se eu roubei, se eu roubei teu coração / É porque tu roubaste o meu também".

[09:29, 29/04/2022] W. S. Quanta responsabilidade. É, tem uma sensação de agradecimento que aparece... que... vai ser difícil gravar esse áudio, Luiz. Eu não sei se dá pra te dirigir, mas você pode fazer o que quiser com *La Bête*, com *Transobjeto,* com os trabalhos do Maria do silêncio que viu em Uberlândia. Tinha escrito vários capítulos nesse livro sobre a performance *Piranha*, mas joguei todos fora. O livro ficou longo demais e, no final, *Piranha* se resume apenas à busca por uma camisa única. Agora penso na necessidade de fazer desse livro um audiolivro — depois da sua mensagem, preciso considerar. Querido, é uma honra você colocar a mão em mim. "Dançar pessoas" não é pra qualquer um, não. Esse é um dos grandes presentes na vida de um artista: receber uma proposta como essa de um outro que se admira. Seu áudio já é uma performance. Esse dobrar e desdobrar do *Bicho* se atualiza, uma vez mais. Seu toque, agora, não é só aquele de quem vê e toca; mas o de quem enxerga através do toque. O *Bicho* precisa, definitivamente, sair do cubo de vidro. *(O interfone toca.)* Esperaí, chegou gente aqui no Airbnb.

Pode-se dizer muitas coisas sobre as pessoas que promoveram o linchamento virtual, mas ignorância não constitui argumento. Podem ser chamadas de brutas, de gado, de massa de manobra, mas cada qual reivindicou e continua reivindicando a sua pequena verdade: o próprio jeito de manipular *La Bête*. Você e eu não estamos acima, ao lado, por trás, um passo adiante de tais pessoas; fizeram como poderiam ter feito. Uns preferem atirar; outros, pensar o caminho da bala. Não há condenação ou julgamento nesta prosa: assim como a natureza, ela evolui. *La Bête* foi criada para trazer à vista as narrativas. Não há quem dobra melhor que o outro. Há quem dobra. Não há *o vencedor*, somente *as batatas* — um desgosto para quem inventou a premiação, o cristianismo, o mercado da arte, o cancelamento, o Homem de bem. Eu, no entanto, me protejo das batatas lançadas em minha direção. Querem machucar um corpo; não uma causa, imagem, *hashtag* ou petição. Desvio como posso, não sou feito de metal ou de plástico. Ao lançar uma batata contra um objeto, esmaga-se apenas a devoção — sensação primária da arte; contra o corpo, não é só o orgulho que fere.

[17:38, 30/09/2017] O. S. Seu lixoo... anda na rua pra ver... seu merda... vai ser linxado pela população

[02:15, 27/07/2019] O. S. Boa noite Wagner, venho por meio desta mensagem lhe pedir perdão pelo ato covarde em que fiz por meio de mensagem, fui impulsionado pelo momento da situação e perdi total sentido a dirigir a palavra a alguém, peço perdão pela minhas falhas e pela minhas palavras, sei da sua Grande profissionalidade, e eu agi errado ao enviar mensagem para vc, desejo todo sucesso do mundo pra sua vida. e mas uma vez Perdão pelo ato que cometi, jamais vou querer uma morte de um ser humano. Que Deus ilumine seus caminhos, e te guarde e te proteja, sucesso em sua vida. e em seus trabalhos. desculpe, mil vezes desculpe.

BLUE AMIGO

Instagram, 28 de agosto de 2022

Olá, Wagner, tudo bem?

Você não sabe quem sou, mas estive com você em um momento muito difícil para todos nós. Eu sou uma das meninas de Salvador que participou de *La Bête* e só fui ter conhecimento de tudo que aconteceu este ano. Hoje, tenho 14 anos. Queria dizer que me lembro muito bem desse dia, e que tenho muito carinho pela experiência que tive junto a você e minhas outras amigas presentes. Foi muito chocante para mim descobrir a proporção que isso tomou na época e que algo que eu tinha uma visão totalmente diferente, uma visão de normalização do corpo, virou o que virou. Espero algum dia poder te encontrar de novo e poder conversar sobre isso e outras coisas.

Um abraço,
Dora

Este livro foi apoiado [em parte] por uma subvenção da Open Society Foundations. Em 2021, o projeto de escrita de *A nudez da cópia imperfeita* foi selecionado pelo programa de residência Fondation Daniel et Nina Carasso & Cité internationale des arts. Em 2022, W. S. foi acompanhado por organizações independentes que abrigam escritores, jornalistas e artistas sob risco de perseguição: ICORN (Rede Internacional de Cidades de Refúgio) / PEN International — PEN Vlaanderen. Em 2023, recebeu apoio da PEN America's Artists at Risk Connection e da SAM Art Projects.

Revisão estrutural: Maikon K e Cláudio H. E. de Oliveira.

Agradecimentos: Sonia Sobral, Ronie Rodrigues, Patrick Pessoa, Juliana Ferrari, Júlio Villani, Nicole Aun, Marcio Debellian, Natasha do Lago, Márcia Bechara, Marcia Tiburi, Gustavo Ortiz, Gabi Gonçalves, Francesc Badia i Dalmases, Fernando Eichenberg, Fernando Duarte, Fernanda Alt, Elisabete Finger, Eliane Brum, Daniel Guerra (Revista Barril), Caroliny Pereira, Bruno Freire, Betina Zalcberg, Betina Rodrigues, Alexandre Molina, Antonio Interlandi, Adriana Grechi & Amaury Cacciacarro e Consulado-Geral da França em São Paulo (Festival Contemporâneo de São Paulo, 2021).

Direção editorial **Simone Paulino**
Coordenação editorial **Renata de Sá**
Assistente editorial **Gabriel Paulino**
Preparação **Alex Sens**
Revisão **Ellen Maria Vasconcellos**
Projeto gráfico **Bloco Gráfico**
Assistentes de design **Livia Takemura, Stephanie y. Shu**
Produção gráfica **Marina Ambrasas**
Assistente de marketing **Mariana Amâncio de Sousa**
Assistente comercial **Ligia Carla de Oliveira**

Imagem capa: *Transobjeto: Ocupação Wagner Schwartz*, Bienal Sesc de Dança, 2015, (Projeto 7×7). Foto: Caroline Moraes.
pp. 332: *O estrangeiro: Rio Escalda*, Antuérpia, 2022. Foto: Bruno Freire.
pp. 08 e 200: Acervo pessoal do autor.

Texto atualizado segundo o novo Acordo Ortográfico da Língua Portuguesa

Rua Purpurina, 198, cj 21
Vila Madalena, São Paulo, SP | CEP 05435-030
www.editoranos.com.br

Dados Internacionais de Catalogação na Publicação (CIP)
de acordo com ISBD

S399n

Schwartz, Wagner
A nudez da cópia imperfeita: Wagner Schwartz
São Paulo: Editora Nós, 2023
336 pp.

ISBN: 978-85-69020-88-2

1. Literatura brasileira. 2. Romance.
I. Título.

2023-2064 / CDD 869.89923 / CDU 821.134.3 (81)-31
Elaborado por Odilio Hilario Moreira Junior – CRB-8/9949

Índice para catálogo sistemático:
1. Literatura brasileira: Romance 869.89923
2. Literatura brasileira: Romance 821.134.3(81)-31

Fontes **BallPill, Untitled Sans e Serif**
Papel **Pólen natural 80 g/m²**
Impressão **Margraf**